JENNI HENDRIKS & TED CAPLAN

DES-GRÁVIDA
UNPREGNANT

TRADUÇÃO: CARLOS SZLAK

COPYRIGHT © UNPREGNANT, 2019 BY JENNIFER HENDRIKS AND TED CAPLAN
COPYRIGHT © FARO EDITORIAL, 2020

Todos os direitos reservados.
Nenhuma parte deste livro pode ser reproduzida sob quaisquer meios existentes sem autorização por escrito do editor.

Diretor editorial **PEDRO ALMEIDA**
Coordenação editorial **CARLA SACRATO**
Preparação **CÉLIA REGINA**
Revisão **BÁRBARA PARENTE**
Capa e diagramação **OSMANE GARCIA FILHO**
Imagem de capa **BIELOUS NATALIIA | SHUTTERSTOCK**

Dados Internacionais de Catalogação na Publicação (CIP)
(Câmara Brasileira do Livro, SP, Brasil)

Caplan, Ted
   Desgrávida / Ted Caplan e Jenni Hendricks ; tradução de Carlos Szlak. – São Paulo : Faro Editorial, 2020.
   256 p.

   ISBN 978-65-86041-05-7
   Título original: Unpregnant

   1. Ficção norte-americana I. Título II. Hendricks, Jenni III. Szlak, Carlos

20-1049   CDD 813.6

Índice para catálogo sistemático:
1. Ficção norte-americana   813.6

1ª edição brasileira: 2020
Direitos de edição em língua portuguesa, para o Brasil, adquiridos por **FARO EDITORIAL**

Avenida Andrômeda, 885 - Sala 310
Alphaville — Barueri — SP — Brasil
CEP: 06473-073
www.faroeditorial.com.br

Para nossas crianças.

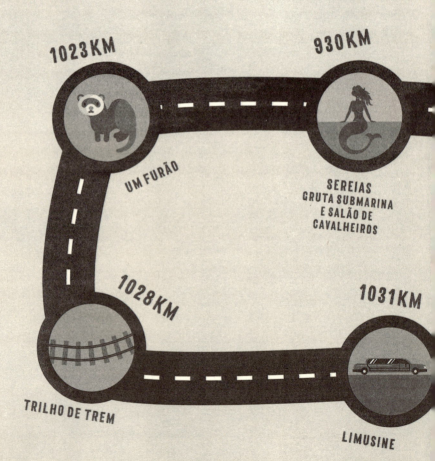

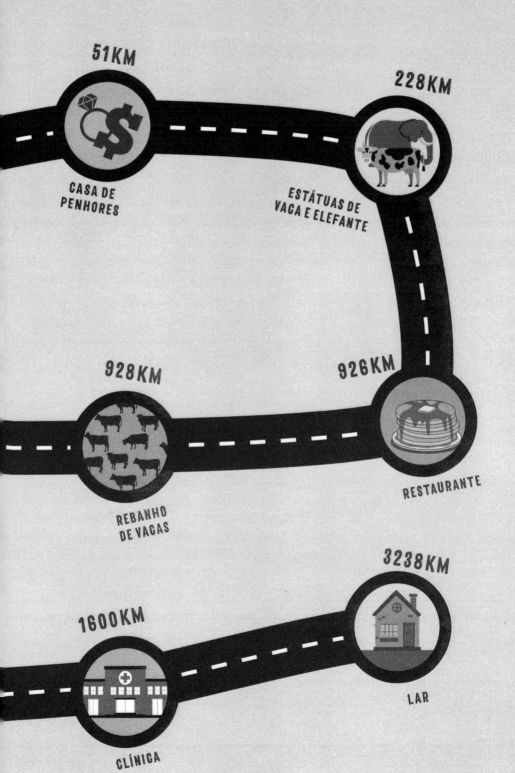

DES-
GRÁVIDA

0 Km

Na terceira cabine do banheiro feminino, sentada no assento gelado do vaso sanitário, apertei desesperadamente minhas coxas e me concentrei em não fazer xixi.

— Ronnie, você acabou? Desse jeito, vamos ter que pedir autorização para assistir à primeira aula — Emily disse. Não, eu não tinha terminado. E uma autorização para entrar na aula depois do sinal era a menor das minhas preocupações.

— Ah, vá na frente. Tô com aquele problema, sabe? — disse, mas não era o do tipo mensal.

Rezei para Emily ir embora o mais rápido possível. Com certeza, aquele segundo copo de suco de laranja com goiaba de manhã fora um erro. Finalmente, Emily abriu a porta para sair. A acústica do banheiro ecoou os passos de todo mundo correndo para as salas de aula. Em seguida, silêncio. Permaneci paralisada, esforçando-me para ouvir o menor som de uma aluna, ou, pior, de uma professora se aproximando. Mas ouvia apenas os pingos ocasionais de uma torneira mal fechada. Todo mundo estava nas salas de aula. Suspirei de alívio. E quase fiz xixi.

Era hora de descobrir se o meu pesadelo tinha acabado ou se estava apenas começando. Lentamente, abri o zíper do bolso da frente da mochila e me encolhi de medo quando o som ecoou nas paredes de azulejos. Ainda que estivesse sozinha, não conseguia me livrar da sensação de que alguém saberia o que eu estava prestes a fazer. Enfiei a mão no fundo na mochila, senti as canetas e os lápis espalhados e encontrei o que tinha escondido.

Relaxei e examinei o objeto na minha mão. Pareceu mais pesado do que eu me lembrava.

Havia lido as instruções na noite anterior. Depois, novamente, quando acordei. E mais uma vez depois do café da manhã. Eu era uma aluna extremamente aplicada. Mas, agora que o momento tinha chegado, senti um nó na garganta por causa do pânico. E se eu perdesse o bastão? E se eu fizesse errado? Só tinha um desses bastões e não podia falhar. Respirei fundo. Tinha notas incríveis e iria para a Universidade Brown no outono. Conseguiria muito bem fazer xixi num bastão.

Rasguei a embalagem de papel-alumínio e tirei o teste de gravidez. Observei a janelinha plástica, em branco, que esperava para revelar o meu destino. Tentando não pensar no que estava prestes a fazer, coloquei a coisa entre as minhas pernas e fiz xixi.

Por um momento, perdi-me na felicidade de esvaziar rapidamente a bexiga. Mas, logo em seguida, entrei em pânico. Tinha esquecido um passo. As instruções diziam para fazer um pouco de xixi primeiro e depois colocar o teste ali embaixo. Isso não invalidaria o resultado? Olhei para baixo para ver se o teste estava funcionando. A tira fibrosa estava ensopada e a janelinha plástica estava ficando cinza-claro. Deveria acontecer isso? Ou significava que eu havia infringido uma regra? Deveria parar de fazer xixi?

Então, na janelinha, uma fina linha rosa começou a aparecer. Fiquei nervosa, até que me lembrei de que as instruções chamavam aquilo de linha de controle. Precisava aparecer duas linhas para indicar gravidez. Esperava que a linha significasse que o teste estava funcionando direito. Principalmente devido ao fato de eu já ter acabado de fazer xixi. Tendo o cuidado de manter o teste tanto quanto possível na horizontal – de acordo com as instruções –, puxei-o de entre as pernas. Três minutos. Eu poderia ler o resultado em três minutos. Seriam os três minutos mais longos da minha vida.

Olhei para qualquer lugar, menos para a janelinha. Eu não era do tipo que arrumava a maquiagem obsessivamente ou fumava substâncias ilícitas, então o banheiro feminino não era exatamente o lugar onde tivesse passado muito tempo nos últimos quatro anos. Observar durante 45 segundos as paredes da cabine me revelou que eu não tinha perdido quase nada. A única coisa a me distrair foi uma caricatura moderadamente divertida de nosso diretor e diversos alertas terríveis sobre os genitais doentes dos garotos do time de futebol americano. Nenhuma surpresa nesse caso. Atrevi-me a dar uma olhada no teste. Por enquanto, nada mais do que uma linha.

A esperança tomou conta de mim. Talvez a menstruação estivesse apenas atrasada. Talvez eu estivesse em pânico por nada. Como quando achei que fracassaria no exame de inglês avançado. Embora não tivesse elucidado completamente as semelhanças temáticas entre *Grandes esperanças*, de Dickens, e *Vanity Fair*, de Thackeray, ainda assim tirei cinco, a nota máxima.

Fiquei muito estressada com o processo de admissão ao curso superior, o baile de formatura e os exames finais. Sem mencionar o fato de estar participando da disputa para ser a oradora da turma na formatura. Provavelmente, a menstruação estava apenas atrasada. Dei uma piscada. O que era aquela segunda linha bem fraca aparecendo? Inclinando-me em direção à porta da cabine, tentei captar um pouco mais de luz vinda da janela. Se eu pudesse simplesmente...

A porta do banheiro se abriu.

Assustada, dei um pulo. Em câmera lenta, vi o teste de gravidez escapar das minhas mãos, passando pelas pontas dos dedos. Arremessando-me para a frente, fiz uma tentativa desesperada de agarrá-lo, mas em vão. Depois de dar uma cambalhota no ar, o teste caiu no chão sobre um ladrilho com um barulho impossível de não ser ouvido, deslizou por baixo da porta da cabine e girou até parar bem no meio do chão do banheiro.

Tudo bem, não era hora de entrar em pânico. Precisava manter a calma. Talvez o teste não fosse visto. Talvez a garota que entrou no banheiro fosse cega e surda. Talvez houvesse um grande terremoto, a escola desabasse e todos nós morrêssemos. Missouri devia ter uma falha geológica em algum lugar.

A garota estava andando de forma ruidosa. Por debaixo da porta da cabine, vi um par de coturnos pretos gastos se aproximar de onde estava o teste, perfeitamente realçado por um raio de sol. Quem quer que fosse estendeu a mão, que tinha as unhas roídas pintadas de esmalte verde lascado.

— Uau.

Quem era? Quem naquele momento segurava meu futuro molhado de xixi na mão? Espiei pela fresta da porta da cabine: camiseta preta grande demais, jeans skinny rasgado e justíssimo, cabelo azul com raízes pretas que parecia não ver uma escova havia dias.

Não. Os deuses da escola do ensino médio não podiam ser tão cruéis. Bailey Butler. O buraco negro de raiva e trevas da Jefferson High School. Se você dissesse *olá* nos corredores, Bailey mostraria o dedo do meio. Sem falar no que ela faria se você tentasse se sentar com ela no almoço. Bailey tinha uma mesa inteira para si mesma no refeitório porque ela literalmente latia para as pessoas que tentavam se sentar com ela.

De acordo com os rumores, quando o quarterback do time de futebol americano disse algo para encher o saco de Bailey, ela comprou um canivete e gravou o nome do cara nele. Era mal-humorada, cínica e bastante desagradável. Também tinha sido a minha melhor amiga.

Bailey ergueu o teste do chão, levou-o ao nariz e cheirou.

— Ainda está fresco — ela disse, e correu os olhos pelo banheiro, detendo-se quando viu meu Adidas Superstar branco. — Ah, isso vai ser divertido.

Será que ela ainda reconheceria minha voz? Fazia quase quatro anos desde que nos falamos pela última vez. Só por precaução, falei baixinho e em tom cavernoso:

— Ah, você pode passar isso por baixo da porta? Seria ótimo.

Estendi minha mão pela fresta e torci para que Bailey estivesse se sentindo misericordiosa.

Desdenhosa, Bailey bufou.

— Boa tentativa. Mas tenho certeza de que Batman não consegue engravidar — disse.

Através da fresta da porta, eu a vi começar a andar de um lado para o outro, com as mãos atrás das costas e os cantos da boca se curvando para cima. Ótimo. Eu conhecia aquele sorriso. Era o que imaginei que os padres católicos exibiam quando colocavam em prática a Inquisição espanhola.

— Chloe McCourt? — Bailey arriscou.

Permaneci sentada no vaso sanitário em silêncio absoluto. De maneira nenhuma eu iria cooperar. Apenas a esperaria sair do banheiro.

Pensativa, Bailey semicerrou os olhos.

— Não. Calvin terminou o caso com ela. Sem chance de Chloe ter conseguido outro cara depois que queimou o uniforme de futebol americano dele na quadra; não dou a mínima para o tamanho dos peitos dela. Hum. Isso é complicado. Ella Tran? Ela é tão burra que confunde bala com pílula anticoncepcional.

— Devolva para mim — disse, tentando fazer a minha voz baixa soar contundente, mas soou apenas desesperada.

Bailey olhou para os meus tênis.

— Bem, há sempre a seguidora de longa data do Pênis do Mês, Olivia Blume...

— Não! — exclamei, ofendida.

— Ah. Muito crítica. Uma pista. Quem são as garotas que se acham melhores que todas as outras? — Bailey perguntou, coçando o queixo. — Faith Bidwell?

Bailey não iria desistir. Eu tinha que acabar com aquilo antes que outra garota entrasse.

— Droga! Não conte para ninguém. Você pode me devolver agora? — disse, esperando com a mão estendida. Não tinha certeza se o meu desempenho B+ a convencera, mas Bailey se aproximou da cabine. Talvez ela estivesse ficando entediada com o jogo. Senti um fio de esperança. Mas, então, em vez de se abaixar para me entregar o teste, ela se ergueu de um salto e agarrou a parte de cima da porta da cabine.

— Puta que o pariu! — gritei.

Bailey estava pendurada na parte de cima da porta e sorrindo para mim.

— Bailey! Desça daí! — disse, acenando freneticamente para ela.

— Estou sonhando? A vida não pode ser tão perfeita — Bailey disse.

Vermelha de vergonha, tateei desajeitadamente minhas roupas, tentando puxar minha calcinha e meu jeans sem me expor aos olhos sorridentes de Bailey.

— Você dá licença? — disse, olhando para ela.

Surpreendentemente, Bailey deslizou para baixo sem protestar. Já vestida, abri a porta da cabine com força. Ela estava me esperando.

— Veronica Clarke, em carne e osso — ela falou lentamente. — Espere aí. Quero me lembrar desse momento para sempre — disse, tirando o celular do bolso de trás e apontando-o para mim.

— Não se atreva... — disse.

Bailey tirou a foto e depois sorriu enquanto examinava o resultado.

— Exatamente como eu sempre vou me lembrar de você — disse, e virou o celular para me mostrar a foto. Nela, eu estava meio que investindo na direção da câmera, com a boca aberta em um rosnado.

— Não poste isso! — gritei antes que conseguisse me deter. Uma humilhação total via mídia social era a última coisa de que eu precisava naquele momento.

Bailey sorriu carinhosamente para a foto antes de recolocar o celular no bolso.

— Relaxe. Essa foto é muito especial para compartilhar.

— Você já terminou? Você conseguiu o que queria. Você me constrangeu. Você tirou sarro de mim. Você deixou meu dia pior do que já estava. Agora você pode me devolver o teste?

Bailey olhou para minha mão estendida e ergueu uma sobrancelha.

— Vejo que você ainda está usando seu anel de castidade. Só para manter as aparências? Ou é alguma coisa do tipo nascimento virginal? — ela perguntou.

Recolhi minha mão, com meu rosto em chamas. Bailey não perdia nenhum detalhezinho que pudesse ser usado para me torturar.

— Uau. Você realmente é o clichê completo — ela prosseguiu.

— Não sou um clichê! — gaguejei.

— É muito clichê ser a rainha do baile de formatura e a oradora da turma e ainda ter uma gravidez cristã.

— Em primeiro lugar, estou a fim de ser a oradora da turma, mas Hannah Ballard tem muito mais atividades extracurriculares do que eu. Se bem que eu já fiz mais cursos avançados e acho que o meu trabalho de caridade deveria contar...

— Ah, meu Deus, você é tão *nerd*...

— E eu sou da *corte* do baile de formatura, e não a rainha. Ou seja, não sou um clichê completo — concluí.

— Você tem razão. Retiro o que eu disse. Minhas mais sinceras desculpas. Você é um clichê quase completo.

— Sei que é quase impossível para você, mas pode parar de ser um pé no saco por um minuto?

Bailey olhou para mim ligeiramente confusa.

— Não. Por que eu faria isso?

Senti um estalo. Depois de uma semana e meia de preocupação, de roubar um teste de gravidez de minha irmã mais velha e de ficar sem fazer xixi a manhã toda, ainda tinha que lidar com Bailey sendo Bailey naquele momento? Aquela expressão a respeito de ficar cega de raiva não é verdade. Na realidade, você enxerga muito bem. Foi como um *flash* que disparou. Quando me dei conta, estava me arremessando na direção da mão de Bailey que segurava o meu teste. Ela o tirou do meu caminho bem a tempo, recuando alguns passos, enquanto eu cambaleava para a frente.

— Droga, garota. Relaxe. Você só vai ter isso de volta se me prometer algo.

— Nunca vai acontecer — falei com rispidez, recuperando o equilíbrio e me lançando contra Bailey uma segunda vez. Ela retrocedeu até a pia, rindo das minhas tentativas inúteis de arrancar o teste de sua mão. Finalmente consegui agarrar seu braço. Estava usando toda a minha força para fazê-la soltar o teste e, então, senti algo frio e pontudo no meu pescoço.

— Eu disse para você relaxar.

Fiquei paralisada. Em seguida, de forma cautelosa, dirigi meus olhos ao espelho do banheiro para ver nosso reflexo. Bailey estava segurando uma caixa de plástico preta junto ao meu pescoço. Levei um momento para registrar o que era aquela caixa, já que até aquele momento só a tinha visto em programas de TV envolvendo policiais. Era uma arma de choque elétrico. Ela tinha um maldito Taser.

— Ah, meu Deus. Como você entrou com isso na escola? Você poderia ser expulsa! E a menos de um mês da formatura!

— Claro que esse seria seu primeiro pensamento quando alguém aponta um Taser contra você — Bailey disse, bufando.

Soltei seu pulso, e Bailey abaixou a coisa e se afastou alguns passos de mim.

— Agora, onde estávamos mesmo? Ah, sim, a promessa. Devolvo-lhe o teste se você me garantir algo muito importante: que seu parceiro reprodutor não foi Kevin Decuziac.

Contive um gemido. Bailey sabia que Kevin era meu namorado. Toda a escola sabia. Ele era a estrela do time de futebol. Tocava na banda da igreja. Todos gostavam dele, até os meus pais. Com certeza, suas notas não eram excelentes, mas seu senso de humor idiota mais do que compensava aquilo. E, mais importante, ele era totalmente afeiçoado a mim. Apenas Bailey podia ter um problema com Kevin.

Ao ver minha expressão, Bailey torceu o nariz em falsa aversão.

— Credo!

— Não sei por que você está tão surpresa — resmunguei, na defensiva.

— Não sei, acho que continuo esperando que você use seu cérebro e termine o namoro. Ou que ele morra de ebola ou algo assim. Eca! Eca! Eca! — Bailey disse, fazendo um som de engasgo, como se ela fosse uma gata com uma bola de pelo. — Não posso acreditar que você deixou esse bundão pegajoso entrar em você! — prosseguiu. Então, ela se curvou, fingindo engasgar um pouco mais.

Percebi que, no entusiasmo para representar o seu nojo, Bailey colocou a arma de choque na borda da pia.

Andei até ali e peguei a arma enquanto Bailey fingia vomitar em todo o chão. Ela simulou mais algumas ânsias de vômito até notar a pequena caixa preta apontada para ela. Naquele momento, arregalou os olhos e sorriu.

— O.k., você me impressionou.

— Me passe o teste — disse, tentando fazer minha voz soar ameaçadora, como meu pai fazia quando ficava bravo com meu irmão por brincar com uma de suas bolas de beisebol autografadas.

— Faça isso.

— Faça isso o quê? — exclamei, baixando o Taser, confusa.

Bailey se aproximou de mim, totalmente despreocupada com a arma não letal, mas que provavelmente provocava bastante dor, apontada para ela.

— Nunca usei isso. Quero saber como é.

De repente, perdi toda a raiva. Bailey ainda era a mesma. Ainda era o tipo de garota que faria algo estúpido, como querer saber quantos volts de eletricidade passariam por ela, só para poder dizer que experimentou aquilo. E aquilo ainda me irritava muito.

Bailey pareceu pensativa.

— Quero saber se vou espumar pela boca.

— Não vou dar um choque em você.

— Imaginei — Bailey suspirou, desapontada.

Ficamos nos entreolhando, sem saber o que aconteceria a seguir.

— Vamos lá, Bailey. Somos amigas — disse, e foi a coisa errada a dizer.

— Somos? — Bailey perguntou, com um sorriso de escárnio.

— Quer dizer... Bem...

— É a sétima série de novo? — Bailey perguntou e arregalou os olhos, fingindo surpresa. Ela olhou para os próprios seios. — Hum. Eu tenho peitos enormes. Então, provavelmente não estamos na sétima série — ela disse e olhou feio para mim. — O que significa que não somos amigas.

Bailey nunca iria me devolver o teste. Então, fiz a única coisa que consegui pensar. Peguei o Taser, joguei dentro da pia e pus a mão na torneira. Uma gota de água caiu sobre o plástico preto.

— Me dê o teste ou o Taser vai tomar um banho — disse. Um alerta real se apossou da expressão de Bailey. Abri a torneira um pouquinho. Outra gota de água caiu sobre o Taser. — Essa coisa não é à prova d'água, com certeza.

Bailey deu um passo involuntário em minha direção.

— Não. Minha mãe vai me matar. É sua arma favorita depois da Glock rosa. Hoje em dia, ela está muito ligada em autodefesa.

Sorri e estendi a mão, esperando. Com um suspiro, Bailey colocou a contragosto o teste na palma da minha mão. Meus joelhos quase se dobraram com o alívio que senti. Sem um segundo olhar para Bailey, corri para a cabine mais próxima e tranquei a porta.

— Ah, qual é agora? — ela perguntou. — Achei que éramos grandes amigas. Você não quer compartilhar esse momento?

Não, eu não queria compartilhar o momento. Não queria estar passando por aquele momento de nenhuma maneira. E, uma vez ali, não conseguia encarar aquele teste estúpido.

Bailey começou a cantar uma antiga música de Hannah Montana: *"You're a true friend, you're here till the end..."*.

Tentando bloqueá-la, respirei fundo e abaixei os olhos. Duas pequenas linhas cor-de-rosa, lado a lado.

Positivo. O resultado deu positivo.

Senti um calafrio percorrer o corpo. Minha visão ficou embaçada. A música de Bailey se tornou um zumbido abafado. Vi duas grandes lágrimas caírem sobre o bastão de plástico em minha mão.

Bailey parou de cantar. Ouvi uma pancada surda e ergui os olhos. Então, vi Bailey pendurada na porta da cabine novamente. Não me senti envergonhada pelas lágrimas e pelo muco que rolavam pelo meu rosto. Não importava. Tudo o que importava eram aquelas duas linhas.

— Droga — Bailey disse.

Não houve júbilo em sua exclamação. Ela até conseguiu parecer um pouco triste por mim. Por algum motivo, aquilo me fez chorar ainda mais.

Alguns minutos depois, quando saí da cabine com o rosto manchado, mas sem lágrimas, fiquei surpresa ao ver Bailey ainda à minha espera, sentada sobre a borda da pia, com os coturnos balançando.

— Sinto muito, isso é uma merda.

Queria olhar para ela, mas não conseguia.

— Você não conta para ninguém? É possível? Por favor? — disse, mal conseguindo sussurrar as palavras.

Até para mim, soaram patéticas e nada convincentes. Quem não passaria adiante uma fofoca como aquela? Eu conhecia minha reputação. Notas excelentes. Jogadora de vôlei do time principal da escola. Capitã da equipe de debate. Pele boa, cabelo impecável, nariz engraçadinho. A mais querida e a que tinha a maior probabilidade de sucesso. O que significava que, por mais que todos fingissem me amar, a maioria não via a hora de eu me ferrar. Podia imaginar a expressão presunçosa de Hannah Ballard quando ficasse sabendo que ela seria a oradora da turma. Eu tinha certeza de que a gravidez era uma desqualificação automática. O que era muito injusto. Não era isso que afetaria minhas notas e...

— Meu Deus. O que quer que você esteja pensando agora, simplesmente pare. Você parece que está prestes a fazer cocô. Não vou contar para ninguém — Bailey afirmou, tirando-me da minha escalada de pânico.

— Por que não? — indaguei, deixando escapar a pergunta antes de conseguir me controlar.

— Porque todos nessa escola são uns babacas — Bailey respondeu, dando de ombros.

* * *

O celular apitou em minha mochila. Repetidas vezes. Estava sentindo o estômago revirar. Não conseguia relaxar. Era como se houvesse um letreiro gigante de neon em minha testa piscando a palavra GRÁVIDA. Toda vez que via o meu reflexo enquanto atravessava os corredores, imaginava como eu estaria dentro de alguns meses, com o estômago sobressaindo em relação aos dedos dos pés e o contorno do umbigo saliente na camiseta. Não tinha certeza se o enjoo que estava sentindo era um sintoma inicial ou nervosismo. Mas aquela não era a pior parte. A pior parte era o motivo pelo qual meu celular estava vibrando em minha mochila a cada três minutos e meio. A pior parte era Kevin.

Não estava pronta para contar para ele. Consegui evitá-lo durante todo o dia. Por sorte, não tivemos nenhuma aula juntos. E, durante o almoço, me refugiei na biblioteca, um lugar em que ele nunca tinha posto os pés. Mas aquilo não fez interromper as mensagens de texto. Peguei o celular.

Kevin: 😳⏰🏫🚗?
Kevin: ❤️❤️❤️❤️
Kevin: ?
Kevin: ?
Kevin: 😬
Kevin: 🙂
Kevin: 💔

Suspirei, recolocando o celular na mochila. Não poderia evitá-lo para sempre. Mas o que eu deveria dizer? *Oi, querido, apesar de você sempre usar camisinha e às vezes mais de uma, ainda assim engravidei.* Era o pesadelo de todo rapaz adolescente. Felizmente, as aulas tinham acabado naquele dia. Em cinco minutos, minha carona estaria ali e aquilo seria um problema para o dia seguinte. Percorri com os olhos o estacionamento, procurando o Toyota Sienna amassado da sra. Hennison, e estava pronta para correr a toda velocidade quando o visse.

De repente, minha visão escureceu quando duas mãos cobriram meus olhos. Gritei.

— Adivinhe quem é...

Com certeza, a sorte continuava a não me ajudar.

— Ei, Kevin — disse.

Ele tirou as mãos dos meus olhos e me virou. Kevin tinha olhos azul-acinzentados, cabelo com um topete natural e ondulado, em uma desordem gloriosa, e um sorriso que me derretia. Era um sorriso que dizia toda vez que Kevin me via que ele não podia acreditar em sua sorte. Ele estudou minha expressão, preocupado.

— Uau, assustei você?

— Não. Bem, quero dizer, um pouco.

Kevin pegou meus braços e começou a esfregá-los.

— Está tudo bem? — perguntou, procurando meus olhos.

Desviei o olhar, certa de que meus olhos revelariam meu segredo.

— Você não respondeu às minhas mensagens — ele prosseguiu.

— Desculpe. Eu... Ah... Estava muito ocupada — disse.

Antes que Kevin pudesse sondar mais detalhadamente, um amigo seu lhe deu um tapinha nas costas quando passou por ele.

— Vejo você no Conner? — o amigo perguntou.

— É isso aí — Kevin confirmou, dando uma cutucada com o cotovelo no amigo. Então, virou-se para mim novamente. — Contei para você que Conner entrou na Universidade da Flórida? Quinn vai para a Universidade Estadual do Arizona. Hudson se alistou nos fuzileiros navais. Todo mundo está indo embora.

— Eu sei. Último ano. É uma loucura.

Kevin abaixou os olhos e sua expressão exibiu um lampejo de aborrecimento.

— Você está tentando jogar isso na minha cara? — ele perguntou.

Momentaneamente confusa, pisquei. Então, lembrei que estava usando meu novo agasalho de moletom da Universidade Brown.

— Não. Meus pais compraram para mim. Sabe, eles estão superempolgados.

Kevin brincou com o zíper por um momento e depois abriu um sorriso.

— Você sempre pode tirar uma nota ruim nos exames finais. Então, você poderia ir para a Estadual do Missouri comigo.

Foi a minha vez de ficar aborrecida. Já tínhamos discutido aquilo antes. Esquivei-me de seus braços.

— Não podemos...

Kevin fez um beicinho.

— Ei, só estava brincando — disse, e me puxou de volta para ele. — Qual é o problema?

— Nada — respondi.

Eu não podia contar para ele. Ali no estacionamento, no meio de todos os nossos colegas de classe, com o sr. Contreras direcionando o tráfego, não era a hora nem o lugar certos para dar aquele tipo de notícia. Embora eu não tivesse ideia de qual seria a hora ou o lugar certos.

— Sério, eu só estava brincando. Você sabe que vou de carro até Rhode Island para ver você todos os fins de semana.

— Eu sei.

— Eu amo minha bela dama da Ivy League — Kevin disse com um sorriso brincalhão. Era difícil resistir ao charme dele. Meu coração bateu mais forte. Eu iria arruinar tudo.

— Também te amo — disse, mas minha voz soou desanimada, até para os meus ouvidos.

— Você tem certeza? — Kevin perguntou, olhando para mim de modo penetrante.

— Sim — respondi, colocando o máximo de convicção por trás da palavra, esperando que ele lembrasse posteriormente.

Kevin deu um sorriso largo, satisfeito.

— Isso é tudo que importa.

Esperava que sim, mas duvidava daquilo. Ele voltou a me beijar. Mas, quando a sua boca encontrou a minha, a sensação familiar de arrebatamento e o barato vertiginoso da emoção não se manifestaram. Eu estava nervosa demais. Tudo o que consegui ver quando fechei os olhos foram aquelas duas linhas cor-de-rosa.

— Ronnie! Pare de ser nojenta e entre no carro! — Emily gritou, com sua voz atravessando o estacionamento. Eu me livrei de Kevin e corri.

* * *

Observei a sequência de lojas e restaurantes de *fast-food* passar pela janela suja do assento traseiro da minivan da sra. Hennison. Emily, Jocelyn e Kaylee, minhas melhores amigas desde o primeiro ano, estavam ocupadas em seus celulares. Todas nós frequentávamos a mesma igreja, e a sra. Hennison nos dava carona desde a segunda semana da nona série, depois que Joey Mitchell tirou seu pênis para fora no ônibus e o exibiu para Jocelyn. Logo depois, Joey foi enviado para a escola militar, mas o estrago já havia sido feito. Em conjunto, nossos pais decidiram que a única opção segura seria pegarmos carona com a sra. Hennison.

E foi assim que nosso grupinho se formou. Eu tinha carteira de motorista, mas não tinha carro, e podia contar nos dedos de uma mão quantas vezes meus pais me emprestaram o carro deles. Isso, juntamente com as aulas dos cursos avançados, o Decatlo Acadêmico, a equipe de debate e o jornal da escola, deveria ter liquidado nossa vida social, mas, com Kevin como meu namorado, éramos também bem-vindas em todas as festas. Não éramos as garotas mais legais da escola, mas todo mundo sabia quem éramos. E, naquele momento, estávamos sendo aceitas em boas faculdades e prestes a cair fora de nossa cidadezinha chata e esquecível. Supondo que passássemos nos exames finais. E supondo que eu... Meus pensamentos se afastaram da verdade que eu teria que enfrentar se quisesse me abrigar em um dormitório universitário na costa leste no outono.

Kaylee tirou os olhos do celular.

— Está tudo resolvido. Meu pai concordou em mudar a data da viagem para pescar.

— Você usou "olhar de cachorrinho" ou "tremor nos lábios" para convencê-lo? — Jocelyn perguntou, sorrindo.

— Usei fatos. Disse a ele que todo ano costumamos usar a cabana para nos prepararmos para os exames finais e que esta seria a nossa última vez. Então, os robalos teriam que esperar. Em seguida, chorei um pouquinho.

As garotas riram.

Fim de semana de ralação para os exames finais. Tinha esquecido completamente. Todo ano, antes dos exames finais, de sexta à noite até domingo, passávamos na cabana de pesca do pai de Kaylee estudando. Inicialmente, uma de nossas mães ia conosco, mas, no ano passado, pudemos ir sozinhas. Os pais de Jocelyn emprestaram o carro, o que provavelmente não foi a melhor decisão da parte deles. Jocelyn mal conseguia ficar na sua faixa, e curvas à esquerda a deixavam nervosa. Porém, conseguimos chegar lá inteiras. Revisamos nossas anotações, bebemos muito refrigerante e assistimos a filmes românticos bobos. Foi incrível.

Emily me cutucou.

— Você tem certeza de que vai ficar bem?

Olhei para ela, surpresa. Como Emily sabia? Minha expressão parecia diferente? Eu já estava mais gorda?

— Duas noites longe de Kevin — Emily continuou.

Relaxei. Eu era a única do grupo que tinha namorado, e elas sempre me zoavam por causa do namoro. Mas eu também era a única fonte direta de informação sexual e, assim, elas nunca levavam a zoação longe demais.

— Você pode trazer Kevin com você — Kaylee sugeriu inocentemente.

— Sim, qual é exatamente seu sentimento sobre poliamor? — Emily perguntou.

— Aposto que ele poderia nos ajudar a *relaxar* entre as sessões de estudo — Jocelyn afirmou, sorrindo de modo malicioso.

— MENINAS! — a sra. Hennison repreendeu, no assento do motorista.

As garotas reagiram dando risadinhas.

Uma buzina estridente nos surpreendeu. Olhei pela janela. Era Bailey, em seu Toyota Camry caindo aos pedaços, dirigindo com o assento bem reclinado. Ela pôs um braço para fora e deu um aceno preguiçoso.

Emily torceu o nariz.

— Credo! O que a recepcionista de Walmart da turma de 2020 quer da gente?

— Aí está a razão pela qual só saio daquela cabana depois de ter memorizado minhas anotações de cálculo — Kaylee disse, tirando seu livro escolar. — Sem chance de acabar assim.

Jocelyn se virou para mim.

— Vocês não eram amigas dela na sétima série ou algo assim?

Emily arregalou os olhos.

— Esqueci totalmente! Ela não foi presa em nossa excursão escolar ao Museu Laura Ingalls Wilder no ano passado?

— Ouvi dizer que ela gravou o nome dela em uma carroça — Kaylee acrescentou.

— Não, ela roubou uma touca — Emily contestou.

— Que diferença faz? Vocês eram amigas, não é? Ela apareceu em sua festa de aniversário no primeiro ano — Jocelyn insistiu.

Senti os olhos de minhas amigas sobre mim, esperando por uma resposta.

— Só porque minha mãe me obrigou a convidá-la. Mas não éramos íntimas. Porque, você sabe, ela é totalmente biruta — disse, fazendo um pequeno gesto circular com o dedo ao redor do ouvido.

As garotas riram.

Imediatamente me arrependi do que disse. Não havia nenhuma boa razão para eu não ter contado a verdade sobre minha amizade com Bailey. Minhas amigas não se importariam. Então, por que eu sim?

Dez minutos depois, desembarquei da minivan e percorri o acesso de asfalto rachado que levava à porta da frente. Meu pai já estava em casa. Seu Ford estava estacionado na entrada de veículos e tinha um adesivo no para-choque que dizia "Minha filha é uma estudante destacada da Jefferson High School".

Depois de abrir a porta da frente com cuidado para que ela não rangesse, andei na ponta dos pés e subi a escada para o meu quarto. Abri meu *laptop* e rapidamente pesquisei todas as plataformas de mídia social em que consegui pensar, procurando pelo perfil de Bailey. Porém, a pesquisa acabou revelando que ela realmente era uma rebelde. A única coisa que encontrei foi uma página antiga do Facebook, e a única coisa que havia nela era uma foto de Bailey mostrando o dedo do meio. Suspirei, sentindo a tensão aumentar.

Então, com os dedos trêmulos, digitei as duas palavras que sabia que digitaria logo que vi aquelas pequenas linhas cor-de-rosa. *Aborto. Clínica.*

* * *

O sol tinha se posto e meu quarto estava iluminado apenas pelo brilho da tela do *laptop* que banhava minhas mãos com uma estranha luz azulada. Estava sem forças por causa da exaustão. Digitar aquelas palavras fora a parte fácil do processo. Passei as horas seguintes percorrendo informações desatualizadas e sites enganosos. Finalmente, encontrei minha resposta.

Havia uma clínica a duas horas de distância. Eu estava salva.

Podia ver meu futuro novamente. Conhecer minha nova companheira de quarto na Brown. Estudar à noite na biblioteca. Discutir com meus professores. Um futuro estágio. A graduação. Uma carreira em uma cidade grande. Um *loft* no centro da cidade. Sapatos sofisticados. Uma sala cheia de pessoas me ouvindo enquanto eu as liderava em uma reunião. Drinques depois do trabalho. Minha própria conta na Netflix... Mas meu celular permanecia intocado ao meu lado. Não consegui digitar o número. O que aconteceria se eu não conseguisse?

Um bebê chorou. Afastei-me do *laptop*, assustada.

— Ronnie, venha jantar. Sua irmã está aqui — minha mãe chamou. Fechei o *laptop* e corri para o andar de baixo.

À mesa de jantar, sentei-me no lugar em que me sentava desde sempre, bem debaixo da placa que pedia a Deus para "Abençoar esta refeição", ao lado do meu pai. Minha almofada de seda na velha cadeira de carvalho estava manchada e tão fina que eu bem que poderia estar sentada sobre a madeira naquele momento. A sala tinha o cheiro de milhares de jantares que foram servidos ali ao longo dos anos. O cheirinho do frango com queijo era ligeiramente reconfortante, sobretudo porque naquele momento o nível de decibéis na sala estava em algum lugar entre o de um concerto de rock e o da pista de um aeroporto.

Ethan, meu irmão caçula, estava com o celular do meu pai, tirando sons estridentes de seus minúsculos alto-falantes. Minha sobrinha de cinco meses estava gritando enquanto Melissa, minha irmã, tentava enfiar uma garrafa em sua boca. Ao lado dela, meu sobrinho de dois anos estava jogando bolachas em forma de peixe no chão, gritando "Procure Nemo! Procure Nemo!". Meu cunhado estava perseguindo Logan, seu filho mais velho, ao redor da mesa, implorando-lhe para sentar-se. Logan brincava com um robô que tinha luzes piscantes e fazia ruídos de laser. Em meio a tudo isso, meu pai estava simplesmente sentado, bebendo sua cerveja.

Minha mãe entrou na sala ostentando um sorriso luminoso e carregando um assado de macarrão com frango cremoso.

— Vamos rezar?

Todos nós nos demos as mãos, enquanto meu cunhado levava o filho mais velho à sua cadeira, ameaçando tirar o robô dele. Meu pai segurou minha mão com firmeza. Era uma mão grande, áspera e familiar.

— Senhor, obrigada por esta refeição... — minha mãe começou a rezar.

— Logan! Volte para o seu lugar! — Melissa gritou. Meu sobrinho tinha deslizado para debaixo da mesa. Podia senti-lo brincando com os cadarços de meus sapatos.

— E obrigada, Senhor — minha mãe continuou, imperturbável —, por abençoar nossa filha Veronica com sua admissão na Brown. A primeira em nossa família a ir para a faculdade.

Meu pai apertou minha mão e moveu os olhos para encontrar os meus, com um sorriso tímido nos lábios.

— Logan! Chega! Um! Dois! — minha irmã disse, começando a contar.

Minha mãe gritou e agarrou a perna.

— Logan, não morda a vovó. Não é bonito.

— Dê um chute nele — meu pai balbuciou, mas acho que fui a única que o ouviu.

— Pete! Controle seu filho! — minha irmã repreendeu.

Naquele momento, a bebê aproveitou para cuspir em si mesma. Meu pai deu uma risada e, em seguida, tentou convertê-la em uma tosse.

— Amém — minha mãe terminou e mergulhou uma colher de servir na forma. — Quem é o primeiro?

O resto do jantar caminhou razoavelmente bem, com apenas uma quantidade mínima de macarrão arremessada na parede pelo pequeno Logan. Passamos para os *sundaes* e, então, minha irmã ficou de pé e pigarreou.

— Tenho um pequeno comunicado a fazer.

— Você está terminando seu curso de enfermagem? — perguntei.

— Não — minha irmã respondeu, sorrindo. Então, acrescentou, radiante: — Estou grávida!

De um salto, minha mãe se levantou da cadeira com um grito de alegria. Meu pai expirou, longa e lentamente, e pareceu afundar um pouco mais em seu assento. Vi que seus olhos desviaram para a minha mão, para assegurar-se de que meu anel de castidade ainda estava ali. Em seguida, deu um sorriso e ofereceu "felicitações" cordiais para minha irmã.

Girei o anel em meu dedo, sentindo suas espirais e ranhuras familiares. Tinha sido ideia do meu pai. Na ocasião, pulei de alegria, ansiosa para ir à igreja e fazer a promessa que significara quase nada quando eu tinha doze anos, só para mostrar a ele que eu era melhor que a minha irmã.

Eu não deveria saber, claro, mas ouvi as discussões. Nossa casa era pequena e as paredes eram finas. Por mais que fosse a imagem da maternidade devota agora, Melissa começou um pouco mais cedo do que qualquer pessoa da minha família estaria disposta a admitir. Na noite em que ela chorou ao contar para os meus pais, fazia apenas algumas semanas que havia conhecido Pete e tinha acabado de começar seu curso de enfermagem.

Meu pai não gritou. Ele deixou isso para minha mãe. Não, meu pai era calmo, praticamente imutável. No que diz respeito a ele, minha irmã era mãe naquele momento, e as necessidades dela viriam sempre em segundo lugar em relação às de seus filhos. Isso foi o que ele e minha mãe fizeram por nós.

Para cada argumento de Melissa, meu pai reagiu com amor e apoio. Prometeu ajuda, dinheiro, serviço de babá, tudo o que eles precisassem. Finalmente, com a voz embargada, ele implorou. Então, no fim de semana, sorridente, minha irmã noivou, esquecida de quaisquer planos que tinha tido para sua vida. Como os sonhos de alguém podem resistir a tanto amor?

Sabia que os meus não podiam.

Claro que meu pai provavelmente não previu a completa falta de capacidade de minha irmã de cuidar dos filhos.

Senti um puxão no meu jeans e olhei para baixo. Logan estava debaixo da mesa, sorrindo, com uma cenourinha enfiada até a metade no nariz. Fiquei de pé, com a cadeira raspando o piso de madeira quando a empurrei para trás.

— Com licença?

Cinco minutos depois, estava sentada em meu *closet*, com o *laptop* sobre os joelhos e o celular na mão. Uma carreira escolar digna de trajes formais me rodeava como um casulo, com a renda áspera do meu vestido de baile roçando meu rosto e o cetim liso do vestido de formatura deslizando sobre o meu braço. Eles ainda tinham um cheiro fraco de perfume e laquê. Tentei desacelerar meu coração disparado. Estava esperando que o *closet* propiciasse um pouco de isolamento acústico extra para o telefonema que estava prestes a fazer. Pressionei o último dígito do número e segurei o celular junto ao ouvido. Uma voz automatizada respondeu. Fiquei aliviada. Talvez não tivesse que falar com ninguém. Selecionei o número apropriado e esperei.

— Planned Parenthood. Como posso ajudá-la?

Senti o ar faltar. Não consegui falar.

— Alô? — a voz do outro lado da linha perguntou.

— Oi, eu, ah, preciso marcar uma consulta — disse, incomodada por minha voz ter soado tão baixa.

— E a consulta seria a respeito do quê?

Semicerrei os olhos, como se isso de algum modo me impedisse de ouvir as palavras que precisava dizer.

— Eu preciso... — comecei a falar, mas não consegui prosseguir. Se conseguisse, tornaria real. — Estou fazendo um artigo sobre aborto e, ah, queria falar com um médico.

Houve uma pausa do outro lado da linha. Pareceu uma eternidade, mas não deve ter durado mais do que um segundo. Naquele segundo, senti a vergonha e o terror que guardei bem dentro de mim prestes a explodir. Felizmente, antes que eu pudesse me dissolver em uma poça de soluços sufocantes, a telefonista falou.

— Querida, quantos anos você tem?

— Dezessete — respondi.

Houve outra pausa. Uma mais longa.

— Você pode marcar uma consulta para ver um médico para o seu "artigo", mas, no estado de Missouri, você precisa da permissão do pai ou da mãe se tiver menos de dezoito anos. Isso seria possível para você?

Por um longo momento, tudo o que consegui fazer foi ficar sentada em meu casulo de lantejoulas e cetim, ofegando, enquanto algo dentro de mim se despedaçava.

— Não, não acho que será possível. Existe, então, de alguma forma...

— Você pode recorrer à Justiça, mas isso pode demorar um pouco. E você provavelmente vai precisar de um advogado — ela disse gentilmente, mas tive a impressão de que ela tinha tido essa conversa mais de uma vez e sabia exatamente quão ridícula era sua sugestão.

— Ah, o.k. Não acho que vou fazer isso. O artigo não é tão importante. Bem, obrigada pela sua ajuda — disse, quase apertando o botão para encerrar a chamada quando a telefonista falou novamente.

— Há outros lugares onde você não precisa de permissão do pai ou da mãe para seu... artigo — ela disse.

Meu dedo ficou paralisado sobre o botão.

— Sério?

— Sim. Onde você mora?

— Columbia.

A linha ficou muda enquanto a telefonista acessava algo em seu computador.

— Parece que o lugar mais próximo para você é em Albuquerque.

— Existe uma Albuquerque no Missouri? — perguntei, confusa.

— Não.

— Ah — disse e pigarreei, nervosa. — Hum, qual é a distância que fica de Columbia?

— 1.590 quilômetros.

* * *

Kevin: *Três dias sem você. Não tenho certeza se vou sobreviver.* ☺

Recebi a mensagem de texto de Kevin enquanto estudava a rota de minha casa para a clínica em Albuquerque, no Novo México. A telefonista da Planned Parenthood tinha razão. Era o local mais próximo. Quase *mil e seiscentos* quilômetros, apenas. Estava estudando o percurso desde que desliguei o telefone na noite anterior. Havia algumas maneiras de chegar ali, e eu avaliava as vantagens de uma rota um pouco mais curta em contraste com um trajeto mais longo, embora mais rápido.

Mal conversei durante a carona para a escola. Enquanto somava o custo dos pedágios, deixei que as outras garotas discutissem a sequência exata da maratona de filmes de Ryan Gosling em nosso fim de semana de ralação para os exames finais. Fui duas vezes ao banheiro durante a aula de educação física para pesquisar sobre obras planejadas em rodovias. Até arrisquei uma olhada rápida no celular durante a aula de física para refazer meus cálculos.

Consegui minha resposta. Não seria o percurso mais curto, mas, levando em conta todas as variáveis, ficaria com o mais rápido, e ele estava gravado em minha memória. Naquele momento, era hora do almoço. Minha bandeja de comida permanecia intocada, mas não conseguia largar meu celular.

Kevin: ☹
Kevin: 😰
Kevin: 😱

Antes de dar o telefonema, não tinha certeza se iria contar para Kevin. Se ninguém soubesse, seria como se não tivesse acontecido. Eu ainda poderia continuar sendo eu: Veronica. O tipo de garota que tirava notas excelentes, ganhava bolsas de estudo e não engravidava sem querer. Mas agora eu precisava de uma carona. E não apenas na cidade. Uma viagem de 14 horas, cruzando divisas estaduais, sem paradas. E outra viagem de volta de 14 horas.

Kevin era a escolha óbvia. Ele era meu namorado. Ele me amava. Ele era metade da razão pela qual eu precisava fazer isso. E ele teria de bancar metade do custo, porque era muito mais caro do que achei que seria. Eu teria de contar para ele. Montei um plano.

Já tinha o disfarce perfeito: fim de semana de ralação para os exames finais. 72 horas longe de meus pais. Poderia dizer às minhas amigas que queria ter um fim de semana romântico a sós com Kevin. Elas entenderiam. Provavelmente, elas já estavam meio que esperando aquilo. Enquanto isso, Kevin e eu estaríamos atravessando quatro estados em alta velocidade para que eu chegasse a uma clínica de aborto.

Com os dedos trêmulos, digitei uma mensagem para Kevin.

Eu: Que tal trocar um fim de semana de ralação para os exames finais por três dias com você?

Respirei fundo, mas antes mesmo que eu pudesse soltar o ar...

Kevin: 🍆🍆 🍩 Está brincando? Você tem certeza? Sei que você adora o fim de semana de ralação para os exames finais com as garotas.

Suspirei. Kevin ficaria muito decepcionado quando eu contasse a ele o que era realmente aquilo.

Eu: Tenho certeza. 🖤

Àquela hora, as garotas estavam geralmente ali. Percorri com os olhos o refeitório procurando por elas. Do outro lado do recinto, ouvi o barulho de uma bandeja caindo no chão. Virei-me e vi um grupo de calouros se afastando às pressas do canto mais escuro e distante. Bailey latia alto, fazendo com que os garotos fugissem. Ver sua rotina solitária a pleno vapor foi um alívio. Pelo menos ela não estava brindando o refeitório com histórias sobre a minha gravidez.

— Ronnie! Ah, meu Deus!

Eu me virei.

Emily, Jocelyn e Kaylee estavam contornando as mesas do refeitório para me alcançar, com seus olhos brilhando de excitação.

— Você ouviu?

— Dá pra acreditar?

— Está morrendo de vontade de saber?

Elas lançaram suas perguntas para mim uma após a outra, tão rápido que não fui capaz de responder.

— Ouvi o quê? — perguntei com algum receio. Tive que lembrar a mim mesma que, se elas tivessem ouvido falar sobre a minha situação, não estariam tão alegres e excitadas. Pelo menos eu achava que não.

— Hannah Ballard foi pega vendendo anfetaminas para alguns caras do penúltimo ano — Emily disse, com a voz uma oitava acima do normal por causa de seu prazer mal contido.

As garotas se agruparam ao meu redor, ansiosas para dar os detalhes.

— Ela tentou dizer que era a primeira vez que fazia aquilo...

— Que era a pressão do último ano ou algo assim...

— Mas, sabem, ela provavelmente estava vendendo essa coisa havia anos...

— Então, agora, ela vai ser expulsa...

— E seus pais vão mandá-la para a clínica de reabilitação...

— O que significa...

— Você vai ser a oradora da turma, Ronnie! — Kaylee disse por fim, triunfante.

Comemorando, as garotas deram pulos de alegria. Seus gritos ecoaram pelo refeitório. Dei um sorriso forçado, mas senti um vazio com a notícia. Enquanto elas continuavam a pular, percorri o recinto com os olhos. Do seu canto, Bailey estava sentada nos observando. Seus olhos encontraram os meus e seu sorriso se alargou. Ela deu uma palmadinha em seu ventre. Desviei o olhar.

— Talvez ela estivesse sob muita pressão — disse.

As garotas pararam de pular e olharam para mim como se eu estivesse falando chinês. Não, não era chinês. Eu tive mandarim na décima série. Elas ficaram boquiabertas, como se eu tivesse falado finlandês.

— Todas nós estamos sob muita pressão — Kaylee disse, torcendo o nariz.

— Mas e se realmente foi um erro único? E se foi apenas um impulso estúpido? Talvez ela estivesse cansada de sempre ser tão perfeita. Ela errou uma vez e agora toda a sua vida desmorona? — afirmei, com a voz assumindo um tom de pânico.

Confusas, as garotas olharam para mim. Forcei-me a me acalmar.

— Não parece justo — finalizei de modo não convincente.

Houve um instante de silêncio.

— Ronnie... — Emily começou a falar.

— Você é muito legal — Jocelyn interveio.

— Sim, você não é capaz de descer ao nível das pessoas normais e se entregar a um bom e velho prazer em ver a desgraça dos outros — Kaylee acrescentou.

— Por que falar assim? — Jocelyn disse, desaprovando a fala de Kaylee.

Consegui dar um sorrisinho.

— Há algo errado? — Emily perguntou.

— Não, claro que não — respondi, com o estômago embrulhando.

— Vamos, você sempre quis ser a oradora da turma. E agora tudo o que estamos recebendo é um sorrisinho triste? Algo está acontecendo. Desembucha.

Olhei para minhas amigas. Talvez eu pudesse contar a elas o que realmente estava acontecendo. Mas então pensei em Hannah Ballard e na expressão de alegria delas ao me revelarem o que tinha acontecido com ela. Quando estivessem sozinhas, elas assumiriam a mesma expressão ao falar a meu respeito? Afinal de contas, se eu não fosse a oradora, provavelmente uma delas seria.

— É... Kevin. Ele quer que eu me livre de vocês e passe o fim de semana com ele — disse finalmente. Elas não precisavam saber que eu dei a ideia a ele. As garotas suspiraram de alívio.

— Ah, graças a Deus.

— Achei que era algo trágico.

— Um câncer no cérebro, talvez.

— Ou que sua bolsa de estudos tivesse dançado.

— Ou que você estivesse grávida.

Minhas amigas caíram na gargalhada e eu me forcei a rir junto com elas, ainda que todo o meu corpo tivesse ficado paralisado.

— Hahaha! De jeito nenhum. Isso é hilário — consegui dizer.

Com o canto do olho, vi Bailey se aproximando. As pessoas saíram do seu caminho espalhando-se como folhas secas. Ela estava vindo em nossa direção? Prendi a respiração, mas ela passou pisando duro sem parar.

Emily pousou o braço sobre os meus ombros e me deu um aperto.

— A gente sabia que você ia cair fora.

— Sim, é uma oportunidade perfeita demais.

— Então, vocês não estão bravas? — perguntei.

— De jeito nenhum. Se alguma de nós tivesse um cara que se parecesse com Kevin, faria a mesma coisa.

— Sério, o que ele faz com o cabelo para deixá-lo com aquele topete?

— Psiu! Lá vem ele! — Jocelyn sussurrou, olhando por sobre o meu ombro.

Eu me virei e fiquei quase nariz com nariz com meu namorado. Kevin estava tão perto que consegui sentir o cheiro do sanduíche de manteiga de amendoim e geleia em seu hálito. Recuei um passo.

— Ah, amor, desculpe. Continuo assustando você. É como se eu fosse uma nota ruim ou algo assim — Kevin disse, projetando as mãos para a frente como o monstro de Frankenstein e fazendo grunhidos. — Argh, sou uma nota C+.

As garotas riram de sua piada idiota. Ri junto, mas quis que Kevin parasse de me amolar a respeito de minhas notas. Desatento, Kevin se sentou ao meu lado e ofereceu um pacote de balas.

— Alguém quer um? — ele perguntou.

As garotas riram e cada uma pegou um doce.

— Você já contou para elas? — Kevin perguntou, passando o braço em torno de mim.

— Nós vamos dar cobertura a vocês, cara — Emily disse, dando-lhe uma piscadela atrevida.

Kevin respondeu com um sorriso indolente. Emily quase desmaiou. Kevin voltou sua atenção para mim.

— Saca só. Como você está abrindo mão de seu fim de semana a meu favor, quero torná-lo especial. Um jantar chique. Um quarto de hotel. Chocolate. Banheira de hidromassagem — ele disse e imitou uma explosão com um gesto de mão. — Bum!

— Uau, acho que acabei de ovular — Jocelyn disse, suspirando.

— Vamos simplesmente deixar rolar? — intrometi-me, tentando não pensar na conversa que teríamos.

— Espontâneo. Sou capaz disso — Kevin afirmou. — Vai ser um fim de semana que a gente nunca vai esquecer.

Kevin tinha razão a esse respeito.

1 Km

Meus pais acenaram para mim da varanda da frente. Enquanto isso, coloquei minha bolsa de pano no porta-malas e embarquei na minivan de Jocelyn. Joguei minha mochila no assoalho do carro e me sentei. Todas as garotas estavam usando camisetas verde-neon iguais.

— Vejam! — Emily gritou. — Eu as aprontei para o nosso último fim de semana — completou. Nelas estava escrito: "Fim de semana dos exames finais de 2020: a última ralação".

Vesti a minha camiseta sobre a regata sentindo uma pontada de culpa por perder o nosso último fim de semana de ralação. Porém, logo na sequência, experimentei um surto de raiva. Não era justo. Milhões de adolescentes transam e não engravidam. Segui todas as regras. Tomei todas as precauções. Então, por que acabei punida?

A faculdade começaria dentro de poucos meses. Assim que Kevin e eu estivéssemos em cantos diferentes do país, as chances de nos distanciarmos seriam grandes. Quando seria a próxima vez que estaríamos juntos?

Não tinha ilusões. Nós dois conheceríamos novas pessoas. Teríamos interesses distintos. Aquela poderia ser a nossa última vez juntos. E, naquele momento, em vez de coroar meu último ano do colégio com um fim de semana glorioso com minhas melhores amigas, eu ia estar... De novo, minha mente se esquivou do que iria realmente acontecer.

Pela primeira vez desde que descobri a gravidez, minhas emoções subjugaram o pânico que agitava meu estômago e senti lágrimas em meus olhos.

Contendo-as, assegurei-me de que minha expressão era radiante enquanto retribuía os acenos dos meus pais.

— Estude bastante! — meu pai pediu.

— Não deixe de enviar uma mensagem quando você chegar lá! — minha mãe acrescentou.

Kaylee se debruçou na janela do passageiro.

— Sra. Clarke, o sinal do celular não é muito bom na cabana — ela disse em um tom de desculpa aflita.

Por um momento, a expressão de minha mãe vacilou, mas, logo em seguida, ela se recuperou.

— Bem, não custa tentar, Veronica.

— O.k., mãe. Eu te amo — disse e fechei a porta da minivan. Jocelyn deu a partida e pôs o carro em movimento. Enquanto ela acelerava até o limite de velocidade exato, ainda consegui ouvir a voz de minha mãe.

— Nós confiamos em você!

Era sua fala favorita, e ela a usava desde que eu tinha seis anos para garantir minha máxima culpa. A mulher era boa mesmo.

Assim que viramos a esquina, Jocelyn me olhou pelo espelho retrovisor.

— Então, onde você vai ficar?

— No Le Bistro — murmurei.

Imediatamente, o carro se encheu de gritos estridentes. O Le Bistro era o restaurante mais chique da cidade. Meus pais só iam ali no aniversário deles. Era o tipo de lugar onde, se você fosse ao banheiro, um garçom tornaria a dobrar seu guardanapo recolocando-o em sua mesa. Um lugar onde todo o cardápio era escrito em francês, pois se partia do princípio de que você sabia como pronunciar *haricot vert*. Também era o tipo de lugar que eu imaginava que fosse bastante silencioso. Então, *não* era exatamente o lugar mais adequado para ter uma discussão sobre o estado ocupado do meu útero. Mas eu não havia encontrado o momento certo para conversar com Kevin durante toda a semana e, naquele momento, o prazo tinha se esgotado.

— Ah, você não vai usar isso, vai? — Emily perguntou, olhando com desconfiança para minha camiseta e o meu jeans.

Impaciente, Kaylee olhou em volta.

— Ela não podia sair de casa vestida para namorar, podia? — disse, e então virou-se para mim. — Vamos ver o que você tem.

Vasculhando minha mochila, peguei uma minissaia com estampa florida e sapatos de salto alto.

— É a saia preferida de Kevin — expliquei.

Imaginei que precisava de todas as vantagens possíveis naquela noite e não hesitei em escolher aquela minissaia para reduzir a resistência de Kevin. O traje mereceu murmúrios de aprovação das garotas e comecei a desvestir o meu jeans. Com a blusinha que usava sob a camiseta verde-neon, a combinação pareceu bastante apropriada para o Le Bistro. Assim esperava.

Deveria ter levado dez minutos para chegar ao Le Bistro. E provavelmente levou. Mas senti como se tivesse piscado e de repente estávamos entrando no estacionamento. Meu coração começou a disparar. Eu não estava pronta para aquilo.

— Lá está ele! — Emily gritou.

Kevin estava na calçada, olhando para o celular, com o sol do entardecer convertendo o tom do seu cabelo em um dourado ainda mais incrível. Ante a aproximação da minivan, ele tirou os olhos do celular e sorriu. As garotas deixaram escapar um suspiro coletivo de admiração. Jocelyn encostou o carro e, imediatamente, fui sufocada por recomendações.

— Divirta-se!

— Vamos sentir sua falta!

— Quero fotos!

— Sim, principalmente de Kevin na banheira de hidromassagem!

Finalmente, os abraços cessaram e as garotas olharam para mim, expectantes.

— Seu príncipe está esperando — Kaylee disse.

Emily e Jocelyn deram risadinhas.

— Eu não quero ir — afirmei. Não podia acreditar que tinha dito aquelas palavras em voz alta. E nem as garotas podiam.

— O quê? — Jocelyn exclamou.

— Eu sei que o fim de semana de ralação é incrível. Mas Kevin Decuziac parado na calçada esperando por você é ainda mais — Emily acrescentou, incapaz de conter outro suspiro de desejo.

— É que... Bem, Kevin pode ser... um pouco intenso — disse.

Era verdade. Ele era intenso. Na maior parte do tempo, eu achava isso romântico. Como quando ele me convidou para ser seu par na festa de formatura usando a banda marcial. Ou quando ele organizou uma caça a todos os lugares em que nos beijamos, no Dia dos Namorados. Mas naquele momento eu iria desapontá-lo. Eu não seria a garota tão especial que o fazia sorrir toda vez que ele a via. Podia apenas imaginar como ele reagiria à notícia.

Cercada pelas minhas melhores amigas, um pensamento passou pela minha mente. E se eu contasse para elas naquele momento? Talvez eu não precisasse desembarcar da minivan. Talvez Jocelyn pudesse dar a partida e pudéssemos seguir até o Novo México.

— Então, você está dizendo que ele também está apaixonado por você — Jocelyn zombou.

— Não. É que...

— Porque vou lhe dizer uma coisa: mesmo faltando poucas semanas de aula, se você largar o Kevin, alguém vai agarrá-lo.

— Provavelmente uma de nós — Emily entrou na conversa.

— Ele é, sem dúvida, o cara mais tesudo da escola — Kaylee me lembrou.

— Intenso? — Jocelyn caçoou. — Ele pode me "intensificar" toda noite.

Aquilo não estava indo do jeito que eu esperava. Se admitir que tinha alguma dúvida sobre meu namorado perfeito levou a esse ataque, não havia como contar a outra coisa a elas. Dei um sorriso forçado.

— Vocês têm razão. Não sei no que eu estava pensando. Acho que é porque estou nervosa. Nunca estive em um lugar tão bacana — disse.

As garotas pareceram visivelmente aliviadas com essa admissão. De repente, o mundo voltou a fazer sentido. Elas eram as minhas melhores amigas, mas não para dizer algo assim. Nossa amizade se baseou em sucessos e não em fracassos.

Desembarquei da minivan.

* * *

O restaurante estava escuro. Mal conseguia ver o filé com molho em meu prato, o que era bom para mim. Mesmo se fosse capaz de encontrá-lo, estava tão nervosa que não conseguiria engoli-lo. Ainda não tinha contado nada para Kevin. Não consegui. Toda vez que tentava, aparecia um garçom enchendo meu copo de água ou perguntando se eu queria mais pimenta para o meu filé. Kevin estava quase terminando seu prato. Apenas o espinafre permanecia intocado.

— Não é um lugar romântico? — ele perguntou, pronto para consumir o último naco de carne.

— Ah, sim — murmurei.

Estávamos quase terminando a refeição. Eu estava ficando sem tempo e Kevin começou a perceber que havia algo errado. Eu mal tinha falado, e ele se esforçava para continuar a conversa.

— Adoro velas — Kevin disse.

Tinha de contar para ele.

— Sim. Há algo que você deveria saber. Eu...

Qual é, Veronica? Fale de uma vez.

— Olha, não sei o que aconteceu.

Fale de uma vez e ponto final. Aconteça o que acontecer, não pode ser pior do que isso.

— Estatisticamente, é quase impossível...

Apenas não olhe para ele. Apenas não olhe para ele.

— Tente não ficar bravo com o que vou contar para você...

Ofegante, transformei minha voz em um grunhido. Ousei olhar para o outro lado da mesa para avaliar a reação de Kevin. Mas ele não estava ali.

Em vez disso, ele estava ao meu lado, ajoelhado sobre um joelho.

Ai! Ai!

— O que você está...?

Kevin tirou um pequeno estojo de veludo do bolso e o abriu, revelando um delicado anel de ouro amarelo com um diamante de lapidação princesa.

— Case comigo, amor — ele disse.

Reconheci as palavras, individualmente, mas minha mente se recusou a compreendê-las.

— Tentarei ser o melhor marido e pai de todos os tempos. Posso cuidar de nós.

Aquilo estava completamente errado. Eu tinha me preparado para uma briga, com acusações e ataques de raiva, e não para uma proposta de compromisso vitalício. Parte de mim sabia que deveria ser grata. Kevin não estava pirando, mas fiquei desconcertada. Não era o que eu havia planejado. Planejei confessar tudo e, então, antes que ele ficasse muito chateado, apresentar-lhe minha solução de atravessarmos quase meio país. Eu tinha o trajeto mapeado em meu celular. Poderia responder a perguntas sobre duração, distância, áreas de descanso. Mas aquilo? Eu não estava...

Meus pensamentos esbarraram em um empecilho.

Pai. Ele disse pai. Eu não tinha dito nada sobre...

— Peraí... Você sabia que eu estava grávida?

Contudo, Kevin não ouviu minha pergunta. As palavras escapavam aos borbotões de sua boca.

— Vou conseguir um emprego. Vamos arranjar um lugar para morar. Você pode ir para a faculdade depois que o bebê nascer. Seus pais vão ajudar. Veja o que eles fizeram pela sua irmã. E a igreja tem creche. Não vai ser tão ruim. Ainda poderemos nos divertir nos fins de semana — ele disse e aguardou, esperançoso, pela minha resposta.

Porém, eu ainda estava tentando desvendar como ele tinha descoberto o meu segredo.

— Bailey contou para você?

Confuso, Kevin piscou.

— Bailey Butler, a desmancha-prazeres? Por que ela...

— Então como? — exclamei, considerando que nada daquilo fazia sentido.

— Bem, você está meio radiante e está com um cheiro diferente — ele disse, sentindo meu cheiro.

— Você conhece os sinais de gravidez? — perguntei, com uma suspeita horrível começando a tomar conta de mim.

— Eu... pesquisei um pouco — ele respondeu, mexendo-se de modo desconfortável sobre seu joelho.

— Por quê?

— Porque... Pensei... Pode haver uma chance....

A apreensão tomou conta de mim, e eu disse:

— Mas você sempre usou camisinha.

— Sim. Bem... Ah...

Puxei Kevin, fazendo-o levantar-se.

— Alguma estourou? — perguntei, enquanto ele voltava a se sentar.

— Talvez — Kevin respondeu, sem me olhar nos olhos.

— Estourou ou não estourou?

— Não, não estourou.

— Mas mesmo assim você desconfiou de que eu estivesse grávida. Pesquisou sobre o assunto e até comprou um anel — afirmei, conseguindo manter um tom neutro, sem nenhum indício de raiva.

A culpa brilhou nos olhos de Kevin. Uma gota de suor rolou pela sua têmpora.

E a ficha caiu para mim. Aquilo não foi um acidente.

— Diga sim, amor — Kevin pediu, tirando o anel do estojo.

— Você... Você...

Enquanto eu gaguejava, Kevin manuseava o anel desajeitadamente. Ele estava confuso. Sem dúvida, aquilo também não estava se desenrolando como ele imaginou.

— Experimente — ele disse, enfiando o anel no meu dedo.

— Você planejou isso? — perguntei, livrando minha mão com força.

— Não! De jeito nenhum. Isso seria uma loucura, amor!

— Conte-me, Kevin.

— Não, não foi de propósito...

— O que não foi de propósito?

— Nada! É que... No dia em que a Brown deu uma resposta positiva a você... Bebemos aquela meia dúzia de cervejas... E eu fiquei muito triste com a possibilidade de você ir para tão longe. Sempre havia imaginado que também iria para a costa leste. Sei que minhas notas são uma porcaria, mas achei que alguma universidade me recrutaria para jogar futebol. E sabia que, uma vez que você chegasse a Brown, provavelmente conheceria um cara melhor e mais inteligente... Então, pensei... E se existisse uma razão para você ficar?

Kevin disse aquilo como se não fosse nada. Como se ele não tivesse brincado com a minha vida.

— Você fez alguma coisa na camisinha?

— Para ser sincero, realmente me arrependi na manhã seguinte. Mas fiquei com medo de contar porque sabia que você ficaria brava.

Eu me levantei e me afastei da mesa, mal confiando em mim para falar o que estava pensando. Comecei a sentir falta de ar diante da maldade praticada por Kevin. Ele tinha me engravidado de propósito.

— Sinto muito, amor — ele falou, olhando para mim.

Senti algo subir dentro de mim. Era vômito.

Mal consegui sair do restaurante antes de vomitar na calçada. Salpicos de vômito cobriram meus novos sapatos de salto alto. Voltei a vomitar, e fiquei surpresa por haver algo mais, uma vez que eu tinha comido tão pouco no jantar. Enquanto limpava minha boca, ouvi os passos de Kevin se aproximando. Ele examinou a bagunça.

— Ei, eu li que isso significa que o bebê está saudável.

— Como você pôde fazer isso comigo? — perguntei, trêmula, virando-me para encará-lo.

Diante de minhas palavras, a expressão dele passou de preocupada para defensiva.

— Você estava indo embora e eu entrei em pânico, o.k.?

— Então, você me engravidou? Fez furos numa camisinha?

— Não achei que ia dar certo! Eram furinhos! Meus espermatozoides devem ser muito fortes — Kevin disse, sem conseguir deixar de sorrir um pouco, sentindo-se orgulhoso.

Meu estômago revirou.

Ele estendeu a mão e tocou em meu braço com delicadeza.

— Olhe, você sabe o quanto eu te amo, não é? — Kevin disse.

Alguns dias atrás, jamais teria duvidado disso. Assim como jamais teria duvidado de que eu também o amava. Tínhamos feito tudo o que os casais supostamente faziam: grupos de dança na escola, fantasias de Halloween combinando, mãos dadas no caminho para a aula, sexo desajeitado no assento do carro. Aquilo era amor? Ou apenas a performance dele?

— Como isso está acontecendo?

— Ei, não se preocupe. Eu também fiquei muito assustado no começo. Mas, quanto mais pensava nisso, mais eu dizia: não é tão ruim. Não seremos o primeiro casal por aqui a começar uma família cedo.

Quase podia vislumbrar aquilo: churrascos no quintal, igreja aos domingos, todos dizendo que éramos um casal muito bonito. E eu nunca deixaria de odiá-lo.

Alheio, Kevin continuou:

— Não é o ideal, mas vamos conseguir. Você é inteligente. Não precisa de um diploma da Ivy League para ter sucesso. E eu estarei ao seu lado.

Ele tentou me abraçar.

Comecei a entender que talvez ele realmente quisesse aquilo: não um bebê, mas uma saída fácil. Ele não precisaria recomeçar em um novo lugar.

Um lugar onde ele não seria uma estrela do time de futebol, um lugar onde as festas estariam cheias de estranhos, um lugar onde ele não seria o rei do campus. Kevin não teria de encarar o fato de ficar sozinho. Ele odiava ficar sozinho.

Eu me afastei.

— Não me toque!

— Entendi. Você precisa do seu espaço — ele disse, retrocedendo.

Mas eu não precisava de espaço. No que me dizia respeito, todo o universo estava vazio. Não havia nada além de espaço. Eu não era nada além de espaço. Havia quase 1.600 quilômetros entre mim e a única coisa que poderia salvar o restante de minha vida. O que eu iria fazer?

Andei de um lado para o outro, esforçando-me para encontrar uma solução. O que Kevin faria se eu contasse o meu plano a ele? Ele já tinha me engravidado e, assim, eu não o deixaria. Será que ele estaria disposto a me levar para a clínica? E, se ele concordasse, eu seria capaz de ficar sentada ao lado dele, em sua minivan, durante três dias, sabendo o que ele tinha feito comigo?

Então, um brilho intenso chamou minha atenção: o anel. Eu o examinei enquanto cintilava sob as luzes da rua.

— Quanto você gastou nisso? — perguntei, sabendo que precisava de pelo menos 500 dólares. Talvez aquele anel em meu dedo fosse suficiente.

— Usei o dinheiro que economizei como salva-vidas. Isso significa um sim?

Eu o encarei, totalmente confusa. Depois de tudo aquilo, Kevin ainda achava que tínhamos um futuro?

Sentindo que tinha dito algo errado, ele rapidamente acrescentou:

— Desculpe. Não tenha pressa. Sem pressão.

Ele andou de um lado para o outro algumas vezes e depois olhou para mim novamente, esperançoso.

— Então, sim?

Eu o ignorei. Um plano vago estava se formando em minha mente.

— Preciso de um tempo para pensar.

— Tudo bem, amor. Quer que eu espere no meu carro por uns dez minutos?

— Vamos nos falar na segunda-feira.

— Na segunda? Mas e o hotel? Eu já paguei! — Kevin exclamou.

Diante do meu olhar furioso, ele recuou.

— Segunda? Tudo bem — Kevin disse. Então, como se não conseguisse resistir, completou: — Sei que quando nos lembrarmos disso vamos dar risadas.

Kevin se inclinou para dar um beijo, mas pensou melhor. Dei-me conta de que nunca mais iríamos nos beijar.

Cinco minutos depois, ele estava em seu carro e eu estava parada junto ao meio-fio, com a mochila pendurada no ombro e a bolsa de pano na mão.

— Tem certeza de que não quer que eu a leve até a cabana?

— Não, está tudo bem. As garotas pararam para jantar antes de sair da cidade. Elas decidiram dar meia-volta e vir me pegar.

— O.k., mas não conte nada para elas. Quero que o nosso noivado seja uma surpresa — Kevin disse, estendendo a mão pela janela do carro para acariciar meu braço. Engoli em seco minha repulsa e me admirei com quão obtuso ele podia ser. Depois de ficarmos juntos por anos, era como se eu o estivesse vendo pela primeira vez.

— Vejo você na segunda — disse, mantendo a voz firme.

Kevin suspirou, decepcionado.

— Tudo bem.

Resignado, ele ergueu o vidro e moveu a minivan para fora do estacionamento. Enquanto Kevin se afastava, meu celular apitou algumas vezes em uma sequência rápida. Eram mensagens no grupo das garotas.

Emily: Quase na cabana. Sentindo sua falta.

Jocelyn: Que tal o hotel?

Kaylee: Na banheira de hidromassagem já?

Digitei a resposta: **Incrível! Pondo meu biquíni!** Acrescentei um emoji de uma carinha sorridente. Então, certificando-me de que Kevin não estava mais à vista, afastei-me do restaurante de volta para a cidade.

* * *

Nunca tinha estado na estação rodoviária antes. Fazia parte de uma parada de caminhões, incluindo também um restaurante e um estúdio de tatuagem. Tinha cheiro de graxa velha e purificador de ar. Ao me aproximar do guichê, senti os olhos dos caminhoneiros cravados em mim. Antes tivesse pensado em trocar minha minissaia.

— Por favor, quanto custa a passagem para Albuquerque no ônibus das 7 da noite? — perguntei ao caixa careca, que tinha um chumaço de tabaco na boca.

Ele digitou algumas palavras em um computador antigo.

— 97 dólares e 50 centavos — o caixa respondeu e voltou a acompanhar a corrida de cães na TV ao lado dele.

Suspirei de alívio. Eu tinha algumas centenas de dólares que havia economizado do meu trabalho como babá e apanhei da minha gaveta de meias antes de sair de casa.

— Ótimo. Vou querer uma — disse, tirando minha carteira. — A que horas chega a Albuquerque?

O caixa suspirou, obviamente frustrado por ter que desviar a atenção de sua corrida, e digitou mais algumas palavras no computador.

— Às 9 da noite. Sábado.

— Sábado à noite? — exclamei, sem conseguir ocultar o pânico em minha voz. — O senhor não tem algo mais rápido? Um expresso?

O caixa olhou de verdade para mim pela primeira vez, captando minha idade e meus trajes. Ele deu um sorriso malicioso e respondeu:

— Sim. Chama-se avião.

Então, ele cuspiu tabaco mascado em um copo de papel sujo e voltou a olhar para a corrida de cães.

— Ah, deixa pra lá então. Obrigada — disse. Tive certeza de que ele conseguiu ouvir minha voz lacrimosa, mas nem sequer deu uma olhada em mim enquanto eu me afastava.

No banheiro feminino, sentei-me no assento duro e pichado do vaso sanitário e tentei conter as lágrimas. Eu estava sem namorado, sem ônibus, sem esperança. Estava sem opções. Podia ver o meu quarto na Brown sumindo. Em vez disso, iria passar o outono montando um quarto de criança com os móveis de bebê usados da minha irmã e sendo lentamente esmagada até a morte pela decepção do meu pai. Com esse pensamento, deixei escapar um novo soluço. Na cabine ao lado, alguém terminou de fazer suas necessidades, lavou as mãos e saiu. Ao que tudo indica, o choro histérico não era um fenômeno incomum nos banheiros de uma parada de caminhões. Minhas lágrimas viraram uma risadinha. Ultimamente, eu estava chorando muito nos banheiros. Quem sabe depois que aquilo tudo acabasse, eu os ranquearia. Teria que colocar este abaixo do da escola, porque pelo menos Bailey havia parecido se importar quando comecei a chorar. E ela não tinha postado nada sobre aquilo. Minhas lágrimas pararam de rolar completamente quando um pensamento novo, um pouco assustador e talvez insano, tomou conta de mim: Bailey.

* * *

O sol estava baixo no céu quando o ônibus local me deixou perto da casa de Bailey, mas o ar ainda estava denso e quente. Tinha trocado a minissaia pelo jeans na estação rodoviária. Sob o peso da mochila e da bolsa de pano, já podia sentir as roupas começando a grudar em mim. Pelo menos meus pés estavam agradecidos por eu estar usando tênis novamente. Tinha jogado no lixo os sapatos salpicados de vômito, nunca mais queria vê-los.

As casas ali ficavam todas bem longe da rua, com gramados ondulantes muito verdes e cercas vivas perfeitamente aparadas. Ao contrário do que ocorria em meu bairro, não existiam ali luzes de Natal nem brinquedos de plástico esquecidos, poluindo a paisagem. Em vez disso, as fachadas de tijolos intimidavam, pareciam ameaçadoras e severas, prontas para julgar as pessoas por qualquer desvio do esperado. Subindo o acesso sinuoso da casa de Bailey, sentia-me cada vez menor à medida que me aproximava da porta. De fora, fui capaz de ouvir os sons abafados de uma TV. Ela estava em casa, provavelmente sozinha. Até onde era do meu conhecimento, a mãe de Bailey ainda trabalhava no turno da noite do hospital. Tudo o que eu precisava fazer era tocar a campainha.

De verdade, não queria fazer isso.

Toquei-a.

Ouvi passos e vi uma sombra cruzando a janela da frente. Houve uma pausa perto da porta enquanto alguém espiava pelo olho mágico. Ouvi o som da fechadura. A porta se abriu.

Bailey me observou com olhos sonolentos, apoiando-se contra o batente da porta. Ela estava usando um calção e uma camiseta extragrande com a estampa de um unicórnio disparando arco-íris. Sua relativa falta de surpresa talvez pudesse ser atribuída ao odor de maconha que senti.

— Uau. O que fiz para merecer a visita de alguém com um embrião?

— Desculpe incomodá-la. Você está ocupada?

— Super — Bailey bufou.

— Olhe, eu sei que não somos mais tão boas amigas como costumávamos ser. Mas você é a única que conheço com um carro... — disse, podendo sentir o nervosismo em minha voz. Tinha elaborado uma ideia aproximada do que eu iria dizer durante o caminho até ali. Porém, Bailey tinha um jeito de arruinar qualquer plano que eu fizesse. Mas pelo menos daquela vez ela ficou imóvel, esperando que eu chegasse ao assunto, com um leve franzido enrugando a testa. — Quer dizer, se eu pudesse simplesmente ir a algum lugar na cidade ou até em Saint Louis, não pediria a você, mas o lugar mais próximo é Albuquerque e...

Bailey ergueu a mão e acenou para que eu parasse de falar.

— Mais próximo para quê? — ela perguntou, com a voz arrastada por causa do fumo.

Fiquei ruborizada.

— Para fazer o procedimento — respondi e a observei juntando as peças mentalmente.

Bailey sorriu de satisfação.

— Espera aí. Você quer que eu seja sua acompanhante?

Senti um alívio. A ideia estava à solta, desenvolvendo-se.

— Sim. Pago a gasolina, a comida e tudo o mais — afirmei.

Esperei, procurando em sua expressão uma pista da resposta.

Pensativa, Bailey respondeu com um gesto de cabeça.

— Ah, entendi.

— Entendeu o quê?

— Onde estão suas melhores amigas para sempre, Veronica?

— É o fim de semana de ralação. Elas precisam estudar.

— Sim, é claro — Bailey disse e olhou para mim como se a ficha tivesse caído. — Você não quer que elas saibam.

— Não! Não é isso!

— Veja, todo mundo possui diferentes tipos de amizade. Existem suas melhores amigas para sempre, existem seus amigos coloridos, existem suas amigas de acampamento e, claro, existem suas amigas viciadas em drogas...

— Não é...

— Eu sou sua amiga do aborto!

— Não! Ouça apenas...

Bailey não iria deixar meu protesto tímido interrompê-la.

— Sim! Sou o tipo de amiga que talvez você não precise para as coisas de todos os dias, nem para as compras de roupas ou para as escapadas de fim de semana, mas quando chega a hora de eliminar a placenta... Pimba! Chame a amiga do aborto!

— Psiu! — pedi, gesticulando freneticamente para Bailey abaixar a voz. Ela estava falando alto o suficiente para que os vizinhos pudessem ouvir. Naquele momento, porém, Bailey estava muito ocupada fingindo chorar para chamar atenção.

— Sinto-me muito honrada... Por ser escolhida para essa... honra.

Frustrada, tirei o anel de noivado de Kevin do dedo e o coloquei junto ao rosto de Bailey.

— Olhe, não estou lhe pedindo que faça isso como amiga. Estou penhorando isso. Era da minha avó. Vou pegar o suficiente para pagar o médico e você pode ficar com o resto, o.k.? É um trabalho. Isso é tudo.

Bailey olhou para o anel e depois de volta para mim. Ela fez um aceno lento com a cabeça. E bateu a porta na minha cara.

— Bailey? — exclamei. Aquela era a minha última chance. Precisava funcionar. Tinha que funcionar. — Bailey? Por favor! — disse, mas a única coisa que consegui ouvir no interior da casa foi o zumbido fraco da TV.

Não me recordo de ter descido o acesso da casa ou de ter voltado para a rua. Não me recordo de ter me sentado no meio-fio. Mas foi ali que me vi quando o dia virou noite. Por que eu havia esperado que Bailey me ajudasse? Com certeza, ela me odiava. E eu não conseguia ficar perto dela. Até aquela semana, não tínhamos nos falado nos últimos quatro anos. Tive esperança de que o dinheiro fosse suficiente para tentá-la. De nenhuma maneira sua mesada poderia cobrir o custo da quantidade de maconha consumida por ela. Contudo, a oportunidade de me irritar era tentadora demais para deixar passar.

Sem nenhuma ideia, ainda que fosse ruim, fiquei sentada sobre o cimento duro, olhando para os meus pés, esperando que algo acontecesse. De preferência, o fim do mundo. Finalmente, o ronco de um motor me trouxe de volta para o estado de consciência. Estava ficando mais próximo. Muito próximo. Levantei os olhos.

Bailey estava pendurada na janela do motorista de um Chevrolet El Camino antigo, laranja-ferrugem, com uma listra preta de corrida sobre o capô.

— Uma condição. Paramos em Roswell.

— Parar em Roswell? — Fiquei paralisada no momento em que me levantei e peguei minha bagagem. Bailey devia estar brincando. — Não sei se vamos ter tempo para fazer turismo...

— Veronica, estou falando de alienígenas. Segredo de Estado. Sempre quis ir, e as férias não são apenas suas.

— Não são férias! — balbuciei, ofendida.

Indiferente, Bailey olhou em volta.

— Bem, não vou fazer tragédia a respeito disso só porque você faz.

— Não estou fazendo tragédia, Bailey. Isso não é uma piada. Esta última semana foi...

— Blá-blá-blá. Conversa fiada. Eu sou Veronica. Eu sou muito trágica.

— Pare com isso, Bailey. Estou falando sério.

— Eu também. Estou falando sério sobre Roswell.

Nós nos entreolhamos.

Finalmente, mostrando desaprovação, Bailey ergueu uma sobrancelha.

— Por que não volto a guardar esse filhote na garagem? Posso ouvir a maratona de *Doctor Who* chamando meu nome — ela disse, engatando a marcha à ré.

— Não! — exclamei, mas não consegui falar rápido o suficiente.

— Não o quê?

— Não faça isso — disse e respirei fundo. — Podemos parar em Roswell.

Bailey sorriu. Não era o sorriso normal de Bailey. Na realidade, parecia autêntico.

Senti uma pontada de culpa. Eu estava mentindo. Não havia como parar em Roswell. Não teríamos tempo. Mas eu precisava do carro. Precisava de Bailey. Joguei para escanteio minha culpa.

— Mas minha parada primeiro — afirmei.

Bailey deu de ombros.

— Sem problema, chefe. Suba.

Sabendo que aquela era provavelmente a minha última, melhor e única chance, embarquei.

Ao examinar o interior do carro, pisquei. Por um momento fui incapaz de entender o que estava vendo: luz negra, couro liso e macio e uma caveira como manopla da alavanca de câmbio.

— Você não dirige um Camry? — perguntei, e esse foi o primeiro pensamento coerente que passou pela minha mente.

Impaciente, Bailey olhou em volta.

— Costumava dirigir, mas o namorado da minha mãe conserta carros. Ele está me ensinando o ofício. Trabalhamos nesse juntos e, depois que terminamos, ele me deu como presente de formatura. Fofo, hein?

— Uau. Supergeneroso.

Desdenhosa, Bailey deu de ombros.

— Nós nos damos bem. Enfim, quem quer fazer uma viagem longa em um Camry?

Naquele momento, viajaria em qualquer coisa que me levasse a Albuquerque a tempo. Exceto a minivan de Kevin.

Bailey ligou o motor.

— Tudo certo. Vamos fazer esse "procedimento"!

Fui jogada contra o encosto quando Bailey fez a picape sair cantando os pneus pela tranquila rua do subúrbio. Os cachorros latiram. O alarme dos carros soou. A voz de Bailey se elevou acima do ronco do motor quando ela começou a cantar.

— *Amiga de aborto, amiga de aborto. Não teria que fazer isso se você tivesse deixado enfiar pela porta dos fundos.*

Fechei os olhos e rezei para sobreviver aos próximos 1590 quilômetros.

6 Km

Paramos em um sinal vermelho. Bailey tinha ligado o som e posto para tocar uma música pesada. O El Camino tremia e ela acompanhava a música aos berros. Eu afundei o máximo que pude no assento. Na nossa frente apareceu a saída para a rodovia, com as faixas de rolamento desaparecendo rapidamente na distância. Em um momento, começaríamos a atravessar o estado a toda velocidade, anônimas e seguras.

— Podemos ser um pouco mais discretas? — perguntei.

Em resposta, Bailey aumentou o volume.

— Incrível. Obrigada — disse.

Olhei por sobre a borda da janela. Pelo menos não havia outros carros parados no sinal. Havia um restaurante na esquina, mas parecia quase vazio. Havia apenas um cliente sentado em uma mesa, comendo com desânimo uma banana split. Ele parecia infeliz. Parecia Kevin.

Era Kevin.

— Desligue a música! Desligue a música!

Estendi a mão para desligar o som, mas Bailey a afastou.

— Sem chance. Está prestes a fazer efeito.

— Desligue um pouco — pedi, mas já era tarde demais. Sem sequer precisar olhar, senti os olhos de Kevin em mim. Temendo ser vista, eu me virei. Kevin não tirava os olhos do El Camino, com a colher paralisada a meio caminho de sua boca, perplexo. O sorvete gotejou lentamente da colher, de volta para a tigela. Consegui ver os lábios dele formando meu nome.

— Acelera — implorei.

— Relaxa, grávida. Não posso acelerar. O sinal está vermelho.
— Agora, de repente, você virou a senhorita *Lei e Ordem*? — perguntei.

No interior do restaurante, vi Kevin soltar a colher, abandonar o sorvete e ficar de pé.

— Não vou passar o sinal vermelho. Pode ter um policial por perto.

Kevin saiu do restaurante.

— É o Kevin. Ele está vindo para cá!

Bailey se virou para olhar. Ele estava correndo em nossa direção.

— Cara, esse babaca corre rápido.

Freneticamente, tranquei todas as portas.

— Ele não sabe que estou grávida — menti.

Então, Bailey olhou para mim.

— Chocante!

Quando Kevin se aproximou o suficiente, gritou:

— Veronica, o que você está fazendo?

Em seguida, ao ver quem estava dirigindo, ele disse:

— É... Bailey Butler?

Kevin se deteve, totalmente confuso, tentando montar o quebra-cabeça que envolvia Bailey, um El Camino, uma via de acesso para a rodovia e eu.

O sinal abriu.

— Está verde. Acelera!

Bailey pisou fundo no acelerador e a picape arrancou cantando os pneus. Pelo espelho retrovisor externo consegui ver um atônito Kevin diminuindo de tamanho.

Ao passarmos sob a placa que dizia "RODOVIA FEDERAL 63 SUL", meu celular apitou.

Kevin: *Onde você está indo?*

Com os dedos trêmulos, apaguei o texto. Em seguida, sob o olhar de Bailey, bloqueei o número dele.

— Deixe-me adivinhar. Você acha que ele vai dispensar você se descobrir?

— Sim. Idiota, não é?

— Não tão idiota quanto namorá-lo.

— Você só odeia Kevin porque ele é um cara popular.

— Você está delirando.

— Não estou delirando. Kevin realmente me ama. Durante um mês, ele me convidou para sair todos os dias, antes de eu dizer sim. Escreveu bilhetes engraçadinhos. Certa noite, ficou do lado de fora da janela do meu quarto.

— O nome disso é perseguição.

— Era romântico! — disse, sem saber por que eu estava defendendo Kevin. Afinal de contas, ainda queria mergulhá-lo numa fritadeira. Contudo, suspeitava que tivesse algo a ver com o olhar presunçoso de Bailey.

— Você diz: "Romeu"; eu digo: "medida cautelar de afastamento".

— Ele é dedicado a mim.

— Como um perseguidor.

— Ele não é um perseguidor.

— Os estudos dizem: perseguidor!

— Tanto faz — disse. Em seguida, cruzei os braços e suspirei. — É que ninguém nunca me quis assim antes, sabe?

— Não, não sei — ela respondeu.

Não fui capaz de decifrar a expressão facial que tomou conta de Bailey antes de ela recuperar a de indiferença. Por um momento ficamos em silêncio, mas, como de costume, Bailey não podia deixar o assunto morrer.

— Ele realmente parecia que queria falar com você lá atrás — ela disse.

Não podia contar a verdade a Bailey. Era muito humilhante. Que idiota se apaixonaria por um cara capaz de fazer algo como o que ele fez comigo? E, supostamente, eu não era uma idiota. Provavelmente, era a garota mais inteligente da escola, agora que Hannah estava fora do caminho. Então, o que aquilo dizia a meu respeito? Além disso, não havia maneira de ficar ouvindo durante 1.600 quilômetros coisas do tipo "eu bem que te avisei" por parte de Bailey.

Ela pareceu cética.

— Há algo que você não está me contando?

— Olha, estou te pagando para me levar até Albuquerque e não para me interrogar, o.k.?

— Nervosinha, nervosinha. Tudo bem. Tanto faz. Vamos nos ater aos negócios. Onde vamos penhorar o anel?

— Ah, acho que em Albuquerque.

— Não, não. De jeito nenhum. E se o vovô era pão-duro e conseguiu isso em uma máquina de chicletes? Não vou esperar chegar ao Novo México para descobrir se vou ser paga. Não é assim que essa coisa de motorista funciona.

— Você não é minha motorista — resmunguei.

— Sim, madame. Como quiser, madame.

O sotaque britânico de Bailey era terrível. Peguei meu celular e comecei a pesquisar.

— Você terá que esperar até Jefferson City.

51 Km

Eu já tinha estado naquela cidade com meus pais, mas nunca naquele bairro. Os postes de luz eram poucos e distantes um do outro. Passamos por uma loja de materiais hidráulicos e por um estacionamento antes de chegar a um pequeno centro comercial. Havia uma firma de empréstimo de curto prazo, uma lavanderia e um restaurante chinês, todos fechados. A casa de penhores ficava em um prédio branco encardido com um telhado azul. Atrás da grande janela suja, viam-se algumas pinturas desbotadas, violões empoeirados e uma cadeira de balanço com uma placa pintada à mão apoiada em sua almofada; prometia preços justos. O estacionamento estava vazio. Bailey encostou a picape em uma vaga perto da entrada do estabelecimento.

— Já esteve em uma dessas casas de penhores antes? — perguntei.

— Ah, sim, até tenho cartão de fidelidade — Bailey respondeu, olhando em volta.

— Não fique na defensiva. É só uma pergunta. Quer dizer, apenas pensei... As pessoas falam... — Eu vi que os olhos de Bailey congelaram.

— O quê? O que falam a meu respeito, Veronica? — Bailey perguntou, me desafiando.

Fiquei vermelha.

— Não importa — respondi e saí do carro.

Bailey resmungou algo baixinho e me seguiu.

Ao nos aproximarmos da entrada, fomos banhadas pelo brilho vermelho-alaranjado da placa "Aberto". Tentei abrir a porta. Estava trancada. Confusa, voltei a tentar a maçaneta. Sacolejou, mas não virou. Comecei a entrar em pânico. Se não conseguisse penhorar o anel, ficaria sem o procedimento. E se tivéssemos que zanzar por toda parte antes de encontrar um lugar que estivesse aberto? E se as casas de penhores não abrissem à noite? E se tivéssemos que esperar amanhecer? Nunca chegaríamos ao Novo México a tempo. Puxei com mais força a maçaneta.

— Não está abrindo. Por que está fechada? — disse, constrangida por causa das lágrimas que brotaram em meus olhos.

— Ivy League, hein?

Confusa, pisquei para Bailey.

Ela apontou com o indicador uma plaquinha escrita à mão que dizia: *Para entrar, por favor, use a campainha.*

— Os candidatos devem ser bem fraquinhos este ano.

Naquele momento, ainda mais constrangida, apertei o botão da campainha e esperei. Depois de um instante, houve um zumbido de resposta e a porta se abriu.

— Tenha a bondade — Bailey disse, gesticulando para eu entrar na frente.

Do chão ao teto, a loja estava abarrotada com restos. Violões, baterias, armas – muitas armas. Tudo tinha um cheiro fraco de poeira e perfume barato. A origem do cheiro do perfume logo ficou clara. Uma mulher de sessenta anos com o cabelo tingido de cor cenoura, sombra de olhos verde-limão e uma camiseta extragrande com a estampa de um flamingo estava atrás de um balcão de vidro, folheando uma revista.

— Sim? — ela perguntou, sem se incomodar de tirar os olhos de um artigo sobre dieta detox.

— Eu, ah, tenho algo para penhorar — disse, tirando o anel do dedo.

— Isso.

A mulher suspirou, dobrou com cuidado a página antes de fechar a revista e, finalmente, levantou os olhos. Deu uma olhada no anel espremido entre os meus dedos.

— Bem, não consigo vê-lo aí. Coloque sobre o balcão, garota.

Para me tranquilizar, olhei de relance para Bailey, mas ela tinha se afastado para brincar com uma guitarra elétrica azul-clara, conectando-a a um amplificador. Arrastei-me para a frente e coloquei o anel sobre o vidro.

A mulher olhou para ele por um segundo e, em seguida, afastou-se, reabrindo sua revista.

— Desculpe. Não estou interessada.

— O quê? Qual é o problema? É falso? — perguntei.

Diante do que Kevin tinha feito com as camisinhas, eu não devia me surpreender com o fato de que ele também fosse um comprador pão-duro de anéis falsos.

— Eu sabia! — Bailey gritou, tocando mal um acorde triunfante na guitarra.

— Bailey! Caramba! — disse, tapando os meus ouvidos.

A dona da loja fuzilou Bailey com os olhos.

Bailey balbuciou um pedido de desculpas e recolocou a guitarra no lugar com cuidado.

A mulher voltou a dirigir a atenção a mim.

— Não. É verdadeiro.

Suspirei de alívio. Pelo menos o anel valia alguma coisa.

— Então, qual é o problema?

Ela fechou a revista e olhou para mim.

— Bem, querida, se esse anel fosse realmente de vocês, você e sua amiga não saberiam se é verdadeiro ou não? — perguntou e sorriu ante minha expressão de culpa.

— Foi um presente — murmurei.

— Sim. E quantos anos você tem?

— Dezoito.

— Claro. Boa noite, meninas — ela disse e empurrou o anel de volta para mim.

— Não, por favor... — implorei, sem pegar o anel. Não podia ser. O tempo estava se esgotando. Não podia perder mais tempo zanzando por ali procurando um lugar para penhorar o anel. Ainda tínhamos mais de 1.500 quilômetros para rodar.

— Volte com seus pais.

— Não posso.

— Perfeitamente — a mulher disse.

Ela me pegou e sabia disso. Com relutância, peguei o anel.

— Ela precisa fazer um aborto!

Eu me virei e exclamei:

— Bailey!

Bailey deu de ombros, sem pedir desculpas. Fiquei vermelha como um pimentão. Quando me virei de volta para a mulher, notei a pequena cruz dourada ao redor do seu pescoço pela primeira vez. Maravilha. Houve um silêncio longo e desconfortável.

— Isso é verdade?

Fiz que sim com a cabeça, incapaz de responder. Encolhendo-me, esperei fogo e enxofre choverem sobre mim.

Em vez disso, alguém bateu na porta, sacudindo o vidro.

— Amor!

Era Kevin.

— Perseguidor! — Bailey gritou, socando o ar com os dois braços, em um gesto de vitória.

— Ah, meu Deus — lastimei.

— Pare de bater na maldita porta! — a dona da loja gritou. Em seguida, ela se virou para mim: — Você conhece esse sujeito?

— Infelizmente — murmurei.

— É o engravidador dela — Bailey acrescentou.

— Bem, parece que vocês dois têm algo para conversar. Por que você não faz isso lá fora?

— Não! — gritei, sem conseguir me conter. Em seguida, respirei fundo e pus tudo para fora: — Veja, fui aceita na Universidade Brown com uma bolsa de estudos. Ele ficou chateado com o fato de que eu não iria cursar a Universidade Estadual de Missouri com ele. Então, fez furos nas camisinhas para me engravidar e me pediu em casamento esta noite. Meus pais acham que estou estudando para os exames finais com minhas amigas durante todo o fim de semana. Assim, essa é a única chance que tenho.

Quando finalmente consegui levantar os olhos, a expressão da dona da loja de penhores não tinha mudado.

— Puta merda! — Bailey exclamou, encarando-me com os olhos arregalados.

Kevin voltou a bater na porta.

— O que você está fazendo aí dentro, amor? Saia! Eu te amo!

Enquanto ele continuava a bater no vidro com os punhos, afastei-me o mais longe possível da porta.

— Será que existe alguma porta dos fundos? — Bailey murmurou, olhando para mim.

Houve um zumbido e a trava da porta se abriu. Olhei para a mulher atrás do balcão a tempo de ver seu dedo soltar o botão. Não consegui esconder minha decepção com a traição de confiança.

— Obrigado, senhora — Kevin disse, entrando. Ele se virou para mim: — Veronica, por que você está vendendo...

Mas as palavras morreram em seus lábios.

— Você engravidou essa garota de propósito?

Virei-me e vi a dona da loja de penhores apontando uma escopeta calibre 12 para o rosto de Kevin. Ela estava impassível, com as mãos firmes como uma rocha.

— O quê? Eu...

— Você engravidou essa garota de propósito? — ela repetiu a pergunta, arrastando as palavras.

Kevin engoliu em seco.

— Não, senhora. Eu estava bêbado.

Em resposta, ela levantou o cano da escopeta.

— Cai fora daqui, porra!

Kevin empalideceu.

— Estou indo, senhora. Desculpe, senhora — ele disse, saindo pela porta sem dar as costas para a mulher e com as mãos para o alto. Pouco depois, nós o ouvimos ligar o motor de sua minivan e partir a toda velocidade.

A dona da casa de penhores recolocou a escopeta sob o balcão, abriu a caixa registradora e pôs duas notas de 100 dólares no balcão. Perdi a esperança. Depois de tudo aquilo, não seria suficiente. Eu precisava de pelo menos 500 dólares para pagar o médico. Então, ela voltou para a caixa registradora.

— Tudo bem notas de 20? — ela perguntou e continuou contando. E contando. Em pouco tempo, havia uma pilha enorme de notas sobre o balcão de vidro. — 1.200 devem dar.

Meu coração disparou. Era muito mais do que esperava.

— Caramba, Kevin é um esbanjador — Bailey disse, impressionada.

— Por favor, estou sendo generosa já que você conseguiu encontrar o maior imbecil de todo o Missouri para você.

— Não é? — Bailey disse, concordando. Ela estendeu a mão sobre o balcão e cerrou o punho para cumprimentar a mulher.

Um minuto depois, saímos do estacionamento enquanto a dona da loja de penhores, na calçada, acenava para nós.

— Boa sorte! Se cuidem!

117 Km

Dirigindo, Bailey se abanava com um maço de notas.

— É assim que Beyoncé deve se sentir!

Pela enésima vez, virei-me para trás para ver se Kevin não estava nos seguindo. Os centros comerciais tinham dado lugar a uma densa sequência de vegetação, quebrada apenas por postes telefônicos e ocasionais *outdoors*. A rodovia de quatro pistas se estendia suavemente para cima e para baixo. A única coisa claramente visível era o trecho de asfalto iluminado pelos faróis do nosso carro.

— Ainda não vejo ele.

— Relaxa, Veronica. Não tem como aquele maluco estar na nossa cola. Você viu a cara dele quando a mulher apontou a escopeta? Nesse momento, ele deve estar procurando um lugar para comprar uma calça nova.

— Gostaria de ter tirado uma foto — disse, dando risadinhas.

— Não se preocupe. Eu tirei — Bailey afirmou e me jogou seu celular. Na foto, Kevin me encarava, com os olhos arregalados e a boca aberta, parecendo deliciosamente estúpido.

— Isso é incrível! — gritei. — Bailey, você é a melhor.

Tentei cumprimentá-la, mas Bailey me deixou com o braço suspenso no ar com a mão espalmada. Recolhi o braço, sentindo-me estranha.

— Desculpe, eu menti para você sobre tudo — murmurei.

— Por favor, você achou que eu estava nessa por causa daquela história?

— Ainda assim, deveria ter contado a você.

— Vou perdoá-la sob uma condição. Diga: "Bailey, você tinha razão. Kevin é um bundão".

— Ele não é...

— Preciso lembrá-la de uma certa camisinha furada?

Suspirei. Eu sabia que Kevin era horrível, mas admitir isso significava que eu tinha cometido um erro ao escolhê-lo. Que eu tinha falhado. Por outro lado, Bailey ficaria ainda mais irritante se eu recusasse sua condição. Seria mais fácil dizer aquilo e acabar logo com a história.

— Bailey, você tinha razão. Kevin é um bundão.

— Mais alto.

— Sério?

— Mais alto. Quero que o mundo inteiro ouça isso. Abaixe o vidro e ponha a cabeça para fora.

Obedeci.

— É para gritar mesmo — Bailey acrescentou.

Debrucei-me na janela do passageiro.

Senti o cabelo ser açoitado pelo vento e os olhos lacrimejarem.

— BAILEY TEM RAZÃO! KEVIN É UM BUNDÃO! — gritei na noite.

Quando voltei a me acomodar no assento, ofegante, com o cabelo emaranhado, fiquei surpresa ao perceber que ela tinha um sorriso largo no rosto.

— Viu, foi muito difícil?

— Foi ótimo. Vou gritar de novo — respondi e voltei a me debruçar na janela. — KEVIN É UM MALDITO BUNDÃO!

O vento arrancou as palavras de minha boca.

— BROCHA! CUZÃO! SAFADO! — prossegui.

— Uau! Sim! Essa é a minha garota. Espera aí. Tenho uma — Bailey disse, abaixou o vidro e se debruçou nele.

A picape guinou de um lado para o outro enquanto ela tentava dirigir com apenas uma mão ao volante.

— BABACA!

Ri e gritei pela janela:

— MIJÃO!

— ESCROTO! CANALHA!

— CAGÃO!

— CAGÃO... O FILME!

Tomávamos fôlego entre gargalhadas.

— Mais uma. Juntas — Bailey conseguiu dizer. Colocamos a cabeça para fora da janela novamente.

— BUNDÃOOOOOOOOO! — gritamos, rindo como loucas.

— Precisamos comemorar — Bailey disse depois que nos recuperamos.

— Celebrar o quê?

— Sermos incríveis.

— O.k.

Surpresa, Bailey arregalou os olhos.

— Sério?

— Sim — deixei de lado a parte de mim que dizia para continuarmos nossa viagem, para permanecermos na missão, para não nos desviarmos do plano. Mas uma emoção quente tinha tomado conta de mim. Queria continuar daquele jeito. — Sim — disse novamente.

Bailey deu um sorriso largo.

— Conheço o lugar perfeito.

228 Km

— Não vai rolar — disse, cruzando os braços. — Dê a partida.
— Droga, não! Já passei por esse lugar centenas de vezes com a minha mãe. Sempre quis parar. Dissemos que iríamos comemorar. O que poderia ser mais perfeito do que isso?

O carro estava parado em frente a duas estátuas gigantes de fibra de vidro. Com quase quatro metros de altura, pelo menos, as estátuas ficavam sobre um chão de cascalho atrás de uma cerca de arame enferrujado. Uma era um elefante rosa; a outra, uma vaca preta e branca. Ao redor delas, uma área de relva alta que ondulava suavemente na brisa noturna. Uma placa dizia: "O maior elefante e a terceira maior vaca do estado!".

— Tudo bem. Já comemoramos. Podemos voltar para a estrada?
— Relaxe. Vamos voltar para a estrada depois de escalarmos as estátuas.

Pigarreei e tentei empregar um tom de voz sereno e razoável, como imaginei que negociadores de casos com reféns fizessem.

— Não sei se você percebeu, mas está fechado. Os animais estão atrás de um portão trancado. Há uma placa informando claramente o horário de funcionamento. Estamos totalmente fora dele.
— Fala sério! Pense na vista que vamos ter lá em cima.
— Estamos no meio da noite, Bailey. Não há nada para ver.
— E as estrelas? — Bailey exclamou.

Fiz um gesto negativo com a cabeça.

— Nem sequer faz sentido. Por que um elefante está ao lado de uma vaca? Se fosse um elefante e um leão, tudo bem. Uma vaca e um porco, eu entendo. Mas por que um elefante e uma vaca?

— Essa é a questão — Bailey disse, gesticulando loucamente e com os olhos brilhando de excitação. — Não faz sentido. Por isso que é tão incrível. Agora vamos. Vou ficar com o elefante — prosseguiu, soltando o cinto de segurança e abrindo a porta do carro.

— Não! — disse, agarrando seu braço quando ela tentou desembarcar.

— O quê?

— É invasão de propriedade, Bailey. Não posso ser presa. Preciso chegar a Albuquerque, lembra? — disse.

Por um instante, achei que Bailey entregaria os pontos. Então, ela deu de ombros.

— Então, não vamos fazer barulho — ela afirmou e, com um movimento brusco, soltou-se de mim e fechou a porta.

Fiquei sentada em meu lugar, paralisada. Deveria segui-la? Jogá-la no chão e arrastá-la de volta para o carro? Deveria ligar o motor e partir, deixando-a para trás? O último pensamento foi tentador.

Bailey lançava rajadas de cascalho no ar enquanto atravessava o estacionamento rumo à cerca de arame que protegia a atração na margem da estrada. Ela parou quando chegou ao portão. Por um momento, achei que Bailey tinha mudado de ideia, mas ela só fez uma pausa para tirar a jaqueta. Depois de jogá-la no chão, começou a escalar a cerca.

Não podia deixá-la fazer aquilo. Se ela fosse pega, estragaria tudo.

Abri minha porta, saí do carro e corri até a cerca.

— Bailey! Desça já daí!

Não ousei gritar, então minhas palavras saíram mais como um sussurro enfático.

— Tô na boa! — ela disse, alegremente.

Depois de alcançar a parte superior da cerca, ela pulou para o chão. A cerca chacoalhou ruidosamente.

Estando fora do carro, consegui apreciar realmente a escala das estátuas dos animais. Elas se elevavam sobre nós, pairando como dois navios de cruzeiro sobre um mar de relva. Não vi nenhum degrau ou escada. Então, não sabia como Bailey planejava fazer sua escalada.

Alguns momentos depois, tudo ficou claro quando ela começou a subir pela tromba do elefante. Agarrada à tromba, parecendo uma espécie de Homem-Aranha enlouquecido, Bailey passou a fazer sua escalada. Queria desviar o olhar desesperadamente, mas não conseguia. A qualquer momento, tinha certeza de que ela iria escorregar e cair no chão.

E então eu ligaria para o serviço de emergência e explicaria aos paramédicos por que estávamos ali. Acabaríamos em um hospital rural decrépito e, enquanto eu estivesse sentada no saguão esperando para saber se Bailey estava em coma ou não, alguns policiais locais apareceriam e me prenderiam por invasão de propriedade. Então, eu teria que ligar para os meus pais e explicar por que estava a 240 quilômetros de casa com uma garota com quem não falava havia anos e não na cabana com minhas amigas verdadeiras. Passaria a noite em uma cela fedendo a urina com alguma mulher maluca e bêbada e, de manhã, meus pais apareceriam para pagar minha fiança e me soltar. Eles descobririam o que eu tinha planejado. Eu perderia minha bolsa de estudos e teria de viver com meus pais como mãe solteira pelo resto da minha vida. O ponto alto de minha semana seria encontrar meus jantares congelados favoritos pela metade do preço no supermercado. O supermercado onde eu provavelmente trabalharia. E tudo porque Bailey quis escalar um estúpido elefante cor-de-rosa.

— É isso aí. Estou indo embora — disse, e comecei a voltar para o carro.

— Tchan-tchan-tchan-tchan!

Eu me virei e contive um suspiro. De algum modo, enquanto eu não estava prestando atenção, Bailey tinha conseguido chegar ao topo da estátua. Ela estava de pé sobre a cabeça do elefante, com as pernas abertas para se equilibrar. Bailey era uma silhueta negra contra um céu cinzento sem fim. Ela estava incrível.

— Suba aqui — Bailey pediu. Hesitei.

Bem acima de mim, com o vento desgrenhando seu cabelo, ela parecia pronta para uma aventura. Bailey parecia livre. Uma liberdade que eu nunca tinha sentido em toda a minha vida. Sobre mim havia muitas expectativas, muitas obrigações para me reprimir. Se eu escalasse a vaca ao lado do elefante, será que elas desapareceriam de repente? De pé sobre a cabeça da vaca, observando os campos e o céu ao meu redor, eu finalmente me sentiria livre?

Dei um passo em direção ao portão, triturando o cascalho sob os meus pés. Agarrei a cerca de arame com uma mão e senti o frio do metal.

— Droga! Nuvens estúpidas! Não vejo nada! — Bailey gritou.

Olhei para cima. Bailey estava pulando sobre o dorso do elefante, acenando para o céu.

— Vão embora, nuvens! Mexam-se! — ela prosseguiu.
— Bailey! Psiu! — adverti.
— Quero ver as estrelas! — ela lamentou.
Ouvi um cachorro latir. Depois outro.
— Bailey! — implorei.
— Que droga!
— Pare de gritar com o céu e olhe para baixo. Você está vendo algum cachorro?

Do seu posto de observação sobre o elefante, Bailey percorreu com os olhos o campo sem nenhuma claridade.

— Ah — ela exclamou, e foi tudo o que disse.
— Bailey? — perguntei de novo, mais alto.
— Hum, talvez haja alguns cachorros vindo em minha direção — ela respondeu.

Desviei o olhar para a sinalização presente na cerca. Abaixo da placa "Fechado à noite", havia uma de "Entrada proibida" e, ao lado desta, outra de "Cuidado com os cães". A imagem de um rottweiler salivando era suficiente para indicar que, provavelmente, não era uma dupla de golden retrievers vindo em nossa direção.

— Bailey, desça agora.
— Estou tentando — ela gritou de volta. Em sua descida, ela já tinha passado pelo rosto do elefante e estava deslizando pela tromba. Suas mãos escorregaram e ela derrapou alguns metros. — Descer é mais difícil que subir.
— Mais rápido — pedi.

Conseguia ver a relva se separando à medida que os cachorros atravessavam o campo. Podia ouvir o ruído da terra sob suas patas, assim como seus latidos. Os animais estavam se aproximando.

— Vá ligar o motor do carro — Bailey gritou. Aquela foi realmente uma ótima ideia. Senti um alívio. Com certeza, Bailey já tinha passado por situações como aquela antes. Já estava no meio do caminho para o El Camino quando uma leve falha no plano dela ficou clara.

— Você está com as chaves — gritei.
— Ah, sim — Bailey respondeu.

Agarrando-se à tromba com uma mão, ela enfiou a outra mão no bolso de trás e tirou um molho de chaves. Bailey ergueu o braço e jogou as chaves em minha direção. Elas passaram por cima da cerca e aterrissaram no cascalho levantando uma nuvem de poeira.

Peguei o molho de chaves e, então, percebi outra falha em nosso plano.

— Não sei dirigir carros com câmbio manual — gritei.

No escuro, não podia afirmar com certeza, mas basicamente senti que Bailey revirou os olhos, exprimindo aborrecimento.

— Tudo bem. Enfie a chave na ignição e não toque em mais nada — ela respondeu, também gritando.

— Ei! — uma voz grave ressoou do outro lado do campo e as janelas de uma casa de fazenda se iluminaram. — Estou chamando a polícia.

— Merda! — Bailey berrou. — Hora de partir.

Ela se balançou na presa do elefante, com as pernas suspensas sobre o vazio. Era uma queda de dois metros e meio até o chão. Incapaz de desviar o olhar de Bailey, permaneci ali boquiaberta. Naquele momento, ela revirou os olhos, com certeza.

— Ah, meu Deus. Por que você está olhando para mim? Entre no carro! — Bailey disse.

Corri de volta para o El Camino, joguei-me no assento do motorista e enfiei a chave na ignição. Pelo para-brisa, vi Bailey se levantar do chão e correr em direção à cerca no exato momento em que dois pastores-alemães irromperam da escuridão. Ela saltou até a cerca e a escalou, com os cachorros em seu encalço. Com um estrondo, Bailey aterrissou do outro lado e, em seguida, correu para o carro, enquanto os cães uivavam, provavelmente pela indignação. A jaqueta ficou esquecida na poeira.

— Afaste-se! — Bailey gritou.

No exato momento em que ela entrou na picape, pulei para o assento do passageiro. Logo depois de bater a porta, ela engatou a primeira marcha, sem se incomodar em prender o cinto de segurança. Quando voltamos para a estrada, atrevi-me a olhar pelo retrovisor externo. Vi a figura sombria de um homem atrás do portão trancado, agitando o punho. Meu celular apitou. Assustei-me. O homem estava me enviando uma mensagem? Peguei o celular.

Mãe: Chegou bem à cabana?

Contive uma risadinha histérica.

— O que foi? — Bailey perguntou, olhando para mim.

Mostrei-lhe o texto de minha mãe. Ela bufou e, em seguida, soluçou. Então, nós duas começamos a rir, com lágrimas rolando pelo nosso rosto.

Finalmente, nós nos acalmamos e, por um ou dois quilômetros, nossa respiração foi o único som audível. Então, de repente, uma onda de raiva me varreu, ameaçando me afogar completamente. Virei-me para Bailey.

— Você quase arruinou tudo!

276 Km

— Para com isso! Foi divertido. Demos boas risadas — Bailey disse, dando de ombros.

— Não foram risadas. Foi histeria — disse.

Sabia que não estava sendo racional, mas não pude evitar. E a atitude indiferente de Bailey só piorava as coisas.

— Ei, olhe. Também estou decepcionada. Você pulou fora. E, em vez de um céu cheio de estrelas, tudo o que consegui foram algumas nuvens e uma virilha ralada.

— Não estou nem aí para suas estrelas!

— Fomos meio ninjas lá, não fomos? Admita isso, vai! Eu correndo, escalando e saltando. Você segurando a barra e enfiando a chave na ignição. Acho que eu principalmente é que fui a ninja. Mas, ainda assim, você não se divertiu? — Bailey disse, franzindo a testa, perplexa.

— Claro que n... — disse, mas me contive.

Será que eu não tinha me divertido? Afinal de contas, nós nos safamos. E Bailey, ao jogar as chaves para mim, tinha me feito sentir como a estrela de um filme de ação. Será que eu não sabia o que era diversão? Eu tinha dezessete anos. Tinha amigas e um namorado que até recentemente achava fantástico. Era bem popular. Preenchia todos os requisitos. Fiz tudo o que deveria no ensino médio. Devo ter me divertido.

Bailey mostrou seu celular para mim.

— Olhe, tirei uma selfie de nós.

A foto foi tirada do alto do elefante. Em primeiro plano, Bailey aparecia dando um sorriso largo, com o rosto embaçado por causa do flash. Muito abaixo, parecendo pequena e zangada, eu aparecia com os braços cruzados. Eu senti uma pontada no peito. Poderia ter estado ali no alto sorrindo ao lado de Bailey. Mas perdi aquele momento. Em vez disso, estava no chão, atormentada.

— Foto legal — murmurei.

Preocupada, Bailey franziu a testa ao ver algo no painel.

— Essa fera está quase sem gasolina. Precisamos parar para encher o tanque.

A ideia de logo parar de novo me desagradou, mas acessei meu celular.

— Parece que há um posto dentro de alguns quilômetros.

— Você acha que tem uma lanchonete?

— Não sei. Talvez.

— Ótimo, porque temos tipo 1.200 dólares em dinheiro que estou louca para gastar!

* * *

Pisquei sob as desagradáveis luzes fluorescentes e olhei ao redor. Bailey pegava uma infinidade de pacotes de batata frita, biscoitos e bolachas nos corredores da loja de conveniência do posto de gasolina, corria até a caixa registradora, despejava-os sobre o balcão e voltava para pegar mais coisas.

— Isso é desfrutar? — perguntei.

— Sou uma garota simples — ela respondeu, dando de ombros. Em seguida, acrescentou: — Ah! Salgadinhos!

Depois de pegar o máximo de saquinhos que era capaz de carregar, Bailey correu para o balcão novamente. A excitação trazida pela nossa fuga dos pastores-alemães, pela gritaria resultante do meu ódio em relação a Kevin e pelo confronto com ele na loja de penhores estava começando a cobrar seu preço. Minha cabeça começou a doer.

— Qual é, Bailey? Temos ainda mais de 1.320 quilômetros pela frente. Talvez devêssemos voltar para a estrada.

— Tudo bem. Só me deixe pegar mais uma coisa.

— Você comprou toda a loja. Vamos.

— Não. Só preciso de algo para deixar tudo isso muito especial — Bailey disse e correu para os fundos. De repente, eu sabia exatamente o que ela estava pegando.

— Não compre essa maconha sintética, Bailey. Eu sei o que você está pensando. E não, eu não vou fumar isso. Você não assiste aos noticiários? Colocam uns produtos químicos chineses muito loucos. Você pode não se importar mais com seu cérebro, mas não vou arriscar o meu — disse.

Bailey retornou. Ela não estava trazendo a embalagem de maconha falsa como eu previ. Em vez disso, carregava outra coisa: duas raspadinhas gigantes. Um sentimento de culpa tomou conta de mim.

— Meio framboesa azul, meio cereja, com um pouco de Coca-Cola em cima. Você se lembrou do nosso combo — eu disse.

— Sim. É claro. Está cheio de produtos químicos muito loucos. Então, você pode não querer arriscar seu precioso cérebro.

— Bailey...

Ela entregou uma raspadinha para mim.

— Tanto faz. Vamos voltar para a estrada.

Agarrei o copo junto ao meu peito, sentindo a condensação se infiltrar em minha camiseta. Eu tinha estragado o momento. Claramente, eu não conseguia relaxar nem por um minuto.

Seguimos em silêncio enquanto as luzes da rodovia passavam rapidamente. Bailey enfiava batatas fritas furiosamente na boca. Eu olhava para a raspadinha derretendo entre os meus joelhos. Costumávamos comprar isso toda quinta-feira depois da escola. E quase todos os dias durante o verão. Corríamos para ver quem conseguia o primeiro "congelamento" cerebral e tirávamos fotos de nossa língua roxa. Era o nosso barato.

— Podemos ir para Roswell — disse.

Bailey pegou outro punhado de batatas fritas e enfiou na boca.

— Eu sei.

— Menti antes quando disse que iríamos. Mas estou falando sério agora. Aconteça o que acontecer, nós vamos.

A mastigação de Bailey desacelerou e depois parou quando ela captou a mensagem. Ela se virou para mim e sorriu.

— Sério?

— Sério — respondi, também sorrindo.

— É isso aí! — Bailey gritou, tirando as mãos do volante e socando o ar com os punhos.

O carro desviou para a outra faixa. Peguei o volante e consertei a barbeiragem.

— É melhor você manter pelo menos uma das mãos no volante — disse, mas Bailey estava muito excitada.

— Você não vai se arrepender disso! Depois que esse fim de semana terminar, não vai ser o fim de semana em que você fez um aborto. Será o fim de semana em que você viu o local onde umas porras de uns alienígenas aterrissaram na porra da Terra!

— Parece ótimo — afirmei.

Não podia dizer que tinha algum interesse, mas estava estranhamente encantada com o entusiasmo dela.

— Merda.

— O que foi?

— Nada — Bailey disse, mas seus olhos estavam grudados no espelho retrovisor.

— É o Kevin? — perguntei, afundando-me no assento, com medo de olhar.

— De jeito nenhum. Ele está muito longe.

— Então o que é? — perguntei e me virei. Havia um único conjunto de faróis atrás de nós, bastante atrás. Inicialmente, não sabia dizer o que tinha assustado Bailey, até que reconheci a silhueta familiar do carro. — Xi, Bailey, há um carro de polícia atrás de nós.

— Sério? — disse, tirando sarro.

Então, no último segundo, Bailey virou o volante para a direita, pegando uma saída.

— O que você está fazendo? Por que está saindo da estrada?

— Fica fria, o.k.?

— Não até você me dizer o que está acontecendo — disse.

Bailey acelerou a picape através de uma rua sem iluminação. Havia uma pequena área de descanso pública, mas não muito mais. Ela diminuiu a velocidade e checou o espelho retrovisor novamente.

— Droga. Ele está pegando a saída. Deve ter visto a gente mudar de direção. Vou desligar as luzes.

— O quê? O que você quer dizer com...

Bailey apagou os faróis. Imediatamente, fomos engolidas pela escuridão da noite.

— Bailey! O que você está fazendo?

Minha voz falhou e comecei a pensar a respeito de todos os motivos pelos quais Bailey podia temer a polícia. Enquanto isso, Bailey examinava o caminho à frente.

— Vamos lá. Tem de ter alguma coisa... Ali! — ela disse.

Bailey virou o volante para a direita e entrou em um canto escuro de um estacionamento onde não havia iluminação pública e desligou o motor.

— Abaixe a cabeça — ela pediu, e empurrou minha cabeça para baixo do painel.

— O que está acontecendo, Bailey?

— Quieta! — exclamou, e ergueu um pouco a cabeça para espreitar pela janela. Repeti o gesto. Vimos o carro de polícia passar, virar à esquerda e voltar para a rodovia. Bailey deixou escapar um suspiro de alívio. — Bem, quase me borrei — ela disse. Abriu um pacote de biscoito e colocou um na boca.

— O que diabos foi isso, Bailey?

Ela olhou para mim, confusa.

— Não sei do que você está falando. Vamos voltar para a estrada! Abortos e alienígenas nos esperam! — ela disse, e deu a partida.

— Não vamos embora até você me dizer por que tivemos de nos esconder da polícia — afirmei, desligando o motor.

— Está tudo bem. Só precisamos tomar cuidado na estrada. Isso é tudo.

— Você tem carteira de motorista, não é? — perguntei.

Bailey dirigia para a escola todos os dias, mas, em se tratando dela, dificilmente alguém podia tomar aquilo como prova.

— Por favor — Bailey disse, entregando sua carteira para mim.

Puxei a habilitação.

— Diz que seu nome é Rhonda e que você tem 24 anos.

— Ah, desculpe.

Bailey pegou o documento de volta, examinou-o e me deu outra carteira de motorista. Eu a pus junto à luz e cheguei com atenção.

— Parece real.

— Parece não. É real. Podemos ir agora?

De repente, a ficha caiu. Senti um calafrio na espinha. Abri o porta-luvas.

— O que você está fazendo? — Bailey perguntou com um temor repentino.

— O que te parece? Estou procurando os documentos do carro — respondi friamente.

Bailey tentou afastar minha mão enquanto eu vasculhava o conteúdo do porta-luvas.

— Não está aí.

— Então o que é isso? — perguntei, mostrando um pedaço de papel.

Bailey tentou arrancá-lo da minha mão, mas consegui lê-lo antes que ela conseguisse. O documento confirmava o que eu já suspeitava.

— Esse carro está registrado em nome de Travis Crawford.

— Sim, e daí? Eu disse para você que o namorado da minha mãe me deu o carro. Ele só não aprontou a papelada ainda.

— Bailey...

— Tudo bem. Ele não deu para mim. Ele está me emprestando.

— Bailey...

— Tudo bem. Ele e minha mãe terminaram o namoro. Ele estava procurando garotinhas no Tinder. O cuzão está de plantão no corpo de bombeiros durante todo o fim de semana e ainda não tirou suas coisas de casa. Isso é uma pequena retaliação.

— Você roubou o carro dele.

— Só um pouco. Nós trabalhamos nele juntos. E, certa vez, depois de algumas cervejas, ele meio que insinuou que poderia me dar o carro algum dia. E nós vamos devolvê-lo antes de ele aparecer em casa. Mas agora você percebe por que não quis ser parada pela polícia.

— Esse é um carro roubado!

— A posse é um direito real e tudo o mais.

— Você me tornou cúmplice de um crime! — gritei.

— Para com isso. É uma viagem de carro. Não poderíamos fazer isso em meu Camry de merda.

— Não, não, não, não e não — disse.

Aquilo era muito pior do que pular uma cerca. Tínhamos de percorrer 3.200 quilômetros e iríamos passar por alguns policiais. E se Travis comunicasse o roubo do carro? Poderia acabar passando meu primeiro ano da faculdade usando um macacão laranja em alguma prisão. Tudo porque Bailey achou que um Camry era um carro muito ruim para fazer uma longa viagem. Minhas primeiras intuições a respeito dela estavam corretas. A questão não era que eu não sabia como me divertir. A questão era que Bailey era doida de pedra. Abri minha porta e saí do carro. Bailey fez o mesmo.

— Ei, eu virei uma criminosa por você. Um pouco de compreensão seria legal — Bailey disse.

Furiosa, andei de um lado para o outro.

— Não sei por que estou surpresa. Quer dizer, claro que você roubaria um carro.

— Pare! O máximo que eu roubei até agora foi uma camiseta. Na realidade, foi todo o manequim, mas foi pela camiseta.

— Não quero saber, Bailey! Eu vou ser presa!

— Não, não vai, porque vou dirigir de acordo com o limite de velocidade e seguindo todas as normas de segurança. E, olha, se formos presas, isso fará com que toda essa coisa de gravidez pareça bem secundária, não é? — ela disse, com as mãos nos bolsos, totalmente relaxada.

Tive que me conter para não empurrá-la. Em vez disso, contentei-me em apontar meu dedo para ela com raiva.

— É exatamente por isso que não somos mais amigas.

O sorriso fácil de Bailey desapareceu. Ela ficou tensa.

— Não somos mais amigas, porque, assim que pôs os pés no colegial, de repente você ficou boa demais para mim.

— Não é verdade. Eu convidei você para minha festa de aniversário no primeiro ano. Você roubou uma garrafa de bebida e vomitou no meu bolo de aniversário.

Em vez de parecer triste, Bailey sorriu maliciosamente.

— Ninguém gosta de bolo de cenoura.

— Eu gosto! Você era um caso perdido! Não dava mais para ser sua amiga.

— Meus pais estavam se divorciando. Desculpe, eu não podia mais ser perfeita para você.

De repente, Bailey também estava gritando, finalmente tão brava quanto eu.

— Você mudou completamente!

— Você também.

— Mas não fiquei tão gótica e esquisita! — disse.

A raiva se apossou de mim tão rápida e completamente que fiquei sem fôlego. Bailey passou a me olhar de modo estranho.

— O que foi?

— Seu jeans.

— O que é que tem o meu jeans? — perguntei, encarando-a, confusa.

— Olhe — ela disse, apontando.

Olhei para baixo. Havia algo escuro e úmido próximo da virilha e descendo por uma das pernas do meu jeans. Toquei naquilo. Meus dedos ficaram vermelhos. Em choque, olhei para eles.

— Estou sangrando.

308 Km

— Não acredito! Estou salva! — Corri para o banheiro feminino; a vista momentaneamente ofuscada pela claridade das luzes. Bailey veio atrás. Entrei na cabine mais próxima e fechei a porta com força. — Essa é a melhor menstruação de todos os tempos! — disse, quase cantando enquanto abaixava minha calça.

— Ei, isso não vai interromper o fim de semana, não é? — Bailey perguntou do outro lado da porta da cabine. — Você disse que poderíamos ir para Roswell. Ainda quero ver alguns alienígenas.

— Ah, não — disse, olhando para minha calcinha com espanto.

— Você está bem? Precisa de uma esponja ou algo assim?

— Você deve estar brincando comigo!

— O quê?

Saí da cabine, caminhei até a pia, abri a torneira, peguei um punhado de toalhas de papel, molhei-as e comecei a me limpar.

— Foi a maldita raspadinha!

Sob a iluminação do banheiro ficou evidente. De algum modo, eu tinha conseguido derramar a bebida em mim, provavelmente enquanto Bailey estava dirigindo como uma louca para escapar da polícia. Com lágrimas nos olhos, esfreguei freneticamente o meu jeans. Encabulada, Bailey estava ao meu lado, sem saber o que fazer.

— Que pena — ela disse.

— Sim. Grávida, presa no meio do nada, com minha única calça com uma puta mancha de raspadinha e com uma criminosa como companhia — afirmei, contendo as lágrimas.

— Ah, por favor. Ainda estamos nisso?

— Sim, ainda estamos nisso!

Amassei as toalhas de papel, joguei-as na lata de lixo e saí do banheiro. Estava ensopada e minha calça ainda manchada de vermelho. Aquela noite não poderia ficar pior.

— Oi, amor.

Gritei ao ver Kevin. Ele estava parado sob a luz amarela de um poste próximo, segurando uma dúzia de rosas vermelhas. Bailey saiu do banheiro alguns passos atrás de mim e ficou paralisada.

Ela socou o ar com os dois braços novamente.

— Persegui... — Bailey começou a dizer, mas se calou quando puxei seus braços para baixo com força.

— Ele está entre nós e o carro — balbuciei. — O que nós vamos fazer?

— Então você voltou a usar o pronome "nós"? — Bailey disse, soando esperançosa.

— Você é irresponsável, impulsiva e criminosa. Mas neste momento também é minha única opção. Então, sim. Estou voltando a usar o pronome "nós".

Bailey deu um sorriso largo e eu revirei os olhos, mostrando impaciência. Examinamos os arredores. A minivan de Kevin estava estacionada perto do El Camino, e ele estava na calçada que levava ao estacionamento. Era uma corrida de cerca de quinze metros dos banheiros até o carro.

— Só quero conversar, amor. Olhe, flores! — Kevin disse e acenou para mim, como se estivesse tentando convencer um cachorro a se aproximar para comer um petisco.

— Mesmo se chegarmos ao carro, ele vai nos seguir — Bailey murmurou.

— Como ele continua nos encontrando? — perguntei.

— Isso não é importante agora. Precisamos inutilizar o carro dele.

— Como? Não acredito que você ainda tenha aquele canivete com o nome de Bryant Armstrong gravado nele! Nós poderíamos cortar os pneus.

— Do que você está falando? — Bailey perguntou, olhando para mim, perplexa.

— Você não comprou um canivete e gravou o nome do quarterback nele? Porque ele deixou você puta ou algo assim?

— Ah, não. Não sou uma psicopata — Bailey respondeu e sorriu. — É isso que falam a meu respeito? Isso é muito foda.

— Sim, bem, neste momento quero que você seja muito foda. O que nós vamos fazer?

— Corra para o banheiro, tranque a porta e mantenha ele falando até eu ligar para você.

— Você tem um plano?

— Não. Agora vá.

Bailey saiu correndo em direção ao El Camino. Kevin se virou quando ela passou e depois sorriu quando me viu sozinha. Antes que ele conseguisse chegar mais perto, voltei para o banheiro e fechei a porta de entrada. Felizmente, podia trancá-la por dentro. Ofegando, deslizei o trinco para a frente e me apoiei contra a porta.

Kevin bateu do lado de fora.

— Ei! Só quero conversar.

Eu estava presa, mas pelo menos ele não podia entrar.

— Vá embora, Kevin.

Com a voz abafada, Kevin ponderou do outro lado da porta:

— Você está em pânico. É compreensível. Seus hormônios estão totalmente descompensados.

Ele fez uma rosa deslizar sob a porta, arruinando suas pétalas. Horrorizada, contemplei a flor.

— Olhe, nem estou bravo por você ter vendido o anel.

Kevin passou outra rosa.

— Provavelmente, você está muito brava. Eu entendo...

Mais uma rosa.

— Vim aqui só para me desculpar.

Desta vez, ele passou duas rosas.

— Olhe... Eu tenho uma rosa para cada furinho.

Outra rosa deslizou sob a porta. Em seguida, outra. Pisei nelas como se fossem tentáculos alienígenas.

— Não quero suas rosas! Vá embora!

— Escute, eu sei que você quer se vingar de mim gastando todo o dinheiro do meu anel numa farra com Bailey Butler, mas isso é sério. Precisamos resolver.

Mordi o lábio tentando não rir nem chorar.

— Você acha que estou usando o dinheiro para me divertir?

— Por que outro motivo você estaria com Bailey?

Outra rosa deslizou sob a porta. Era demais.

— VOU FAZER UM ABORTO, KEVIN!

O silêncio se fez do outro lado da porta. As rosas pararam de passar por baixo dela.

— No Novo México — continuei, apressando-me naquele momento depois que revelei a verdade. — Então, por favor, vá embora. Você se livrou de uma fria.

Ele não merecia a sensação de alívio, e engoli o gosto amargo da minha boca ao oferecer-lhe isso. Por que Kevin poderia se divertir no fim de semana em casa jogando videogame enquanto eu passava por aquilo? Mas a ideia de tê-lo perto de mim era ainda mais repugnante.

Do outro lado da porta, ouvi Kevin se levantar e sair andando. Poderia ter sido assim tão fácil? Então, alguns momentos depois, de dentro do banheiro, ouvi um barulho de metal contra metal. Levantei os olhos. Na parede mais distante, perto do teto, havia uma janela estreita para ventilação, e a grade que a protegia estava sendo removida. Uma rosa foi empurrada através da fenda e caiu no chão. A grade fora totalmente removida. Mais rosas caíram sobre o concreto encardido. Em seguida, apareceu uma mão segurando a base da janela. Depois, apareceu a outra mão. Consegui ouvir Kevin tentando escalar a parede de blocos de concreto e seus grunhidos resultantes do esforço.

— Bailey? — gritei. — Bailey, você já está pronta?

Ela não me respondeu. Para meu espanto, Kevin conseguiu o que pretendia e enfiou seus braços e sua cabeça pela janela.

— Você não pode fazer um aborto, amor. O bebê também é meu.

O bebê é dele também? Queria recolher todas as rosas do chão e jogá-las na cara dele. Queria gritar que ele não me deu escolha quanto a ficar grávida. Então, com certeza, não iria lhe dar escolha quanto a fazer um aborto. Mas a única coisa que escapou da minha boca foi...

— BAILEY!

Ouvi uma batida na porta.

— Vamos — Bailey gritou. Meu coração disparou. Deslizei o trinco para trás e abri a porta. Bailey estava ali, esperando.

— Para o El Camino. Agora.

Saímos correndo em direção ao carro.

— Isso não é justo, amor! — Kevin gritou, chamando-me a distância.

Ouvi Kevin se soltar da janela e cair pesadamente no chão. Logo depois, ele começou a correr atrás de nós. Ao chegar ao carro, abri a porta e me joguei no meu assento. Bailey fez o mesmo e ligou o motor. Ela engatou a ré no exato momento em que Kevin nos alcançou. Ele bateu as mãos na caçamba quando o carro se moveu para trás, o que o fez tropeçar e cair no chão. Então, Bailey engatou a primeira e arrancou, com as luzes traseiras de nosso carro iluminando a forma agachada de Kevin.

— Peraí! Isso significa que você está terminando nosso namoro? — Kevin lamentou. Então, depois de ficar de pé, ele correu para sua minivan.

Bailey freou o carro, parando na saída do estacionamento.

— Por que você está parando? — perguntei, sem me preocupar em esconder o pânico em minha voz.

— Dê uma olhada — Bailey disse.

Olhei até o outro lado da faixa de asfalto, onde a minivan de Kevin estava estacionada. Ele estava no assento do motorista, mas não tinha ligado o motor.

— Recheei a ignição do carro dele com chiclete — ela informou.

Então notei que a maior parte dos nossos doces tinha desaparecido do carro.

— Também despejei raspadinha nos assentos e depois os cobri com migalhas de salgadinho. Mas isso foi apenas um extra — Bailey concluiu.

Do outro lado do estacionamento, Kevin saiu do carro e localizou o nosso parado nas sombras.

— Bailey Butler, você é mesmo uma vadia! — ele gritou.

Deleitada, Bailey gargalhou.

— E a lenda só cresce — ela disse, mas havia um tom de tristeza em seu sorriso.

Então, partimos, deixando o estacionamento para trás.

— Não entendo como ele sempre nos encontra — disse, com o coração ainda aos pulos por causa do encontro. — Ele deve ter algum tipo de rastreador, talvez ligado ao carro. Ou ele está usando satélites. Ou...

— Seu celular?

Fiquei ruborizada. Eu era uma idiota. Abri o Snapchat e ativei o Modo Fantasma. Tinha me esquecido de que havia compartilhado minha localização com ele.

— Ou pode ser um satélite — Bailey disse, com a fisionomia impassível.

Por um momento, seguimos em silêncio. Então, Bailey falou:

— Olhe, se algo acontecer com o carro, eu assumo a culpa. Prometo. A menos que você queira voltar e deixar uma lista para o chá de bebê em alguma loja?

— Continue dirigindo — resmunguei, mas não consegui deixar de sorrir um pouco.

— Ótimo, porque essa é a coisa mais divertida que faço desde que tomei ácido.

Depois de aumentar o volume da música, Bailey pisou no acelerador, fazendo o carro ganhar velocidade na rodovia.

310 Km

—Dê uma parada no acostamento.
—Por quê?
—Esqueci de fazer xixi quando estávamos na área de descanso.

341 Km

— Sério, Bailey? Ouvir Kelly Clarkson? O que aconteceu com seu lance dark e raivoso?

— Psiu. Apenas deixe Kelly falar com você.

470 Km

— O.k. Já chega. Ouvimos todo o álbum. Agora podemos parar de ouvir Kelly Clarkson?
 — Nunca vou parar de ouvir Kelly Clarkson.

532 Km

— Não estou no astral de ouvir Kelly Clarkson.
 — Nada disso.

553 Km

— Finalmente. Obrigada.

555 Km

BUT SINCE YOU BEEN GONE
I CAN BREATHE FOR THE FIRST TIME
I'M SO MOVING ON
YEAH, YEAH

[Mas desde que você se foi / Consegui respirar pela primeira vez / Estou seguindo em frente / Sim, sim — SINCE U BEEN GONE — Kelly Clarkson]

589 Km

— Preciso fazer xixi de novo.

833 Km

Acordei com um solavanco quando o carro desviou para o acostamento e voltou para a pista. Devo ter cochilado durante algum tempo depois de nossa última parada.

— Desculpe — Bailey disse, esfregando os olhos. — Acho que dormi por um segundo. Preciso de um café.

Com cuidado, coloquei-me de volta na posição vertical. Estava com o pescoço doendo por causa do jeito que dormi. Pisquei algumas vezes, tentando clarear as ideias.

— Você não bebeu três energéticos?

— Sim. Mas, para mim, fazer isso é normal numa sexta-feira.

Dediquei um momento para imaginar a aparência das entranhas corroídas de Bailey. Em seguida, consultei meu celular.

— Há uma cidade a pouco mais de 80 quilômetros daqui que tem um restaurante 24 horas.

— Hum. Panquecas.

— Não. Nada de panquecas. Só café. Para não dormir ao volante.

— Você é uma patroa cruel — Bailey disse, suspirando.

Em meu celular, percebi que havia uma série de mensagens de texto das garotas. Fotos de pilhas de comida. Uma foto tremida de uma TV com Ryan Gosling parecendo bastante perturbado com alguma coisa. Selfies sorridentes. Elas estavam se divertindo na cabana. Sem mim. Não esperava que elas se prostrassem de tristeza por eu não estar lá, mas, ao vê-las tão alegres, aquilo me magoou.

Tentei deter os pensamentos que se acumulavam rapidamente, mas era como uma avalanche. Talvez eu não fosse tão importante para elas quanto eu imaginava. Com certeza, elas não precisavam de mim para se divertir. Eu não era tão importante. Elas só fingiam gostar de mim porque eu era mais popular. Elas estavam todas falando de mim. Na realidade, estavam contentes por eu não estar lá. Porque tinham inveja de mim. E, então, um pensamento ainda mais assustador: se era assim que elas pensavam quando achavam que eu estava passando o fim de semana abraçada com o meu namorado, o que aconteceria se descobrissem o que eu realmente estava fazendo?

— Você tá legal? — Bailey perguntou, olhando para mim, confusa.

— Sim, claro — disse, sorrindo, mas minha voz soou aguda e tensa. Inclinei-me e remexi o lixo aos meus pés, procurando algo. Tive uma ideia. Bailey continuava a me observar.

— Porque se você precisar conversar ou sei lá o quê...

— Conversar? — disse, erguendo a cabeça. Foi minha vez de ficar confusa.

— Sim, sabe, se você está com medo ou algo assim.

Finalmente, minha ficha caiu. Bailey estava falando sobre o procedimento.

— Ah, sim, obrigada. Estou bem.

Voltei a remexer o lixo. Finalmente, encontrei o que estava procurando: uma garrafa de água pela metade. Depois de tirar a tampa, derramei um pouco em minha mão e esfreguei no contorno do meu couro cabeludo. A confusão de Bailey só aumentou.

— O que você está fazendo?

— Nada.

Tirei minha camiseta. Bailey se assustou e quase perdeu o controle do carro.

— Esse não é um carro para você ficar pelada!

— Relaxe. Só vai levar um segundo.

Percorri o El Camino com os olhos em busca de um bom ângulo, algo suave e escuro. Verifiquei se o flash estava ligado. Depois de adicionar mais algumas gotas de água no rosto e no peito, segurei o celular o mais longe possível de mim e tirei uma foto. Dediquei algum tempo para estudar o resultado. O fundo estava preto. As gotas de água brilhavam no meu rosto e nos meus

ombros nus por causa do flash. Eu parecia molhada e um pouco suada. Estava longe de ser o meu melhor, mas daria conta do recado.
Eu: Tão legal! Mas vocês têm uma banheira de hidromassagem? 😊
Imediatamente, meu celular apitou com as respostas.
Emily: Ahhh! Que inveja!
Jocelyn: Não é justo!
Kaylee: Qual é? Onde estão as fotos do garoto nu? Brincadeira. Na verdade, não. Não me leve a sério. Mas se você tiver alguma...
Bailey se debruçou sobre o meu celular e viu as mensagens na tela.
— Sério? Você está simulando seu fim de semana com Kevin?
Afastei o celular da vista de Bailey e digitei uma resposta rápida.
Eu: Hahaha! Ele é só para mim, senhoritas!
Bailey deu um sorriso malicioso.
— Não preciso ver para saber o que você escreveu. Deixe-me adivinhar. "Ha. Ha. Ele é todo meu?" Você também acrescentou um monte de corações?
— Não — respondi, com meu dedo pairando sobre o emoji do coração rosa.
— Eu não entendo. Como você consegue digitar isso depois do que ele fez?
— Tenho que manter as aparências. Tudo isso deve ser mantido em segredo, lembra?
— Sim, mas por que você não deixa de enviar mensagens de texto por um dia ou dois para elas?
— Sinto muito. Você tem 45 anos e eu não sabia? Você não envia mensagens de texto? Com certeza, as garotas achariam que algo estava acontecendo comigo. Provavelmente, mandariam uma equipe de busca — disse, contendo uma risada.
Se bem que eu não tinha tanta certeza disso depois de ver todas as fotos da cabana. Rapidamente, abafei esse pensamento. Elas ainda continuavam me mandando mensagens, revelando-me o que estavam fazendo. Possivelmente era para que eu sentisse que fazia parte do grupo. E assim eu poderia manter minha mentira perante os meus pais. Elas não estavam querendo que eu me sentisse excluída. Se eu estivesse com Kevin, isso provavelmente não me incomodaria.
Repeti aqueles pensamentos em minha mente algumas vezes, querendo acreditar neles. Bailey mantinha os olhos na estrada, mas ainda parecia pensativa.

— Mas você deveria estar com Kevin. Você e suas amigas não querem um pouco de privacidade? Você precisa mesmo ficar mandando mensagens o tempo todo?

— Sim. Preciso — respondi.

Parte da graça de estar com Kevin era enviar atualizações para as minhas amigas. Mas não disse isso para Bailey. Saquei que ela não entenderia.

— Parece estranho.

— Sabe, é completamente normal. Totalmente normal. Bilhões de pessoas fazem isso. E acho que não cabe a você falar sobre o que é estranho e o que não é.

— Ai! Essa doeu — Bailey disse, mas sem mau humor por trás das palavras. Então, ela pôs uma batata frita na boca e completou: — Só acho que dá muito trabalho.

No momento em que Bailey disse aquilo, percebi que às vezes parecia trabalho. Mas o que eu deveria fazer? Não ter amigas?

862 Km

Meu telefone apitou de novo, incluindo mais fotos das garotas. Dei uma olhada nelas rapidamente. Papéis estavam espalhados por todo o tapete. Consegui ver a caligrafia minúscula e com código de cores de Jocelyn. Emily tinha cochilado e as outras duas tinham desenhado no rosto dela. Parecia um fim de semana épico. Provavelmente o melhor de todos os tempos. Isso fazia sentido; afinal, era o nosso último ano. E eu não estava lá. Percorri o carro com os olhos.

Bailey me olhou de soslaio e disse:

— Acho que vamos ficar sem água se você quiser tirar outra foto do tipo "numa boa na banheira de hidromassagem com Kevin".

— Não vou — respondi. Sobretudo porque, com base na lógica, Kevin e eu já deveríamos ter saído da banheira àquela altura. Eu precisava de algo novo.

— Ah! Já sei! Você pode usar uma das rosas que ele jogou pela janela na área de descanso.

— Temos alguma? — perguntei, empolgada.

— Esse tom que você ouviu em minha voz era sarcasmo.

— Certo.

— O que você ia fazer? Espalhar pétalas de rosa sobre si mesma?

— Não! — respondi, mas até que teria sido bom.

Sem dúvida, eu precisava de algo romântico. As garotas podiam gostar de ver *Diário de uma Paixão*, com Ryan Gosling e Rachel McAdams, mas eu tinha a coisa verdadeira. Bem, costumava ter. Mas, até onde elas sabiam, eu ainda tinha. Mais uma foto seria suficiente. Já era tarde. Elas iriam dormir em breve. Só mais uma foto para lembrá-las de que eu também estava me divertindo. Observei as mãos de Bailey segurando o volante.

— Bailey?

— Não.

— Você não sabe o que eu ia perguntar.

— Não precisa. Costumávamos ser amigas, lembra? Aprendi minha lição depois do show de talentos da sexta série.

— Você foi fantástica!

— Eu era o boneco e você era o ventríloquo.

— Foi pós-moderno.

— Você me fez usar calção de couro.

— Ficamos em terceiro lugar.

— Vamos, me conte seu plano diabólico.

— Bem, notei que suas mãos eram meio... grandes e...

— Mudei de ideia — Bailey interveio.

— Deixe-me apenas segurá-la — implorei. — Cubro suas unhas com a minha mão. Acho que, se eu enquadrar direito, vai dar certo.

— O que vai acontecer se eu disser não?

Dei de ombros e sorri diabolicamente.

— Meu plano B é bagunçar meu cabelo, beliscar muito minhas bochechas para fingir aquele rubor pós-orgasmo...

Bailey fez um barulho para imitar ânsia de vômito e depois estendeu a mão.

— Faça rápido. Isso vai muito além da minha obrigação.

— Obrigada — disse, pegando sua mão e a envolvendo com a minha. Fiquei surpresa com quão familiar aquilo parecia. Costumávamos dar as mãos o tempo todo: para atravessar a rua, subir a escada correndo para o quarto dela, percorrer o corredor da escola... E, de algum modo, meu corpo se lembrou daquilo.

Tirei a foto rapidamente e soltei a mão de Bailey. Perguntei-me se segurar a minha mão também pareceu familiar a ela.

Depois de usar os filtros para assegurar que a mão de Bailey estivesse irreconhecível, legendei a foto com "boa noite" e enviei.

— Satisfeita? — Bailey perguntou.

Eu estava. Em alguma linha do tempo alternativa, Veronica Clarke estava vivendo a vida como ela deveria ser. A vida pela qual ela batalhara tanto. A vida que ela merecia. Mas não respondi a Bailey. Em vez disso, peguei o celular dela no pequeno cubículo do painel.

— Ei, qual é? É meu — Bailey protestou.

Ela fez algumas tentativas inúteis para recuperá-lo, quase perdendo o controle da direção do carro. Tratei de ficar longe dela, mantendo o celular fora de seu alcance.

— Desculpe, mas me recuso a acreditar em toda essa coisa de ser inimiga da tecnologia — disse, digitei alguns números e desbloqueei seu celular.

Intrigada, Bailey franziu a testa.

— Como você adivinhou minha senha?

— Tenha dó. Você usa a palavra "bunda" desde o laboratório de informática da terceira série.

Dei uma olhada no celular. Pouco depois, recoloquei o aparelho no lugar. Não sabia o que dizer. Bailey manteve os olhos na estrada.

— E aí?

— Bailey, não há nada nele.

— O quê? Só porque não fotografo cada comida que peço na cafeteria, eu não existo?

— Quer dizer, nem mesmo nos seus contatos. Só tem os telefones de sua mãe e de um encanador de emergência.

— Temos alguns canos problemáticos em nossa casa. Acredite em mim, quando a pia está transbordando às três da manhã, Demetri é o cara.

— Bailey...

— O quê? Ele é confiável e barateiro.

— Você não tem amigas ou amigos? — falei sem pensar. Senti Bailey ficar tensa ao meu lado. — Quer dizer... — comecei a falar, tentando pensar em uma maneira de me salvar.

— Costumava ter — Bailey disse.

— Desculpe, eu...

Aborrecida, Bailey olhou ao redor.

— Credo! Pare com isso. Minha vida *on-line* é bastante saudável. Sou moderadora de dois fóruns de mangá. E, sem querer me gabar, tenho algumas *fanfics* bastante populares. E, quando me dá vontade, há até alguns colegas esquisitões na escola com quem me digno a falar. Eu estou bem.

Bailey estava bem? Eu a estudei enquanto ela dirigia. Ela não parecia chateada. Tinha um sorrisinho nos lábios. Seu cabelo estava espetado de todas as formas. Ela ficava cantarolando junto com a música no rádio. Deixei de ser amiga dela porque disse a mim mesma que pretendia ter sucesso no colegial e não queria enfrentar tanto drama. Aquilo foi necessário, pois Bailey me deixaria para baixo com ela. Mas aquela lista de contatos vazia... Como teria sido se tivéssemos continuado amigas?

— Ah, meu Deus. Pare de sentir culpa.

— Eu não disse nada.

— Você não precisa dizer. Consegui sentir sua culpa pingando de você em todos os meus assentos de couro — Bailey disse e pegou o celular. — Isso vai fazer você se sentir melhor? — ela perguntou, acomodando o aparelho sobre o volante e mexendo nele por um minuto. Em seguida, Bailey passou o celular para mim. Havia um novo contato.

— Veronica Clarke. Amiga do aborto — eu li, meio constrangida.

Bailey gargalhou ruidosamente, satisfeita consigo mesma. Pouco depois, ela apontou para alguma coisa.

— Olhe. Acho que estou vendo luzes à frente.

926 Km

Chamar o lugar de cidade era forçar a barra. Havia mais terrenos vazios do que lojas na rodovia de duas faixas, e a maioria das lojas parecia estar vendendo algo relacionado a currais. Olhei para o medidor de combustível. A picape ainda tinha o bastante.

— Talvez devêssemos seguir até a próxima cidade.

Bailey fez que não com a cabeça.

— Não. Estamos no meio da noite. Todos os lugares vão parecer sinistros. Este provavelmente tem a mesma quantidade de *serial killers* que o próximo. Estatisticamente, são dois.

— Você não está fazendo eu me sentir melhor.

— Você prometeu um café. E sabe o que mais? Agora que eu sei que você está se sentindo um pouco culpada a respeito da minha lista de contatos, vou insistir para darmos uma parada para comer alguma coisa.

— Bailey, não temos tempo.

— Você acabou de tirar um cochilo por cerca de 150 quilômetros. Se você quiser que esse carro se mantenha em linha reta na estrada, vou precisar de algo mais do que apenas um café.

— Eu posso dirigir...

— Câmbio manual, lembra?

— Será que não consigo aprender?

— Não nesse carro.

— Quem sabe...

Bailey assumiu uma expressão trágica.

— Mas me sinto tão sozinha, Veronica. Não tenho seguidores nas redes sociais.

— Pare.

— Ninguém gosta das minhas postagens.

— Fala sério.

— A única coisa que poderia ajudar são umas duas ou três panquecas com bastante calda de caramelo.

— O.k. Tudo bem. Vamos parar. Mas coma rápido.

— Sem problemas — Bailey disse e apontou para uma placa à nossa frente. — Veja, é o nosso lugar.

A placa luminosa do restaurante ao lado da estrada era um destaque de cor em uma rua vazia. Meu estômago roncou. De repente, a promessa de panquecas e café pareceu maravilhosa.

Bailey entrou no estacionamento na frente do restaurante. Havia algumas vagas, mas ela levou o carro até os fundos e parou nas sombras.

— Por que estamos parando aqui? — perguntei.

— Porque seu perseguidor pode acabar tirando o chiclete da ignição. E, como este é o caminho mais rápido para Albuquerque, ele provavelmente sabe que estamos nele. Tenho a sensação de que ele não é do tipo que desiste fácil. Não quero que volte a localizar o El Camino e estrague minha refeição.

O restaurante estava surpreendentemente movimentado no meio da noite. Havia alguns caras velhos que pareciam caminhoneiros, um casal dando uns amassos sobre um prato de batatas fritas e um grupo de rapazes acabando de comer hambúrgueres. Uma única garçonete fazia malabarismos atendendo diversas mesas. Quando entramos no recinto, os garotos olharam para nós, demonstrando interesse.

— E aí, garotas, procurando panquecas com salsicha? — um deles falou arrastadamente, dando-me um sorriso fácil e confiante.

— Não, obrigada — murmurei, odiando o fato de todos os olhares deles serem dirigidos a mim.

Bailey me deu uma cutucada.

— Não dê bola a eles — ela disse, baixinho, mas um dos garotos a ouviu.

Ele substituiu instantaneamente um rápido lampejo de descontentamento por outro sorriso vencedor.

— Ah, não diga isso. Quais são os planos de vocês para esta noite? Podemos mostrar a cidade?

— Não, obrigada — disse novamente, esperando desesperadamente que a garçonete nos visse.

— Ei, qual é? Vamos até ser legais com sua amiga esquisitona — outro acrescentou.

Bailey ficou tensa ao meu lado. *Ah, não.*

— Bailey... — adverti.

Bailey presenteou o grupo com um sorriso meloso.

— Uau, uma oferta tão amável, e eu estou com muito tesão, mas acho que não sou tão gostosa quanto os animais da fazenda com quem vocês já transaram.

Os rapazes se entreolharam, embasbacados.

— Mesa para duas pessoas, por favor — Bailey pediu à garçonete alegremente.

Tentei esconder meu sorriso enquanto a atendente nos acompanhou até uma mesa vazia.

— Vou querer um café e panquecas — disse, sentando-me. — Bailey, o que você vai querer?

— Você pode me dar um minuto? — Bailey perguntou para a garçonete. Ela resmungou e se afastou. Bailey abriu o cardápio e começou a lê-lo com atenção.

— Bailey, não podemos ficar aqui a noite toda. Você disse que queria panquecas. Por que você não pede? — perguntei.

Com o canto do olho, vi o grupo de rapazes sussurrando a respeito de alguma coisa.

— Sim... Mas, agora que vi o cardápio, fiquei em dúvida. Você não acha que é melhor uma omelete ou biscoitos e molho de carne? — ela perguntou.

— Tenho certeza de que os dois pratos são ótimos. Escolha um.

— Talvez eu devesse ficar com as panquecas — ela refletiu.

— Bailey, ainda temos mais de 640 quilômetros pela frente. Vamos ter que manter uma média de 120 quilômetros por hora, supondo que façamos um intervalo de 15 minutos para fazer xixi a cada duas horas, para chegarmos lá às nove da manhã.

Surpresa, Bailey piscou para mim.

— Uau, como você fez isso?

— Matemática.

— Sabia que eu não deveria ter faltado a essa aula — ela disse, e voltou a ler o cardápio.

Houve uma pequena agitação no outro lado do restaurante. Nós duas levantamos os olhos e vimos que os rapazes tinham saído e, pela expressão facial da garçonete, saíram sem pagar. Pisando pesado, ela voltou até a nossa mesa.

— Vocês já sabem o que querem? — ela perguntou, com certa rispidez.

— Panquecas e café, por favor — eu respondi.

— Biscoitos e molho de carne, omelete, palitos de queijo mussarela e panquecas — Bailey disse. — Ah, e café.

— Bailey! — exclamei.

— O que foi? Você me apressou. Não consegui decidir.

— Vocês vão pagar por tudo isso? — a garçonete perguntou, desconfiada.

Bailey pegou sua carteira. Eu tinha dado a ela todo o dinheiro que possuía, exceto a quantia de que precisava para o médico. A carteira dela estava recheada.

— Quanto aqueles babacas ficaram te devendo? — ela perguntou.

— 43 dólares — a garçonete respondeu, lamentando-se. — Gostaria de poder proibir a entrada dessas merdinhas, mas o pai de um deles é o dono do silo de grãos.

Bailey tirou várias notas do maço dela.

— Aqui está o dinheiro da nossa refeição e da deles. E um extra para você.

A garçonete arregalou os olhos, mas pegou o dinheiro.

— Obrigada, querida. A comida vai ficar pronta num instante — ela disse e se afastou.

Olhei para Bailey. Ela estava brincando com os sachês de geleia, empilhando-os em uma pirâmide.

— Isso foi muito legal — eu disse.

Indiferente, Bailey deu de ombros.

— Tanto faz. Só queria minha comida.

— Mesmo assim você não precisava ter feito isso.

Claramente pouco à vontade, Bailey olhou em volta.

— Não quero que você chegue atrasada na clínica — ela resmungou. — A que horas é sua consulta, afinal? Você não me disse.

Foi a minha vez de ficar pouco à vontade. De repente, o recipiente de ketchup pareceu muito fascinante. Eu o examinei atentamente.

— Veronica, a que horas é sua consulta? — Bailey repetiu, com a suspeita aparecendo em seu tom de voz.

— Ainda não sei. A clínica abre à nove.

— Você não marcou uma consulta? — Bailey perguntou, praticamente gritando.

Afundei em meu assento.

— Tentei algumas vezes. Mas, toda vez que atendiam o telefone, eu... eu desligava.

— Você achava que isso era como ir ao McDonald's? Bastava pedir um aborto no cardápio e ele era servido em seguida? Você estava planejando usar o drive-thru?

— Bailey! Fale baixo, por favor — pedi, sentindo meu rosto ficar vermelho. As pessoas estavam começando a olhar. — Esperava que bastava a gente aparecer — murmurei.

Bailey bufou.

— Você esperava? E você planejava penhorar o anel quando a gente chegasse lá? Isso é deixar muito ao acaso — ela disse, encarando-me com ceticismo.

— Eu sei.

— Você tem certeza de que realmente quer fazer isso?

— Sim!

— Então, eu não entendo. Eu vi você planejar seus horários de estudo nos mínimos detalhes.

— Marcar a consulta tornaria isso real, não?

— Acho que finalmente a gente encontrou a aula em que você faltou: bom senso — Bailey disse. Ela pegou meu celular e começou a fazer uma busca. — Ah, aqui estamos. Du du du da! — ela cantarolava enquanto digitava alguns números. — É a amiga do aborto para o resgate!

— Bailey, pare. Provavelmente não vão responder. Estamos no meio da noite — disse.

Escutando com o celular junto ao ouvido, Bailey levantou um dedo para me pedir silêncio.

— Sim! Alô?! — ela cantarolou com um tom de voz extra-alegre. — Uau. Uma linha direta 24 horas. Muito conveniente. Enfim, tudo bem com você?

Bailey fez uma pausa para obter uma resposta.

— O.k., é ótimo ouvir isso. Lamento dizer que não é o meu caso. Olha só, eu preciso de um aborto — Bailey disse, pronunciando a última palavra com clareza suficiente para que todo o restaurante ouvisse. Uma dupla de caminhoneiros se virou para olhar para nós, com uma expressão de aversão e reprovação.

— Por favor, Bailey... — implorei, tentando afundar ainda mais em meu assento de vinil vermelho.

— Obrigada. Isso é muito gentil de sua parte. Minha última menstruação? Hum... — Bailey disse e olhou para mim, esperando por uma resposta. Levantei alguns dedos e, depois, dei de ombros. Os olhos dela se arregalaram um pouco. Morri de vergonha. Minha menstruação não era muito regular e, assim, demorei um pouco para perceber que algo estava errado. E Kevin *tinha* usado camisinhas. Ou assim eu havia pensado.

— Oito semanas — Bailey informou, enquanto ouvia a pessoa do outro lado da linha. — O.k. Sim. Tudo bem. Escute, há alguma possibilidade de depilação aí? Está parecendo a Floresta Amazônica lá embaixo.

Naquele momento, um dos caminhoneiros que ouviam a conversa olhou para Bailey com interesse. Enterrei a cabeça entre as mãos, querendo que aquilo acabasse.

— Certo. Desculpe — Bailey prosseguiu. — Não, não estou fazendo pouco-caso. Só estou um pouco nervosa, sabe? Primeira vez e tudo. Não, não é a minha primeira relação sexual. Eu já deveria ter engravidado centenas de vezes, de acordo com as probabilidades. Ou talvez os espermatozoides do meu namorado sejam perseguidores, como ele — ela disse.

Contive uma risada. Por um lado, odiava o que Bailey estava fazendo, mas, por outro, meio que amava.

— Então, você pode marcar? Lamento não ter ligado antes. Eu estava muito nervosa. Amanhã é o único dia em que posso fazer isso. Estou vindo de outra cidade e meus pais não podem descobrir — Bailey disse.

Essa última parte ela falou a sério, incluindo todo o desespero que senti em sua voz.

Meu coração começou a disparar. E se eu não conseguisse um horário? E se tivéssemos viajado tanto à toa? Prendi a respiração esperando para ouvir as próximas palavras de Bailey.

— Onze e meia da manhã? Ótimo. Estarei aí. Nome? Veronica Clarke. Sim. Sim, tenho uma acompanhante. Uma *amiga*. Obrigada. Muito obrigada. Tchau — ela disse.

Tirei os olhos da mesa. Nós nos entreolhamos e sorrimos. Bailey devolveu o celular para mim, reclinou-se no assento e cruzou os braços atrás da cabeça.

— E então? — ela perguntou.

— Eu odeio você — disse.

— Eu sei.

— Isso foi incrível.

— Eu sei — Bailey afirmou, notando que o caminhoneiro mais velho ainda estava olhando para ela. — Pois é, hoje estou sem camisinha, senhor — disse, e piscou para ele.

O homem voltou para os seus ovos, constrangido. Soltei uma gargalhada estrondosa, em parte pela audácia de Bailey e em parte por alívio.

— Você é doida.

— Imagina.

A garçonete voltou trazendo nossos pratos de comida e os colocou sobre a mesa. Antes de se afastar, ela deu um tapinha simpático no ombro de Bailey.

— Coloquei molho extra nos biscoitos para você — ela disse.

Subitamente me sentindo melhor do que sentia em semanas, olhei para toda aquela comida diante de nós. Bailey tentou pegar um prato e eu afastei sua mão.

— Espere. Vou tirar uma foto dessa refeição — disse.

Então, peguei meu celular e tirei a foto.

— Deprimente — Bailey comentou, impaciente.

— Vai, continue. Me julgue. Nunca vi panquecas tão boas assim. Quero me lembrar delas — disse, puxando o prato em minha direção e começando a devorá-las.

20 minutos depois, nós duas estávamos recostadas em nosso assento, saciadas e satisfeitas.

— Você acha que Kevin já consertou o carro dele? — perguntei.

— Mesmo que tenha consertado, duvido que ele chegue muito longe. Escrevi "Ajude-me" com um pouco de raspadinha na janela de trás do carro. Provavelmente, a essa altura, um policial já o parou.

Dei uma risadinha e me levantei.

— Ainda assim, é melhor irmos.

— Claro, chefe — Bailey disse, também se levantando.

* * *

Estupefatas, olhamos para a vaga onde o El Camino devia estar.

— O carro não está lá. Como o carro não está lá? — perguntei, enquanto Bailey soltava uma enxurrada de palavrões.

— Meu palpite é que aqueles estupradores de ovelhas, que comem e saem sem pagar, pegaram o carro para dar uma volta — Bailey disse.

Foi então que notei os rastros no cascalho, como se alguém tivesse dado alguns cavalos de pau antes de cair fora. Ainda era possível sentir o cheiro de borracha queimada. Virei-me para encarar Bailey.

— Por que você teve que estacionar aqui nos fundos?

— Ei, é você que tem um namorado demente do qual temos que nos esconder! — Bailey gritou de volta.

Comecei a andar de um lado para o outro.

— Agora não tenho como chegar a Albuquerque!

— Ah, claro, é sempre uma questão de você e do seu útero. O carro que roubaram era meu!

— Para começo de conversa, já era roubado.

— Eu peguei emprestado!

Outro pensamento terrível tomou conta de mim.

— Minha bolsa. Minha mochila — murmurei, sentindo um aperto no peito. — Minhas anotações de cálculo!

— Suas anotações? Meu celular estava no carro.

— O quê? Como? — exclamei.

Bailey bufou de raiva.

— Nem todas as pessoas são tão grudadas em um celular como você.

Por alguma razão, a perda do celular de Bailey estava me deixando mais em pânico do que a perda do carro.

— E se sua mãe ligar para você? O que vai acontecer se você não enviar uma mensagem de volta para ela?

— Minha mãe vai trabalhar durante todo o fim de semana. Ela nunca faz contato. Disse para ela que ia passar o fim de semana na casa de uma amiga.

— E ela acreditou em você?

— Ei, agradeça que ela esteja ocupada demais para fazer perguntas.

Recomecei a andar de um lado para o outro.

— Se os policiais encontrarem o El Camino com seu celular dentro, vão descobrir que você roubou o carro.

— Bem lembrado.

— Estamos ferradas. Meu nome está naquele celular. Como "amiga do aborto"!

Bailey abriu a boca para responder, mas o que ela ia dizer foi abafado por um barulho muito alto, seguido pelo inconfundível som de metal sendo esmagado. Nós nos entreolhamos. Os sons vieram da estrada, talvez a quatrocentos metros de distância. Sem trocarmos nenhuma palavra, saímos correndo naquela direção.

Quando chegamos, ainda conseguimos ver as luzes traseiras de uma caminhonete sumindo ao longe. O ar estava com cheiro de gasolina e borracha queimada. Em uma vala ao lado da estrada, jazia o nosso El Camino. O carro estava com a frente amassada. Vapor ou fumaça escapavam do capô. A pintura estava toda riscada. O para-brisa, estilhaçado. Um dos pneus fora rasgado. Estava claro que não iríamos mais longe naquela noite.

Bailey se aproximou do carro e colocou uma mão nele, como se fosse um animal ferido.

— Sinto muito — eu disse.

Bailey deu de ombros.

— Foi minha culpa. Eu decidi pegá-lo para fazer essa viagem.

Do outro lado da estrada, todos os pertences da minha bolsa de pano e da mochila estavam espalhados. Obviamente, tudo fora atropelado diversas vezes. Minhas roupas estavam com marcas pretas de pneus. As lombadas dos meus livros escolares estavam rachadas e quebradas. As anotações de cálculo estavam espalhadas na sarjeta. Corri para recolhê-las, desesperada para salvar o que podia. Mas, quando me aproximei, enruguei o nariz. Bailey também.

— Sim. Eles fizerem xixi em cima — disse.

Então, um reflexo do luar chamou a atenção de Bailey. Ela contornou minhas roupas, curvou-se e encontrou seu celular. A tela estava quebrada. Ela apertou o botão para ligá-lo. Algumas barras coloridas apareceram no visor antes de ele escurecer.

— Acho que não vou criar minhas contas nas redes sociais neste fim de semana — Bailey disse e enfiou o celular no bolso.

Recolhi o que era aproveitável dos meus pertences e os coloquei na minha mochila com marcas de pneus. Em seguida, arrastei-me até o carro e a limpei com minha camiseta.

Sentamos no meio-fio.

— Bem, o lado positivo: acho que isso é tudo o que poderia nos incriminar — sugeri depois de um momento.

Impressionada, Bailey olhou para mim.

— Uau, Veronica, isso é muito *CSI: Cafundó, Texas.*

— Estamos em Oklahoma, acho.

— Ainda assim estamos no fim do mundo.

Suspirei.

— Acho que é hora de encontrarmos um novo carro.

— Peça um Uber.

Nós rimos do absurdo. Mesmo se meus pais tivessem me deixado ter uma conta, provavelmente se perguntariam por que eu estava chamando um carro em Sayre, Oklahoma. Mas peguei meu celular, esperando que tivesse sinal, e digitei a palavra "táxi" no buscador. Um segundo depois, obtive minha resposta e não pude acreditar na nossa sorte.

— Existe um serviço de táxi!

— Temos dinheiro suficiente para isso? — Bailey perguntou.

— Não para todo o trajeto. Mas talvez o suficiente para nos levar até uma parada de ônibus.

Aquilo nos colocava à mercê do horário do ônibus, mas, naquele momento, qualquer movimento na direção certa seria positivo. Então, vi o endereço.

— Deixa pra lá.

Frustrada, recoloquei o celular no bolso para não jogá-lo no chão.

— O que foi?

— O serviço de táxi fica em Oklahoma City, a 160 quilômetros de distância para trás.

Bailey coçou a nuca, pensando.

— Então, o que vamos fazer?

Voltamos para o restaurante. A iluminação muito clara nos cegou quando entramos.

— Gente boa, algum de vocês está indo na direção de Albuquerque? — Bailey perguntou ao salão. No balcão, os caminhoneiros se viraram para nós e logo em seguida voltaram para sua refeição. — Alguém está indo? — Bailey voltou a perguntar.

— Encontrem Jesus, suas meretrizes do diabo — um deles gritou.

— Vou considerar essa resposta como um não.

Alguns momentos depois, estávamos na beira da estrada. O asfalto se estendia diante de nós de modo irremediável, a uma distância impraticável de Albuquerque. Um carro passou zunindo, fazendo o nosso cabelo açoitar o nosso rosto. Vimos suas luzes traseiras desaparecer na escuridão.

Engoli em seco e disse: — Acho que devemos fazer isso da maneira antiga.

— Usando nossos polegares? — Bailey perguntou.

— Usando nossos polegares.

928 Km

Sem uma ideia melhor, começamos a caminhar na beira da estrada, onde a grama crescia entre o cascalho. Bailey manteve o braço estendido, com o polegar apontado para a frente, esperando um carro passar. Mas, sempre que um passava, o motorista nunca se preocupava em reduzir a velocidade. Continuamos andando. Matei um mosquito em meu braço. Percorremos pelo menos três quilômetros. O restaurante tinha ficado para trás fazia muito tempo, assim como a cidade. O sinal do celular era irregular, na melhor das hipóteses. Comecei a andar mais rápido.

Depois, um pouco mais.

E ainda mais.

Eu estava correndo. Meus braços latejavam. Meus pés golpeavam o chão. Minha mochila batia nas minhas costas.

— Ei! — Bailey chamou. — O que você está....? Vá mais devagar!

— Não posso — respondi. Meus braços latejavam ainda mais. O asfalto desaparecia debaixo dos meus pés.

— Você não vai conseguir correr o caminho todo! — Bailey gritou.

— Siga-me — gritei de volta, mas mantive meus olhos no horizonte. Em algum lugar mais à frente estava Albuquerque. Atrás de mim, ouvi Bailey começar a correr também.

— Você disse que era uma viagem de carro, e não uma maratona — ela disse, ofegando.

Não respondi. Meus pés batiam no chão de modo ritmado.

— Estou com cãibras! — Bailey disse, em algum lugar bem atrás de mim.

— Espere, pare. Não vá embora.

Mas eu continuei correndo.

— Sério, PARE!

Virei-me. Bailey estava ofegando na beira da estrada.

— Você é... muito rápida... mas acho que... isso vai... ser mais rápido — ela disse, respirando com dificuldade.

Ao longe, um par de faróis ficou mais brilhante. Mas, em vez de o carro passar voando por nós, como todos os outros, estava reduzindo a velocidade. Corri de volta para Bailey. O carro estava parando no acostamento. Era um sedã indefinido. O tipo que eu imaginava que homens de negócios alugavam quando tinham uma convenção fora da cidade. Os pneus trituraram o cascalho. O calor do motor enviou uma rajada de ar quente em nossa direção. Um vidro desceu. O interior do carro estava escuro, e o rosto do motorista era iluminado apenas pelo brilho do painel. Era um homem, talvez com a mesma idade que o meu pai.

— É tarde, garotas — ele disse, parecendo um pouco satisfeito demais por nos encontrar na beira da estrada. Agarrei o braço de Bailey, cravando as unhas nele. Aquilo era um erro. Um grande erro.

— Hum...

Foi o único som que consegui fazer. Bailey nem sequer conseguiu isso. Ela entreabriu a boca, mas tudo o que pareceu capaz de fazer foi engolir em seco.

— Vocês querem uma carona? — ele perguntou, com um sorriso caloroso e amigável. Como nenhuma de nós respondeu, ele se inclinou e abriu a porta do passageiro. — Entrem.

Finalmente, minha língua destravou.

— Não, obrigada — disse. Na realidade, foi mais um grunhido do que uma frase, mas o homem deve ter entendido.

— Certeza? Está muito escuro. Não é seguro ficar andando na beira da estrada. Algum motorista pode não ver vocês.

— Não queremos mesmo uma carona. Estamos na boa — disse, e dei uma cotovelada em Bailey.

— Na boa — ela repetiu.

Intrigado, o homem franziu a testa.

— Achei que vocês estavam fugindo de algo perigoso.

Naquele momento, ele não pareceu tão caloroso e amigável.

— Estávamos nos aprontando para dar uma corrida — disse, com minha mente correndo solta. Precisávamos cair fora dali. — Meus pais estão um pouco mais à frente. Estamos indo para casa. Sério. Estamos na boa.

— Posso dar uma carona para vocês — ele voltou a oferecer, mas com mais insistência naquele momento.

Bailey levou um braço até as costas, deixando a mão trêmula na altura da cintura. Arregalei os olhos com o que vi ali: o Taser. Dar um choque elétrico em alguém na beira da estrada complicaria definitivamente as coisas. Precisávamos cair fora dali. Examinei a área ao nosso redor. Havia alguns arbustos irregulares que ladeavam a estrada, uma cerca de arame farpado e um vasto campo pontilhado de montes escuros. Teria que ser suficiente.

— Não, obrigada. Até mais! — falei e corri, puxando Bailey com força.

— Ah, graças a Deus. Realmente, não queria usar isso.

— Não acredito que você trouxe o Taser.

— Agora você sabe por que o trouxe.

— Ei! — o homem gritou atrás de nós.

Passamos a correr ainda mais rápido.

— Para o campo! — gritei para Bailey.

Corremos em direção a ele. Atrás de nós, ouvi a batida da porta do carro.

— Mãe! — gritei enquanto corríamos. — Há um homem aqui!

Era uma mentira idiota. Não havia sinal de uma casa em nenhum lugar, mas talvez fosse suficiente para fazer o homem pensar duas vezes. Abaixando-nos sob o arame farpado, alcançamos o campo.

— Vamos nos esconder atrás de um desses montes — disse para Bailey.

Corremos na direção deles. Não ousei me virar para ver se estávamos sendo seguidas. Quando nos aproximamos dos montes, reduzi a velocidade. Bailey também.

— E aí, Veronica?

— Tenho certeza de que é seguro — disse.

Mas, na realidade, eu não tinha um pingo de certeza. Até aquele momento, meus únicos encontros com bovinos tinham sido sob a forma de cheesebúrgeres duplos. O que explicava o motivo pelo qual não havia reconhecido as formas: eram vacas. O pasto estava repleto de vacas adormecidas. Agora que estávamos mais perto, conseguia ouvir o ronco delas e o abano esporádico de um rabo.

— Vamos ficar atrás dessa — disse, apontando.

A vaca parecia bastante amigável, embora ainda não tivesse me dado conta inteiramente de como elas eram grandes.

Bailey ficou paralisada.

— O que foi isso? — ela perguntou, com a voz tensa.

— O que foi o quê?

— Acabei de pisar em algo... mole.

Um cheiro denso e terroso penetrou nossas narinas.

— Xi... Acho que você acabou de pisar...

— Já entendi. Obrigada.

Chegamos à vaca e nos agachamos atrás dela. Sentindo nossa proximidade, ela ficou com os pelos arrepiados, mas não acordou. Como estávamos cercadas por animais, o ar estava surpreendentemente quente e aconchegante. Permanecemos caladas, prestando atenção em qualquer som de perseguição. Não ouvimos nada além de um ocasional peido de vaca.

— Credo! — Bailey exclamou. — É melhor que aquele cara seja um *serial killer*, porque, caso contrário, isso não terá valido a pena.

Espiei por sobre a nossa vaca. Estava muito escuro para ver a estrada com nitidez.

— Acho que ele foi embora — disse. Mas não tinha certeza. Eu tinha ouvido a porta do carro bater, mas não o carro partir.

— Provavelmente, estamos a salvo — Bailey concordou.

— Sim.

Mas continuamos paralisadas, escondidas atrás da vaca.

Não fazia a mínima ideia de quanto tempo ficamos agachadas ali, mas minhas panturrilhas estavam ardendo e o resto do meu corpo estava tenso. Então, criamos coragem para nos levantar. Na vertical, tínhamos uma visão melhor da rodovia.

— O cara foi embora — Bailey disse.

Estávamos indo na direção da estrada quando Bailey parou.

— Espera aí. Todas as vacas estavam deitadas — ela disse.

— E daí?

— Achava que elas podiam ser derrubadas enquanto estavam dormindo.

— Acho que às vezes elas dormem deitadas e às vezes dormem em pé.

Bailey se virou, com um brilho nos olhos.

— Vamos encontrar uma em pé. Vai ser demais.
— Não é hora disso. É hora de irmos embora.
Bailey já estava indo de volta na direção das vacas.
— Acho que vi uma! — ela gritou.
Mas, no exato momento em que Bailey se aproximou do rebanho, uma das vacas se levantou pesadamente. Sonolenta, piscou algumas vezes e depois avistou Bailey. Deu um mugido barulhento e começou a caminhar para perto dela. Bailey paralisou. Ela ficou cara a cara com o animal. A vaca mugiu novamente. Dando meia-volta, Bailey correu em minha direção.
— Corra! — ela gritou.
Caí na gargalhada, mas o grito de Bailey acordou as outras vacas. Uma a uma, elas se levantaram. Um coro de mugidos tomou conta da noite. Todas começaram a seguir a primeira vaca.
— Corra! — Bailey repetiu, correndo com os braços descontrolados pelo pasto, seguida por cinquenta vacas sonolentas.
Eu estava morrendo de tanto rir.
Bailey passou correndo por mim. As vacas estavam se aproximando dela. Não fazia ideia de que elas podiam se mover tão rápido. Naquele momento, parei completamente de rir e corri atrás de Bailey. Os mugidos estavam ficando mais altos. Arrisquei uma olhada por sobre o meu ombro. Era uma onda cor de ébano a se desdobrar, com o luar realçando ocasionalmente, em prateado, uma orelha ou uma anca. Um passo em falso e nós nos afogaríamos em um mar bovino. Mas eu ainda não era capaz de parar de tremer de tanto rir. Finalmente alcançamos a cerca. Ofegantes, passamos por debaixo do arame farpado e voltamos para a estrada.
Caí de joelhos, engasgando e rindo, com lágrimas rolando pelo meu rosto. Irritada, Bailey estava ao meu lado.
— Do que você está rindo? Nós quase morremos.
— Vacas... Nós... fomos... perseguidas... por... vacas — consegui dizer finalmente. Fiquei de pé, limpei minhas mãos e sorri para Bailey. — Você tinha razão. Foi demais.

* * *

O vazio se estendia em ambas as direções da rodovia. Não havia nenhum sinal do homem ou do sedã.

Virei-me para Bailey:

— Concluí que as pessoas que oferecem carona a estranhos não são o tipo de gente de quem quero carona.

— Em minha opinião, o cara que parou para nos dar carona seria muito menos assassino do que aquelas vacas — ela disse e coçou a cabeça, espalhando capim sobre os ombros. Em seguida, cheirou a camiseta. — Eca. Vaca. Então, o que fazemos agora?

Não sabia responder. Não tínhamos carro nem carona, e a população local era constituída por cento e duas vacas e duas pessoas. Então, algo chamou minha atenção. Ao que tudo indicava, não estávamos inteiramente no meio do nada. Ao longe, vi o brilho do neon. Estava acendendo e apagando. Talvez por isso não o tínhamos visto antes.

— Olhe — eu disse. — Talvez seja outro restaurante ou posto de gasolina. Alguém lá pode nos dizer onde podemos encontrar um ônibus.

— Ou pelo menos ter um lugar para ficar até que uma boa e velha vovó, com a bolsa cheia de caramelos, concorde em nos dar uma carona.

930 Km

Ficamos banhadas pela luz azul e rosa do letreiro piscante. Não era um restaurante nem um posto de gasolina.

— Estou fora — disse, e comecei a me afastar. Não importava para onde. Qualquer lugar seria melhor do que aquele. Bailey agarrou meu braço.

— Olhe para todos aqueles carros parados na frente. Alguém deve estar indo na direção de Albuquerque.

Apontei para o luminoso acima de nós. Uma mulher de seios imensos dentro de uma concha brilhava em neon.

— Talvez você não tenha lido o letreiro. Vou ajudá-la. Diz: "*Sereias - Gruta Submarina e Salão de Cavalheiros*".

— E daí?

— É uma boate de *striptease*, Bailey!

— Eu sei.

— Não tem nenhuma vovó com caramelos lá dentro, juro.

— Olha, nós entramos, escolhemos o vendedor de sementes mais franzino e delicado e negociamos uma carona. É a melhor chance de chegarmos ao Novo México. Além disso, ainda temos isto. — Ela tirou o Taser da cintura.

— Não, de jeito nenhum. Você tremia tanto diante do cara do sedã que quase não conseguia segurar o Taser. Você acha que vai ficar fria e calma quando o nosso vendedor de sementes tentar nos enfiar em um frigorífico?

— Foi o nervosismo da primeira vez. Da próxima vez, cuidado — Bailey disse e tentou fazer o Taser girar no ar e pegá-lo, mas quase o deixou cair.

— Não tenho certeza.

Bailey recolocou a arma na cintura.

— O que quero dizer é que somos duas jovens poderosas no controle do nosso destino. Com cinquenta mil volts de eletricidade como reforço.

— Isso não significa que devemos entrar em uma situação com 99% de probabilidade de dar errado. Acabamos de escapar de um *serial killer* e de ser mortas por vacas. Não vamos forçar a barra.

— Quais são as nossas opções? Caminhar na beira da estrada no meio da noite? Por que isso seria melhor?

— Porque assim poderemos viver.

— Eu vou entrar.

— Não! Que nojo! — disse, e olhei em volta, impotente. — Não podemos simplesmente esperar no estacionamento?

Mas Bailey já estava se dirigindo para a entrada. Eu a alcancei quando ela se aproximou de um segurança de aparência entediada encostado na parede de blocos de concreto. A porta principal, que estava fechada, tinha um anúncio de cerveja meio descolado. Um som grave, distante, vinha de algum lugar ali de dentro. A única lâmpada que propiciava iluminação revestia tudo de um amarelo doentio, e o chão estava coberto de pontas de cigarro. Eu me peguei sentindo saudade do restaurante, com suas mesas pegajosas e caminhoneiros repulsivos.

— Ei, há uma banda cover tocando hoje à noite? — Bailey perguntou no tom de voz mais amigável que já ouvi sair de sua boca.

O segurança deu uma olhada em nós.

— A entrada de menores é proibida.

— Fazer o quê, né? Que pena. Vamos — disse e puxei a camiseta de Bailey, tentando arrastá-la para longe. Devia haver outro lugar onde seria possível pegar uma carona. Uma boate de *striptease* não podia ser a única coisa por ali. Mas Bailey escapou do meu domínio.

— Nós duas temos dezoito anos. Juro.

O segurança cruzou os braços.

— Vocês não vão entrar, putinhas.

Ante o insulto, as narinas de Bailey se dilataram.

— O que você disse? Nós somos duas jovens poderosas no controle do nosso destino.

O segurança nos olhou de alto a baixo.

— Para mim, vocês parecem duas putinhas.

— Fique sabendo que ela é a oradora da turma e eu sou virgem. O que está longe de ser um território de putas.

Por um instante, fui pega de surpresa.

— Você é virgem? — deixei escapar antes de conseguir me conter.

O segurança se ergueu e se aproximou de Bailey.

— Estava falando de putas no sentido metafórico. E o problema não é ser puta. O problema é ser putinha.

— E eu disse que temos dezoito anos. Espere aí. Vou pegar minha carteira — Bailey disse, enfiou a mão no bolso e a tirou. — Aqui está minha carteira de motorista — prosseguiu. Em seguida, tirou uma nota de 100 dólares novinha da carteira. — E essa é a da minha amiga — afirmou.

O segurança olhou para Bailey e fez um ar de espanto. Ela deu um sorriso inocente. Ele pegou o dinheiro.

— Bem-vindas ao Sereias, duas jovens poderosas no controle de seu destino. — Ele sorriu e abriu a porta. O som da música explodiu. Bailey passou pela porta e se virou.

— Você vem? — ela me perguntou.

— E se eu disser não?

— Então eu diria: divirta-se ficando no escuro com o mano aí. A mamãe aqui vai fazer acontecer.

Bailey desapareceu no interior da boate. O segurança se virou para mim.

— Meu nome é Gerard.

Analisei o estacionamento escuro, o letreiro de neon piscando e o cheiro de cigarros fedorentos. Não havia chance de eu ficar ali a noite toda com Gerard. E não havia chance de eu deixar Bailey escolher com quem iríamos pegar carona. Então, decidi ir atrás dela.

Um corredor estreito e mal iluminado levava ao recinto principal, onde encontrei Bailey praticamente pulando.

— Isso é muito excitante. Nunca estive em um lugar desses. Você não está curiosa?

— Não. Nem um pouco — respondi.

Estava lutando contra um súbito momento de pânico, imaginando meus pais descobrindo onde eu estava. Claro, se descobrissem aquilo, descobririam sobre minha outra coisa. E sobre o carro roubado. Assim, em comparação com um crime e uma gravidez, estar em uma boate de *striptease* não era tão mau assim. Talvez. Fechei os olhos. Naquele momento, junto ao lago, minhas amigas estavam sonhando com Ryan Gosling e a segunda lei da termodinâmica. Tentei imaginar que também estava ali, enrolada sob uma manta velha. Quase tinha fixado a imagem em minha mente quando alguém me deu um tapinha no ombro.

— Aaahhh! — gritei e pulei para longe.

Virei-me e vi uma garçonete sorrindo para mim. Ela usava uma minissaia de couro e um par de adesivos azuis em forma de concha para cobrir os mamilos. Momentaneamente chocada com sua quase nudez e seus enormes seios, rapidamente procurei outro lugar para focar minha atenção. Fixei-me no brinco dela. Isso fez o sorriso da garçonete ficar ainda mais largo.

— Terça-feira é a noite para as amadoras, meninas — ela disse.

— Não estamos aqui para fazer um teste! — respondi um pouco na defensiva.

— Que pena. Teria sido divertido — a garçonete disse e voltou para o bar.

Olhei para Bailey. Ela estava boquiaberta, com os olhos levemente vidrados, enquanto observava o ambiente.

— Isso é espetacular — Bailey disse.

— Sério? Essa é a palavra que você escolheu para descrever esse lugar?

A decoração consistia de luzes de neon, paredes espelhadas e mesas com assentos de vinil turquesa. Era uma tentativa de proporcionar um tema aquático, mas, em algum momento, alguém desistiu e se contentou com algo cafona. O palco tinha um poste no centro, ao redor do qual uma mulher de uniforme de enfermeira e sapatos de salto de quinze centímetros girava, para deleite dos poucos homens sentados na frente. As garçonetes percorriam o chão pegajoso para entregar bebidas a alguns clientes. O lugar fedia a cerveja rançosa com uma pitada de limpador industrial. Para mim, estava muito longe de ser espetacular.

Bailey puxou meu braço.

— Vamos nos sentar e começar a procurar alguém para nossa carona — ela disse, arrastando-me até uma das mesas com assentos turquesa. Nós nos sentamos e tentei não pensar nas substâncias que tinham sido derramadas no vinil rachado. — O que você acha daquele cara? — Bailey apontou para um homem junto ao palco que usava um terno executivo amarrotado.

— Estuprador em potencial.

— O.k. E aquele? — Ela apontou para um sujeito com um boné de caminhoneiro e uma regata com estampa da bandeira americana.

— Estuprador patriótico.

— Por favor, Veronica. Agora não é hora de ser exigente. Isso é do tempo em que você deixou Kevin transar com você.

— Olha, eu deixei você testar sua ideia. Entramos. Esse lugar está cheio de gente esquisita. Provavelmente, o cara do sedã é um frequentador assíduo. Vamos descobrir outra coisa antes que fique ainda mais tarde.

— E aquele cara? — Bailey tentou, apontando para o bar. — Ele parece fracote. Aposto que conseguiríamos agarrá-lo se ele se assanhar.

Olhei para ela e cruzei os braços. Ela suspirou e, impaciente, olhou ao redor.

— O.k. — disse, e comecei a me levantar.

— Onde você pensa que vai? — Bailey perguntou, agarrando meu braço.

— Cair fora e começar a caminhar até a cidade mais próxima.

— Sei, sei. Você é uma menor de idade em uma boate de *striptease*. Não podemos deixar a história terminar aqui.

— Não estou nem aí para a história. Quero...

— Sente-se. Uma música só.

Com um suspiro, voltei a sentar.

— Uma música. Em seguida, vamos embora.

Nada tão terrível poderia acontecer em três minutos, pensei. Peguei meu surrado livro de macroeconomia e tentei me concentrar na teoria do crescimento endógeno.

Outra garçonete com adesivos nos mamilos se aproximou de nossa mesa. Ela tinha diversas tatuagens e um piercing no nariz, mas seu sorriso era caloroso e amigável. E, assim que olhei além da maquiagem pesada e dos cílios postiços, percebi que ela provavelmente era um pouco mais velha do que nós.

— Oi, meninas. O que vocês vão querer?

— Nada. Vamos embora depois dessa música — respondi, tomando cuidado para manter meus olhos longe dos peitos dela.

— Desculpem, mas vocês têm que consumir duas bebidas no mínimo.

— Sério? Uma Coca? Duas Cocas?

A garçonete, indiferente, se virou para Bailey.

— E você, querida?

— Ah... Eu... Ah... O que você acha que eu deveria pedir?

Surpresa, virei-me para Bailey, que estava ficando vermelha. Inicialmente, ela desviou o olhar da garçonete, mas, depois, olhou diretamente para os seios dela. Tinha visto aquela expressão em Kevin na primeira vez em que tirei o sutiã. Algo estalou em minha mente.

— Hum... — a garçonete murmurou e fingiu pensar, inclinando-se mais para perto de Bailey, com seus peitos quase roçando o rosto dela. — Você parece uma garota que gosta de Fanta — ela disse, e abriu um sorriso sedutor para Bailey, que tinha parado de respirar completamente.

— Sim. O.k. Ótimo — Bailey disse, engasgando. O sorriso da garçonete ficou ainda mais largo com a reação de Bailey. Com certeza, a garota suspeitou da mesma coisa que eu. Ela apoiou uma mão sobre o ombro de Bailey.

— Só uma música, hein? Melhor que valha a pena. Você não quer dançar comigo?

— Ah, não, obrigada — Bailey conseguiu dizer enquanto a garçonete acariciava o cabelo dela. — Você é muito bonita, mas, hum, não.

— Tem certeza? Eu danço bem — a garçonete disse.

— Sim. Mas obrigada.

— Bem, pense a respeito. Eu já volto com as bebidas. — Ela se afastou.

Com os olhos, Bailey seguiu seu traseiro coberto de couro.

— Bailey? — chamei, mas os olhos dela ainda estavam grudados na garçonete. — Bailey? — chamei de novo. Nenhuma reação. — BAILEY?

Finalmente, ela se virou para mim, encabulada.

— Sabe, nunca tinha pensado nisso... — disse, parecendo um pouco casual demais.

— Você gosta de garotas — falei impulsivamente antes de mudar de ideia. — Você realmente gosta de garotas.

Bailey se jogou para trás no assento como se eu tivesse dado um tapa nela.

— O quê? Não! Como?

— Não sei como não percebi isso. Não é à toa que você nunca ouviu One Direction.

— Também não ouvi motosserras matando cachorrinhos. Isso não tem nada a ver com o tipo de pessoa por quem eu fico a fim — Bailey retrucou antes de conseguir se conter. Em seguida, ela pareceu se sentir ainda mais desconfortável com aquilo que tinha acabado de confirmar. — Devemos ir — ela disse, e começou a se levantar, mas eu peguei seu braço.

— Não, sente-se.

Bailey voltou a se sentar, mas se recusou a olhar para mim.

De repente, eu me dei conta de uma coisa.

— Peraí. Eu sou a primeira pessoa a saber?

Bailey bufou.

— Não se iluda. Minha mãe foi a primeira a saber. Depois, minha tia Betsey. Você está lá pela casa dos dois dígitos.

— Ah, certo, claro. Entendi — gaguejei. — Mas então... Por que você não me contou?

— Quando? Nos últimos quatro anos, acho que não fomos as melhores amigas. Talvez quando nos cruzamos no corredor? Teria sido um bom momento para lhe contar? Ou na fila do refeitório? Logo depois que me servi de uma porção de cenouras cozidas no vapor?

— O.k., tudo bem — admiti. — Você não teve exatamente uma oportunidade. Mas e antes disso? Você não nasceu desse jeito?

— Frequentei o mesmo grupo de jovens que você naquela época, lembra? — Bailey murmurou.

Encolhi-me de vergonha, pensando em algumas das coisas pelas quais tínhamos rezado. Para que nossos congressistas permanecessem fortes. Para que nossos juízes julgassem de maneira justa. Naquela época, tinha certeza de que estávamos fazendo o bem. Mas, pensando nisso da perspectiva de Bailey, deve ter sido horrível.

— Foi por isso que você parou de ir à igreja?

— Não. Parei de ir à igreja porque Deus não existe.

— Ei!

— Ah, não se ofenda. Você não deve acreditar em tudo o que lhe dizem naquela igreja se vamos prosseguir nessa pequena viagem.

— É complicado — murmurei.

Era complicado. Cresci sendo alertada de que o que eu estava planejando fazer era errado, e aquilo tinha parecido muito claro e óbvio naquela época. Uma pergunta com uma resposta fácil. No entanto, à medida que eu ficava mais velha, ia percebendo que muitas coisas que diziam ser verdadeiras na igreja simplesmente não se adaptavam à vida real. E, naquele momento, estando naquela situação, nada pareceu tão simples quanto prometeram.

Permanecemos em silêncio. Bailey ficou olhando para a mesa. Quando ela finalmente falou, sua voz saiu como se fosse pouco mais do que um sussurro.

— Durante anos, tentei me convencer de que não era verdade, sabe? Achava que, se eu ignorasse, desapareceria. Já tinha muita dificuldade de adaptação. Não precisava de outra coisa para me tornar ainda mais diferente. E não contei a você porque tinha receio da sua reação.

— Mas nós éramos amigas.

— E você continuaria sendo minha amiga? — Bailey perguntou, sem olhar para mim. Em vez disso, concentrou-se nos redemoinhos formados pelos veios da madeira falsa da mesa.

— Sim — respondi, praticamente gritando. — Você é você, Bailey. E, se gostar de garotas era o que tornava você o que você é, então eu também teria gostado dessa parte de você.

— Sério? — Bailey exclamou, finalmente levantando os olhos.

— Sim.

Bailey sorriu.

— Então, sim. Eu realmente gosto de garotas. Emma Watson foi a minha primeira paixão, quando ela fez *Harry Potter*. Na realidade, ainda é Emma Watson. Também tem algo rolando com a senhorita Poulos.

— A enfermeira da escola? — perguntei, dando uma risada.

— Fingi hemorragias nasais só para poder curtir a clínica.

— Bailey! — exclamei, dando-lhe um cutucão brincalhão. — Então... — disse após um momento. — Você tem namorada?

— Não — Bailey respondeu, desviando o olhar, enrubescida.

Por um momento, permanecemos em silêncio, mas não consegui aguentar.

— Você já?

— Claro. Sim. Muitas vezes — Bailey respondeu. Mas, então, ela suspirou e, em seguida, resmungou. — Não.

— Sério? Peraí. Você nunca beijou uma garota? — perguntei, incrédula.

— Nunca — ela respondeu, ficando vermelha que nem um pimentão.

— Sério? Nunca? Você nunca namorou debaixo das arquibancadas? Ou em algum dos grupos de dança da escola? Nem mesmo nos bailes?

— Ah, sim, uma grande sessão de beijos com uma garota *queer* no salão de baile do hotel Radisson seria muito bem recebida.

— Desculpe. Sou uma idiota.
— Tanto faz. Bailes são para perdedores.
Um pensamento me ocorreu.
— Bem, então como você sabe...?
Bailey olhou para mim como se eu fosse uma retardada.
— Ah, você simplesmente sabe. Você deve ter sabido que gostava de beijar homens antes de sua língua se enroscar na de Kevin Decuziac.
Foi minha vez de ficar vermelha. Bailey tinha razão.
Bailey pegou um punhado de dólares da carteira e colocou na mesa.
— É melhor irmos embora. Você estava certa. Aqui não é o melhor lugar para tentar encontrar uma carona — ela disse, levantando-se e quase se chocando com a nossa garçonete, que voltava trazendo nossas bebidas.
— Uau! Já estão indo?
— Precisamos ir — Bailey murmurou, abaixando os olhos. Olhei para ela e, depois, para a garçonete. Apertando os olhos, ela se parecia um pouco com Emma Watson. Tive uma ideia.
— Quanto custa uma dança com a minha amiga?
Chocada, Bailey se virou para mim.
— Veronica! — ela exclamou, parecendo não acreditar, mas havia um brilho de expectativa em sua expressão.
A garçonete sorriu.
— Vinte por música.
Peguei uma nota na mesa.
— Achei que tínhamos que ir — Bailey disse, lembrando-me de maneira tímida.
— Você disse que queria ter uma aventura — afirmei.
Entreguei a nota de 20 dólares para a garçonete fazer uma *lap dance* com Bailey. De perto, ela tinha cheiro de baunilha e fixador de cabelo. A garçonete enfiou o dinheiro na minissaia.
— Considere os próximos três minutos e meio a maior aventura de sua vida — ela balbuciou. — Meu nome é Sapphire — informou. Ela afastou as pernas de Bailey com as suas e ficou entre elas, passando os braços em torno dos ombros de Bailey.
— Oi, Sapphire — Bailey conseguiu falar antes que a música começasse e a garçonete pegasse o zíper da minissaia.

Dois segundos depois, voltei ao meu livro escolar, sabendo até o fundo do meu ser que eu não era lésbica. No entanto, a julgar pelos risos nervosos que ouvi, Bailey estava pelo menos se divertindo um pouco.

A música terminou. Olhei para Bailey. Seu rosto tinha uma fina camada de glíter e uma expressão estupefata.

— Uau.

Sapphire sorriu e ajeitou a minissaia.

— Ah, obrigada. Eu adoro novatas. Gostaria de outra dança? Posso trazer uma amiga.

— Pode? — Bailey perguntou, enfiando a mão no bolso para pegar sua carteira.

— Bailey... — adverti.

Relutantemente, Bailey afastou a mão do bolso.

— Ela tem razão. Temos que ir.

— Onde você precisa chegar no meio da noite? — Sapphire perguntou, fazendo beicinho. Ela passou lentamente as pontas dos dedos ao longo do ombro de Bailey traçando um oito.

Bailey ficou com os olhos vidrados.

— Minha amiga precisa fazer um aborto em Albuquerque e nós perdemos nosso carro.

— Bailey! — gritei.

Bailey voltou à realidade.

— Desculpe... Eu... — ela murmurou.

Nós duas olhamos para Sapphire.

— Sério? — ela perguntou, com uma expressão facial estupefata e um pouco triste.

Concordei, sabendo que ela já tinha visto a verdade em nossos olhos.

— Moro naquela direção. Posso levar vocês até parte do caminho — ela propôs gentilmente.

— Pode? — perguntei, sem me preocupar em esconder a esperança desesperada em minha voz.

— Claro. Saio em meia hora. Será que vocês podem esperar?

Olhei para Bailey, que estava sorrindo.

— Acho que podemos encontrar um jeito de passar o tempo.

939 Km

Nove músicas depois, o turno de Sapphire terminou, Bailey tinha muito menos dinheiro na carteira e estávamos trafegando na rodovia em uma caminhonete velha com uma placa de identificação deslumbrante que dizia "Princesa Country". Eu estava espremida junto à janela, Bailey estava no meio e Sapphire tinha uma mão no volante e a outra pendurada para fora da janela. O ar noturno estava úmido e fresco após o calor sufocante da boate.

— Para alguém que nunca beijou uma garota, você aprendeu rápido a *lap dance* — murmurei.

Bailey deu de ombros.

— O que posso dizer? Devo ser algum tipo de gênio amante das mulheres.

— Espera aí? Você nunca foi beijada? — Sapphire perguntou, virando-se para nós.

Ainda estava me adaptando à aparência dela, já que não usava mais seu uniforme de trabalho. Vestida com uma calça de moletom e uma regata, sem as camadas de maquiagem, Sapphire não se parecia com uma deusa do sexo. Parecia mais um tipo de irmã mais velha legal. Pelo menos era como eu imaginava uma irmã mais velha legal. A minha nunca teve um momento legal em sua vida. Ela deixou de ser a garota do coral e virou mãe direto.

Bailey estava ficando vermelha novamente. Ela murmurou algo que soou como "não tive muitas oportunidades" e "acho você parecida com Emma Watson".

Sapphire levou a caminhonete para o acostamento da estrada, com os pneus triturando o cascalho enquanto o carro parava. Ela desligou o motor e apagou os faróis. Naquele momento, a única iluminação era o brilho fraco do painel e um pouco da luz da lua. Ela se virou para Bailey.

— Bem, vamos ter que consertar isso agora mesmo. Uma pessoa que está disposta a fazer o que você está fazendo? Acompanhar uma amiga atravessando quase meio país? Esse é um tipo especial de pessoa. É uma pessoa que merece ser beijada.

Bailey estava paralisada, com os olhos arregalados. Ela parecia pronta para fugir, mas, estando no assento do meio de uma caminhonete, não tinha como. Ela abriu a boca para falar, mas não conseguiu.

Sapphire sorriu, como se estivesse totalmente acostumada com as pessoas que perdiam a capacidade de falar quando estavam perto dela.

— Também achei você atraente desde o momento em que entrou lá hoje à noite.

Bailey só conseguiu balbuciar.

— Vou entender isso como "também achei você atraente" — Sapphire disse e desafivelou o cinto de segurança. Ela se inclinou e colocou as mãos delicadamente sobre as coxas de Bailey.

Desviei o olhar para dar privacidade a elas, ainda que pelo canto do olho conseguisse ver Bailey e Sapphire refletidas levemente no para-brisa. Bailey estava parecendo um peixe fora d'água, mas aquilo não parecia incomodar Sapphire. Ela entreabriu os lábios e os pousou suavemente sobre os de Bailey. Ao contato, Bailey fechou os olhos e tremeu. E então todo o seu corpo ficou meio lânguido. Sapphire se afastou. Os lábios de Bailey resplandeciam por causa do gloss usado por Sapphire. Enquanto a expressão de Bailey era de deslumbramento, a de Sapphire era de satisfação.

— Você tinha razão.

— Eu tinha? — Bailey perguntou, confusa.

— Sim. Você é um gênio amante das mulheres.

E, com isso, Sapphire voltou a acender os faróis, deu a partida e recolocou a caminhonete na estrada.

***

Trafegamos pela rodovia com os marcadores de quilômetros passando rapidamente. Bailey e Sapphire continuavam se entreolhando com olhos arregalados.

Eu estava ficando ligeiramente enjoada.

— Adoro seu cabelo — Sapphire disse, brincando com uma mecha turquesa.

— Obrigada — Bailey respondeu. — Eu mesma tinjo. Seus olhos são muito brilhantes.

— Obrigada. E você tem lábios muito bonitos...

Não aguentava mais.

— Então, Sapphire, esse é o seu nome verdadeiro? — perguntei impulsivamente.

Pela primeira vez no que pareceram horas, as outras duas pessoas na cabine perceberam que eu estava ali.

— Sim. Dá pra acreditar? É como se minha mãe quisesse que eu me esfregasse em caminhoneiros para ganhar a vida — ela disse, rindo.

— Bem, você é boa nisso. Muito boa nisso — Bailey sussurrou.

— Obrigada, querida — Sapphire disse, friccionando a coxa de Bailey. — Onde vivem seus pais? Você ainda mora com eles? — ela perguntou para mim.

— Meus pais acham que estou estudando para os exames finais na cabana de pesca do pai de uma amiga — respondi.

— Minha mãe está trabalhando no hospital durante todo o fim de semana — Bailey afirmou. — E não tenho notícias do meu pai desde dezembro, quando ele me mandou um e-mail desejando um feliz Chanucá e um cupom de desconto para sua loja de jardinagem. Sua nova mulher é judia — ela explicou. — Ele se converteu quando se mudou para Albuquerque.

— Há muitos judeus no Novo México? — Sapphire perguntou, parecendo um pouco confusa.

Eu também fiquei confusa, mas por uma razão completamente diferente.

— Seu pai está em Albuquerque? — perguntei, num tom de voz um pouco mais alto do que pretendia.

Sabia que os pais de Bailey eram divorciados. E tinha ouvido falar que o pai dela tinha voltado a se casar, mas sempre achei que ele tivesse ficado na cidade. Que ele e Bailey ainda se viam. Bailey sempre adorou o pai. Eles compartilhavam o amor por programas de TV britânicos desconhecidos e comidas calóricas. Era difícil imaginar Bailey sem ele.

Bailey tinha desviado o olhar de Sapphire e estava olhando fixamente para a estrada à nossa frente.

— Sim. Ele está morando lá. Mas não vamos procurá-lo para dizer oi, se é isso que você está querendo saber.

Quis perguntar por que não. Perguntar o que tinha acontecido. Mas não perguntei, porque, se eu tivesse sido uma amiga melhor, não precisaria. Se eu tivesse sido uma amiga melhor, Bailey teria me dito quem era sua paixão. Mas não fui uma amiga melhor. Só tinha me preocupado comigo mesma. E, depois de todos aqueles anos sem perguntar, sem estar presente, havia, naquele momento, um abismo entre nós que eu não era capaz de atravessar. Não no meio do nada, em uma caminhonete dirigida por uma estranha. Assim, eu também passei a olhar fixamente para a frente, vendo a estrada deslizar sob as rodas.

1023 Km

Nós duas cochilamos e fomos embaladas no sono pela viagem monótona. Quando Sapphire parou o carro do lado de fora de uma casa térrea com a varanda caindo aos pedaços e uma cadeira reclinável desbotada no quintal, faltava pouco para amanhecer.

— Lar, doce lar — ela disse, soltando o cinto de segurança.

Cutuquei Bailey. Ela resmungou algo incoerente e limpou a baba em seu queixo. Olhou rapidamente para Sapphire para ver se ela tinha notado, mas a garçonete já estava desembarcando da caminhonete.

— Achei que você ia nos deixar na estação rodoviária — disse, sonolenta.

Naquela vizinhança, as casas estavam dispersas em grandes terrenos e ladeadas por um conjunto de árvores irregulares. Não havia sinal de uma cidade.

— Achei que vocês gostariam de comer alguma coisa antes de ir. Posso fazer uma omelete de presunto e queijo.

Olhei para Bailey, depois desviei o olhar para o caminho, tentando comunicar que precisávamos seguir em frente. Bailey acenou de modo imperceptível. Senti uma sensação de bem-estar. Ainda nos entendíamos sem nos falarmos. Talvez nossa amizade tivesse conserto.

— Claro — Bailey disse. — Estou morrendo de fome.

Minha sensação de bem-estar desapareceu.

— Ótimo! — Sapphire exclamou, batendo palmas e com os olhos brilhando de satisfação. Olhei para Bailey novamente. Ela deu de ombros. Gemi, peguei minha mochila e a segui para dentro da casa.

Entramos em uma pequena sala de estar escura, mas, no final do corredor, consegui ver uma luz amarela vinda da cozinha.

— Entrem! — Sapphire disse. — Venham se sentar à mesa enquanto quebro os ovos.

Atravessamos o corredor. Havia um leve cheiro de aparas de madeira na casa, junto com algo almiscarado. Pisquei quando finalmente entramos na cozinha. Sapphire não estava sozinha. Dois pares de olhos me deram uma olhada rápida. Um par pertencia a um cara com cavanhaque irregular; usava uma camiseta regata manchada e um boné com a aba para trás. O outro par pertencia a um furão, que estava empoleirado em seu ombro. Bailey parou quando viu o homem.

— Comam — ele falou arrastadamente, soltando uma nuvem de fumaça de maconha. — Meu nome é Dwayne. Vocês devem ser as novas amiguinhas de Sapphire — prosseguiu, acariciando o furão em seu ombro e sorrindo. — Que bom que vocês podem comer conosco em nossa humilde morada. Maconha? — ele perguntou, oferecendo seu baseado com fumaça densa flutuando em nossa direção pela extremidade que ardia lentamente.

Confusa, Bailey olhou de Dwayne para Sapphire e depois para ele novamente.

Consegui perceber que qualquer fantasia que Bailey tivesse construído sobre Sapphire estava desmoronando sob o peso combinado de casa suja e malcheirosa e a falta de higiene dental de Dwayne.

— Vocês estão juntos? — ela perguntou.

— Alguém pode realmente estar junto neste mundo? Todos nós caminhamos sozinhos, menina — Dwayne respondeu.

— Estamos juntos desde o colégio — Sapphire acrescentou, mexendo os ovos. — Mas evoluímos para além de rotular a nós mesmos.

— Ah.

Aquela foi a única coisa que Bailey conseguiu dizer. Ela se sentou pesadamente em uma das cadeiras plásticas baratas ao redor da mesa da cozinha.

Eu queria dar o fora daquele lugar pelo bem de Bailey, mas, de repente, o cheiro dos ovos associado ao da maconha e do furão foi demais. Uma onda de náusea tomou conta de mim.

— Tem um banheiro? — perguntei baixinho.

— Claro, querida. No fim do corredor, à esquerda — Sapphire respondeu.

Cambaleei pelo corredor, tentando manter o conteúdo do estômago onde ele pertencia. Ao encontrar uma pequena porta à esquerda, empurrei-a para abrir e corri para o vaso sanitário, sem me preocupar em acender a luz.

Alguns momentos depois, puxei a descarga, sentindo-me um pouco melhor. Acendi a luz e me dirigi até a pia para lavar as mãos e a boca. Após deixar a torneira aberta por alguns instantes, tomei uns goles de água e, em seguida, fiquei paralisada.

Atrás de mim, refletida no espelho, havia uma grande pintura emoldurada de um Jesus Cristo aos prantos segurando alguns bebês. Ele olhava para o observador com uma expressão acusatória e pesarosa. Senti o estômago embrulhar. Conhecia aquela imagem. Já a vira antes na casa de minha irmã. Então, notei os outros itens no banheiro que havia perdido com a corrida até o vaso sanitário: uma vela votiva com a imagem da Virgem Maria grávida, uma coleção de anjinhos equilibrados no alto do armário de remédios, uma cobertura de caixa de lenços de papel com um versículo bordado que dizia "Antes de formá-lo no ventre, eu o escolhi". Meu coração disparou. Então, vi algo que me deixou em estado de pânico total.

— Precisamos ir!

Eu praticamente gritei enquanto corria de volta para a cozinha. Bailey olhou para mim de sua cadeira junto à mesa da cozinha com um baseado entre os lábios.

— Deixei você sozinha por dois minutos e você já está chapada? — perguntei.

Não podia acreditar que tinha me preocupado com os sentimentos de Bailey. Com certeza, ela não tinha nenhum.

— O primo de Dwayne acabou de lhe dar um pouco da maconha Blackberry Kush, da Califórnia. Você não pode perder — Bailey disse, naquele momento bastante relaxada.

— Sim, meu primo está com câncer de cérebro terminal. Então, estou vendendo sua prescrição para que ele possa pagar suas despesas médicas — Dwayne explicou com orgulho.

— Você é tão nobre, querido — Sapphire acrescentou, aproximando-se para massagear os ombros dele, com os seios pressionados contra a parte posterior de sua cabeça. Cautelosamente, ela olhou para mim. — Por que você está com tanta pressa para ir embora? Você ainda não comeu os ovos.

Comecei a sair da cozinha, parando na porta dela.

— Ah, sabe, está ficando tarde. Ou cedo. Seja lá como você quiser dizer. Nós temos que voltar para a estrada.

Bailey olhou para mim sonolenta.

— Sapphire não deveria nos levar até a rodoviária?

— Podemos ir a pé...

Bailey começou a dar risadinhas.

— Mas... Não consigo sentir os meus pés...

— Ou pegar um táxi...

Bailey continuou rindo.

— Amarelo é uma cor engraçada.

— Não queremos ser um incômodo. Vamos — disse. Entrei na cozinha e puxei o braço de Bailey. Ela olhou para mim e, depois, para o baseado.

— Mas eu quero mais.

— Podemos conseguir mais depois. Muito mais — prometi desesperadamente.

Dwayne ficou de pé, tirando o furão de cima da mesa e acariciando-o.

— Vocês duas não incomodam — ele disse, com uma voz tão amigável que arrepiou minha espinha.

Sapphire concordou.

— Não é incômodo nenhum.

— Está vendo? Eles estão dizendo que não somos um incômodo — Bailey afirmou, lamentando-se.

Inclinei-me e sussurrei em seu ouvido:

— Dê uma olhada no corredor.

— Não entendi — Bailey disse, reclamando.

— Dê uma olhada no corredor — repeti entredentes.

Bailey dirigiu o olhar para o corredor, que então estava iluminado pela luz que vinha do banheiro. Seus olhos se arregalaram um pouco com o que ela viu: uma pilha de cartazes de protesto feitos a mão que diziam: "Pare o holocausto dos bebês. Aborto é assassinato".

— Uau. Isso não é bom — Bailey disse.

Então, puxei Bailey para fora da cadeira com força.

Corremos para a sala de estar, com Bailey rindo nervosamente.

— Simplesmente não faz sentido. Ela dançou na minha cara — Bailey disse.

Puxei o braço dela, apressando-a.

— Estou horrorizada agora, mas não consigo parar de rir — Bailey prosseguiu.

— Eu odeio você.

— Muito engraçado.

— Isso é tudo culpa sua.

— Você fala isso o tempo todo!

Alcançamos a porta da frente.

— Não vão embora. Deixo vocês segurarem o Malaquias — Dwayne disse, acariciando seu furão.

Ele e Sapphire estavam na entrada da sala de estar, iluminados pela luz amarela da cozinha.

— Não agora. Muito obrigada pela carona — disse, e pus a mão na maçaneta da porta, meio que esperando que um deles se lançasse para a frente e me puxasse. Mas eles ficaram ali onde estavam, sorrindo.

Abri a porta.

E imediatamente voltei a fechá-la.

— Como...? — disse, estupefata. Virei-me para encarar Sapphire, que exibia um sorriso satisfeito.

— O que foi? — Bailey perguntou, olhando alternadamente para nós, sem entender. — O que há lá fora? — fez uma nova pergunta e abriu a porta.

— Amor!

Bailey fechou a porta com força.

— Ah, meu Deus. Estou tão chapada. Acabei de ver Kevin.

Kevin bateu na porta.

— Amor? Amor? Abra.

Sapphire caminhou em nossa direção.

— Vamos lá, querida. Deixe-o entrar. Ele quer falar com você.

Confusa, Bailey olhou de Sapphire para mim, e abriu a porta novamente.

Kevin ainda estava ali.

— Caramba! — Bailey exclamou e bateu a porta na cara dele. — É ele mesmo!

Tentei reconstituir o que tinha acontecido.

— Você vasculhou meu celular enquanto estávamos dormindo?

Sapphire não pediu desculpas.

— Tive que encontrar alguém que se importasse com você. Quando vi esse garoto na sua tela de bloqueio, entendi que Jesus queria que eu entrasse em contato com ele.

— Como? Você me viu digitando minha senha? Me viu usando meu polegar?

— Essa é sua principal preocupação agora? — Bailey perguntou, contorcendo o rosto.

— Ele enviou tantas mensagens de texto carinhosas para você — Sapphire continuou. — Tivemos uma conversa muito boa. Você sabia que ele ficou atrás de você durante toda a noite? Você é muito abençoada.

Bailey ofegou quando a ficha caiu para ela.

— Peraí... Foi por isso que você deu carona pra gente? Achei que era por causa dos meus belos lábios!

Sapphire encolheu os ombros.

— Foi meio que por causa das duas coisas — ela disse e se virou para mim. — Eu tinha que salvar o anjinho que está crescendo em seu ventre.

Ao lado dela, Dwayne com ares de sábio falou:

— Se você fizer o que está planejando fazer, você vai arder no inferno por toda a eternidade.

Em pânico, Bailey olhava para mim, esperando que eu fizesse algo: gritar, correr... Mas não conseguia me mexer. Eles estavam dizendo tudo o que eu tinha tido medo de pensar desde que isso começara. Maldição. Inferno. Eternidade. Lagos ardentes e enxofre em chamas. Senti lágrimas se formando em meus olhos. O sorriso de Sapphire ficou mais doce.

— Está tudo bem, querida. Há um centro aqui na cidade que pode ajudá-la. Você ainda pode fazer a coisa certa. Deixe-o entrar.

Da varanda, Kevin gritou:

— Amor, você não pode fazer isso! Sapphire me disse que os abortos são muito perigosos!

Dwayne apontou para o sofá.

— Sente-se. Podemos conversar sobre suas opções.

— Jesus deu esse bebê a você por um motivo — Sapphire acrescentou.

Comecei a tremer. Era demais. Parte de mim queria desistir. Tudo o que tinha de fazer era abrir a porta e deixar Kevin entrar. Seria muito fácil. Estendi minha mão trêmula até a maçaneta. Os olhos de Sapphire brilharam.

Bailey recomeçou a dar risadinhas.

— Desculpe. Desculpe. Momento sério. Mas estou confusa demais: agora o *striptease* não é mais condenado por Jesus?

Foi como a vez em que Bailey me acordou ao derramar um copo de água gelada no meu pijama depois que adormeci durante seu episódio favorito de *Alienígenas do Passado*. De repente, consegui me mexer e me afastei da maçaneta.

Sapphire repreendeu Bailey.

— Jesus me salvou. E ele me perdoa!

Bailey deu um sorriso malicioso.

— Isso acontece depois de cada dança? Ou você espera um perdão gigantesco no fim da noite?

Sapphire deu um uivo de raiva.

Dwayne pôs uma mão no ombro dela para acalmá-la.

— As coisas estão ficando tensas. Acho que todos nós devemos rezar.

Sapphire concordou com empolgação.

— Você tem razão, querido.

Juntos, os dois caminharam até o sofá e se sentaram. Ela pegou a mão dele e inclinou a cabeça. Dwayne se virou para mim.

— Junte-se a nós — ele disse.

Dwayne colocou Malaquias no chão com cuidado e estendeu a mão. Olhei para ele como se eu fosse uma víbora.

— Amor — Kevin chamou, quebrando o silêncio. — Você pode ter câncer de mama!

Olhei para Bailey e depois para o corredor que levava à cozinha.

— Porta dos fundos — disse.

Eu e Bailey começamos a correr através da sala de estar. Pulei sobre a mesinha de centro, enquanto Bailey contornou uma cadeira reclinável velha.

— Esperem — Dwayne disse, levantando-se do sofá.

Pela primeira vez, notei como ele era grande, com sua camiseta regata exibindo braços surpreendentemente musculosos.

Disparamos para a cozinha.

— Queremos ajudar — Sapphire gritou.

Por sobre o meu ombro, consegui ver a figura robusta de Dwayne nos alcançando. Felizmente, ele estava muito chapado e, assim, não estava se movendo na velocidade da luz.

— Ali! — disse, apontando para o outro lado da cozinha.

Havia uma porta na outra extremidade com uma janelinha. Consegui ver o brilho da luz da varanda através do vidro. Corremos até ali. Bailey se chocou contra a mesa de jantar, fazendo todos os objetos voarem.

Ao perceber a bagunça, Dwayne cambaleou.

— Isso não foi legal! — ele disse e parou de nos perseguir. Ajoelhou-se e começou a juntar as folhas de maconha espalhadas.

— Dwayne!

Ouvi Sapphire gritar atrás dele.

Bailey fez uma pausa, distraída pelos baseados que rolavam sobre o piso de linóleo. Ela se abaixou para tentar pegar um deles.

— Vamos! — gritei e puxei-a.

Um momento depois, saímos pela porta dos fundos, mas os degraus estavam quebrados e caímos no quintal. A grama malcuidada estava molhada por causa do orvalho e rapidamente a umidade se infiltrou através do meu jeans.

— Caramba, você cortou meu barato — Bailey disse, ofegante.

— Desculpe se não me sinto tão mal, considerando que você é o motivo pelo qual estamos aqui — retruquei.

— Ainda pode ter valido a pena se não formos assassinadas — ela disse, ainda ofegante. — Vimos... alguns... peitos...

Estava reunindo minhas forças para recomeçar a correr quando dois tênis Nike gastos surgiram no meu campo de visão.

— Amor.

Levantando-me rapidamente, fiquei cara a cara com Kevin.

Atrás de mim, ouvi Bailey ficar de pé.

— Cai fora, cuzão — ela rosnou.

— Suma daqui, aberração — ele disse, depois se virou para mim, com uma expressão séria. — Se fizer um aborto, você talvez não seja mais capaz de ter bebês, amor.

Eu o encarei, atônita com o absurdo terrível de tudo aquilo.

— Do que você está falando?

— Sério que você está recebendo conselhos médicos da doutora Stripper e do enfermeiro Furão? — Bailey perguntou, mas Kevin a ignorou.

— Estou aqui para salvá-la, Veronica — ele disse, abrindo os braços. Ele estava orgulhoso demais de si mesmo. Muito confiante. Recuei um passo para ficar ao lado de Bailey.

— Bailey é quem está me salvando, seu babaca — disse.

Ao meu lado, percebi o sorriso de Bailey.

— Ahhh — ela gritou e me empurrou para o lado. — Para o resgate! — disse e chutou a virilha dele com seu coturno. Kevin se curvou de dor, segurando as bolas e choramingando como um gatinho. Ela estendeu a mão para mim. — Vamos, Veronica.

Corremos para o quintal da frente.

— Estava com vontade de fazer isso a noite toda — Bailey afirmou. — Na verdade, para ser sincera, desde que vi a cara de bobo dele. Meu Deus, você tinha que ficar de olhos fechados quando dormia com...

— Bailey! — adverti. — Meio que adoro você por ferrar as bolas de Kevin agora. Não estrague tudo.

— Certo — Bailey disse. — Vamos cair fora daqui.

— Como? — perguntei.

Consegui ouvir um farfalhar no quintal dos fundos que só podia ser Kevin voltando a ficar de pé. Do lado de fora da casa, pude ouvir Sapphire e Dwayne discutindo sobre a maconha, mas duvidava que eles ficassem distraídos por muito tempo. Bailey correu até a caminhonete de Sapphire. Estava trancada.

— Tente o carro de Kevin — ela pediu. Corri para o meio-fio onde a minivan estava estacionada.

— Trancada — gritei de volta. — Você não consegue arrombar ou algo assim?

— Pareço um ladrão de carros profissional?

— E o El Camino?

— Trav deixou as chaves em nossa casa.

— O que vamos fazer? — perguntei, começando a entrar em pânico.

— Não sei. Mas realmente me arrependo de não pegar aquela maconha quando corremos pela cozinha. Foi o melhor fumo que já provei.

— Não estou nem aí para a maconha agora.

— Isso porque você não provou esta.

— Bailey, nós precisamos sair daqui.

Mas Bailey estava olhando por sobre o meu ombro.

— Tarde demais.

Eu me virei. Sapphire surgiu do quintal dos fundos com Kevin, que mancava. Dwayne se aproximou de outra direção. De costas para a caminhonete, estávamos encurraladas.

— Não! Não é tarde demais! Nunca é tarde demais com Jesus! — Sapphire disse. — Esse rapaz está pronto para ser pai!

Ao lado dela, Kevin deu um gemido afirmativo.

Dwayne mostrou um pedaço de papel que parecia algum tipo de certificado impresso em uma impressora caseira.

— E eu sou pastor em formação na Igreja Pentecostal Canção da Vida. Posso casá-los agora mesmo!

Tentei dar um passo para trás, mas senti o metal frio da caminhonete em minha costas. Virei-me para Bailey.

— Faça alguma coisa — pedi, mas Bailey não pareceu me ouvir. Ela estava focada na casa, com uma expressão facial sonhadora.

— Bailey — murmurei. — Faça...

Ela saiu correndo, passando entre os três no jardim da frente e subindo em disparada os degraus para entrar pela porta da frente. Fiquei boquiaberta. Sabia exatamente onde ela estava indo.

— Você está brincando comigo? — gritei. — Você está me trocando por esses lunáticos por causa de um pouco de maconha?

Ao me ver sozinha, Sapphire sorriu, com a luz do fanatismo em seu olhar.

— Vá até ela — Sapphire disse, empurrando Kevin para a frente.

— Ei, relaxe, senhora.

— Jesus está ao seu lado — Dwayne afirmou, encorajando-o.

Parecendo hesitante inicialmente, mas com crescente confiança agora que eu estava sozinha, Kevin começou a caminhar em minha direção.

— Amor, que mal há em visitar o centro de apoio à gravidez? Pode ajudá-la a descobrir algumas coisas. Você não vai querer se apressar e fazer algo de que venha a se arrepender. Além disso, Sapphire disse que o centro dá muitos suprimentos grátis para bebês. Isso é muito legal, não é? — ele disse, com seus sapatos esmagando a grama morta à medida que se aproximava de mim.

Apoiei-me na caminhonete e fechei os olhos. Naquele momento, a apenas um passo de distância, pude sentir o calor irradiar do corpo de Kevin.

Ele estendeu o braço em minha direção e disse:

— Nós vamos juntos.

— Não toque nela, cuzão.

Kevin recolheu a mão. Abri os olhos e vi Bailey na varanda da frente da casa. Em uma mão, ela segurava o furão pela nuca; suas perninhas chutando o ar em vão. Na outra, empunhava o Taser de sua mãe.

— Malaquias! — Dwayne gemeu.

O sorriso de Bailey beirava a crueldade.

— É isso aí — ela confirmou. — Agora todo mundo precisa se afastar da minha amiga, ou o furão vai levar um puta choque.

Ninguém no gramado se mexeu. Ficamos imóveis encarando Bailey com espanto. Ela nos fuzilou com o olhar. Com o movimento de um dedo, ela ativou o Taser, fazendo-o soltar uma centelha. Aquele brilho caloroso que senti por Bailey quando chegamos reacendeu.

— Faça o que a maluca está mandando! — Dwayne gritou e se afastou. Com descrença, Sapphire olhou ao redor, mas recuou.

— Agora — Dwayne gritou para Kevin.

Kevin correu os olhos de mim para Sapphire e Dwayne, para Bailey e o furão e, depois, de volta para mim. Em sinal de desafio, ergueu o queixo, mas Dwayne estalou os nós dos dedos. Kevin olhou os noventa quilos de músculos dele e reconsiderou sua atitude. Andando para trás, ficou ao lado deles no gramado, com as mãos para o alto, em um gesto de rendição.

Dwayne concordou.

— Decisão sábia, cara. Criei Malaquias desde bebê, alimentando-o com mamadeira e tudo o mais.

Afastei meu corpo da caminhonete assim que fiquei a uma distância segura de Kevin. Ainda com o furão suspenso, Bailey deixou a varanda e veio caminhando em minha direção, mantendo os olhos fixos no trio o tempo todo.

— Agora, eis o que vai acontecer — Bailey prosseguiu, enfatizando cada palavra com uma estocada de seu Taser. — Vocês vão nos dar a chave da caminhonete.

— O cacete é que vamos. Vá em frente e frite o roedor — Sapphire respondeu, bufando.

— Não, querida! — Dwayne exclamou.

— Nós não vamos dar a caminhonete a ela — Sapphire disse. — O carro é meu.

Os dois começaram a discutir aos sussurros.

Bailey apontou o Taser na direção de Kevin.

— Tudo bem. Então, vamos pegar a chave do carro dele.

Kevin olhou para seus sapatos, ficando vermelho.

— Acho que tranquei o carro com a chave dentro — ele murmurou.

— O quê? — Bailey exclamou.

— Acho que tranquei o carro com a chave dentro — ele repetiu, falando mais alto.

Todos olharam para ele.

— Sério? — Sapphire perguntou.

— Eu ia perguntar se você conhece algum chaveiro — Kevin disse, constrangido.

Bailey se inclinou em minha direção e sussurrou em meu ouvido:

— Você tem alguma outra ideia de como sair daqui?

Fiz um minúsculo gesto negativo com a cabeça.

Bailey suspirou e disse:

— Teria sido muito mais legal se pudéssemos ter roubado um carro. Fazer o quê, né?

Então, ela se voltou para Sapphire, Dwayne e Kevin.

— Tudo bem. Plano C.

Bailey arremessou Malaquias em direção ao grupo no gramado. O furão voou pelos ares, com seus pezinhos se debatendo, suas costas arqueando, antes de pousar com um baque na grama e rolar direto até os pés de Dwayne.

— Corra! — Bailey gritou para mim e partiu em direção à mata no fim do caminho.

Eu saí correndo.

— Aonde vamos? — perguntei quando alcancei Bailey.

— Não faço a mínima ideia! — Bailey respondeu. — Mas nossa melhor chance de escapar deles é naquela mata.

— As pessoas atrás de nós parecem dispostas a matar!

Estávamos ambas apavoradas, ofegantes e correndo em direção a uma mata que parecia ter saído de um filme de terror, mas o brilho nos olhos de Bailey me disse algo.

— Ah, meu Deus. Você está gostando disso!

— Você também.

Aquilo era ridículo, mas não podia ignorar o fato de que minhas endorfinas estavam fluindo e eu me sentia totalmente viva. Imprimi uma velocidade extra e consegui alcançar a segurança das árvores.

1025 Km

Correndo às cegas, esmagávamos as folhas secas sob os nossos pés enquanto atravessávamos o matagal. Atrás de nós, podíamos ouvir os nossos perseguidores.

— Vocês estão apenas correndo em direção ao inferno — Sapphire gritou, quase preguiçosamente.

Saltei sobre um tronco caído, contornei um pinheiro meio morto e dei uma olhada rápida na área à minha frente, procurando alguma pista sobre o caminho a seguir. Percebi, no entanto, por que Sapphire tinha parecido tão despreocupada.

— Bailey?

— Sim?

— Você está vendo o que estou vendo?

— Se você está vendo um precipício, então sim.

— Estou vendo um precipício — confirmei. Diante de nós, as árvores terminavam abruptamente, caindo rumo ao desconhecido. Era impossível dizer a altura da queda. Nós duas continuamos correndo.

— Ainda estamos correndo — observei.

— Sim — Bailey concordou, respirando num ritmo curto e criando um contraponto ao ritmo dos seus pés golpeando o chão.

Eu podia ouvir Dwayne e Kevin se aproximando de nós, com os galhos quebrando e as folhas se espalhando enquanto eles abriam caminho pela mata.

O precipício ficou mais próximo.

— Não vamos parar.

— Não vamos parar — Bailey concordou.
— Podemos nos machucar muito.
— Sim.

Naquele momento, consegui ver a borda enlameada do precipício. O matagal tinha desaparecido, deixando apenas algumas plantas rasteiras entre nós e o que havia além. Olhei para Bailey. Seu cabelo emaranhado e multicolorido estava coberto de folhas secas. Seu delineador preto havia borrado e concentrava-se mais abaixo dos olhos do que acima deles. A camiseta estava erguida, enquanto o jeans skinny caía levemente. Ela ofegava como um cachorro e seus olhos brilhavam como as estrelas. Senti algo com mais certeza do que jamais sentira com Kevin; profundamente, como quando arrasei na prova de redação e linguagem para admissão no curso superior.

— Bailey? Sei que fui péssima, mas você é a melhor amiga que já tive.

Bailey olhou para mim através de seu cabelo emaranhado. Ela afastou uma mecha da boca e sorriu quando chegamos perto da borda.

— Você também.

Estendi minha mão e peguei a de Bailey. De mãos dadas, em uma corrida final, nos lançamos no ar.

Aterrissamos em uma vala de drenagem barrenta um metro e meio abaixo.

— Ai! — Bailey gemeu, agarrando a canela.

Apoiei-me sobre as mãos e os joelhos, verificando se tinha me machucado em algum lugar. Todo o meu corpo doía por causa do impacto, mas, pelo que pude perceber, nada estava muito errado. Procurei meu celular e o encontrei coberto de lama. Enfiei-o em meu bolso. Em algum lugar acima de nós, ouvi a voz de Kevin.

— Amooor?
— Rápido — sussurrei. — Por ali.

Apontei para um bueiro a alguns metros de distância. O cheiro que emanava dele era intenso, mas estava tão escuro em seu interior que ninguém seria capaz de nos ver. Entramos nele. Encolhidas, ouvíamos os nossos perseguidores pisoteando o matagal acima de nós.

— Amor, volte. Você não sabe o que está fazendo.
— Porra. Meus sapatos estão ficando enlameados. Isso é mau. Vamos embora.
— Estou com fome. Alguém quer ir comer?

— Amor, o arrependimento de fazer um aborto é real.
— Dane-se. Quero comer.
— Amor?... Amor?!... Amor.
Havia som de passos apressados.
— Ei, antes de ir, você pode ligar para o chaveiro?
Esperamos até que o som dos passos desaparecesse completamente. E então esperamos um pouco mais. Peguei meu celular e toquei na tela. Completamente morto.
— Não! — disse e toquei de novo. Em seguida, pressionei o botão de ligar. A tela permaneceu teimosamente escura. — Não, não, não!
— Droga — Bailey disse, inclinando-se na direção do meu celular.
— Isso é um desastre.
— Não me diga.
— Meus pais... Minhas amigas...
Confusa, Bailey piscou.
— Peraí. É com isso que você está preocupada? Não é com o fato de perder o nosso único mapa?
— Você não entende. Eles esperam... Eles querem... Eles sempre... — disse, tremendo.
Bailey passou um braço em torno dos meus ombros.
— Isso é um monte de "eles".
Ao sentir o braço dela em torno de mim, relaxei.
— Sim. Você tem razão.
Nós duas ficamos encarando a tela escura em minha mão.
— Era um bom celular — Bailey disse, depois de um momento.
Dei uma risada e encostei a cabeça na dela. Ouvimos os pássaros e vimos quando o sol expulsou a névoa da manhã. Finalmente, rastejando sobre as nossas mãos e nosso joelho pela lama, emergimos do bueiro e ficamos de pé.
— Alguma ideia de onde estamos? — perguntei.
— Não — Bailey respondeu, fazendo um gesto negativo com a cabeça.
Percorremos com os olhos a pequena mata. A luz tinha revestido as folhas de prateado e o ar estava fresco e cortante.
— Mas tenho um bom pressentimento.
Inspirei o ar, deixando-o encher os meus pulmões, e depois o expirei com força. Sorri para Bailey e disse:

— Na verdade, eu também.
Bailey deu um sorriso largo, abriu bem os braços e se virou.
— Escolha uma direção, qualquer direção!
— Por ali — apontei.
— Vamos andando? — ela perguntou, dando a mão para mim.
Eu a agarrei. Era uma mão quente e familiar.
— Vamos andando — respondi.
E, de mãos dadas, começamos a caminhar sobre as folhas secas.

1026 Km

— Caminhar é uma merda.

1028 Km

Bailey e eu nos sentamos na beira de um campo, sem sapatos, com os pés balançando em um riacho. Bailey fazia sons de gemido que beiravam o obsceno enquanto a água lavava seus pés.

Examinei as manchas vermelhas e os esfolados em meus pés.

— Não acho que o meu tênis seja feito para caminhadas.

O otimismo que tinha sentido inicialmente estava desaparecendo. Estávamos ficando sem tempo e ainda não havia nenhum indício de civilização. Então, o apito distante de um trem irrompeu em meio ao canto matinal dos pássaros.

— Você ouviu isso? — ela perguntou. — Acho que nosso problema está resolvido. Olhe.

Uma faixa de trilhos de trem atravessava os campos de relva.

— Não vejo uma estação de trem em nenhum lugar.

— Quem disse que precisamos de uma? — Bailey perguntou.

Devo ter exibido uma expressão de ceticismo, porque ela acrescentou:

— Veja, ainda temos talvez pelo menos 480 quilômetros para percorrer e os trilhos estão indo para o oeste.

Bailey tinha razão. O céu estava mais claro atrás de nós do que na nossa frente. O trem estava indo na direção correta. Mas embarcar nele era outra questão.

— Eu não sei, Bailey.

Bailey se levantou e sorriu.

— Você ainda está com aquele bom pressentimento, não é?

Agarrei-me a ele desesperadamente. Sem dizer mais nada, peguei meu tênis e fiquei de pé.

Alguns momentos depois, estávamos subindo o pequeno aterro que separava os trilhos dos campos. Olhei com os olhos semicerrados para o horizonte. Ainda não conseguia ver o trem.

— Então, é só correr ao lado do trem e pular para dentro? — perguntei.

— Sim. Como vagabundos do passado.

O trem apareceu. Era uma mancha negra no horizonte. Bailey se agachou, preparando-se. Segui seu exemplo e me abaixei em posição. O trem apitou novamente, seu guincho estridente ficando mais alto ao se aproximar. Por baixo dos meus pés senti o tremor da locomotiva que chacoalhava os trilhos. Conforme o trem se aproximava, as vibrações se propagaram dos ossos dos pés para as pernas.

— Tudo bem — Bailey disse, um pouco ofegante, com os olhos cravados no trem. — Quando chegar aqui, procuramos um vagão com abertura lateral e saltamos para dentro. Siga meu exemplo.

Fiz que sim com a cabeça, incapaz de falar por causa de um nó na garganta.

A locomotiva estava a vinte metros de distância, devorando os trilhos enquanto trovejava para a frente. Era enorme, quase tão alta quanto a minha casa. Suas laterais prateadas reluziam. Outro apito rasgou o ar. Bailey olhou por sobre seu ombro e gritou alguma coisa.

— O quê? — gritei, mas minha voz foi engolida pelo som de cem toneladas de aço se movendo em alta velocidade em nossa direção.

Bailey tentou de novo. Daquela vez, só consegui entender "Isso é uma péssima ideia!". Então, agarrando minha mão, ela me puxou para fora do aterro e caímos no campo.

Sentando-nos, vimos o trem passar por nós.

Bailey levantou a cabeça.

— Droga. Aqueles vagabundos do passado deviam ser rápidos pra cacete.

Mal ouvi Bailey. Em vez disso, vi o trem diminuir na distância, sumindo junto com a minha chance de chegar a tempo ao Novo México. O bom pressentimento que tive morreu. Foi substituído por algo incontrolável. Algo primitivo. Algo que tinha me recusado a sentir até aquele momento.

Raiva.

— Eu não deveria estar aqui — murmurei. Fiquei de pé e dei um pontapé no aterro.

— EU...

Pontapé.

— ...NÃO...

Pontapé.

— ...DEVERIA...

Pontapé.

— ESTAR AQUI!

Parei de dar pontapés e comecei a andar de um lado para o outro, com os braços agitados.

— Eu deveria ser capaz de caminhar pela rua e dizer: "Oi, meu nome é Veronica, meu namorado é um idiota, aqui estão meus 500 dólares; ah, sim, eu adoraria um copo de água, muito obrigada; dez minutos de espera? Não se preocupe".

Virei-me para encarar Bailey.

— Mas não! Tive que viajar 1.600 quilômetros, tive o carro roubado, fui sequestrada por uma *stripper*, perdi minha lição de casa e agora estou no meio do nada e o maldito trem não reduziu a velocidade... Então, VÁ À MERDA, ASSEMBLEIA LEGISLATIVA DO ESTADO DE MISSOURI!!!

Subi correndo o aterro, alcancei os trilhos e tentei arrancá-los com as minhas próprias mãos.

— ARRRRRGGGGGGHHHH!

Em silêncio, Bailey se aproximou e ficou ao meu lado.

— Bem, eu ainda tenho um bom pressentimento.

— DE QUE JEITO? — lamentei.

— Olhe — Bailey apontou através dos trilhos. Ao longe, havia alguns prédios sem graça. Uma cidade.

1030 Km

Atravessamos o piso asfáltico rachado da quadra de basquete de uma escola; a rede desgastada da cesta balançava na brisa. Depois do meu surto, senti-me melhor. O bom pressentimento tinha voltado. Mas isso só podia estar acontecendo porque eu tinha Bailey ao meu lado. Finalmente, chegamos aos arredores da cidade. Estava silencioso e vazio no início da manhã.

Bailey respirou fundo.

— Ah, o doce cheiro de ansiedade e desodorante. Não posso dizer que sinto falta.

Passamos por um poste de espirobol com uma bola amarela gasta pendurada em sua corrente. Dei uma tapa nela e ela deu uma volta ao redor do poste.

— Aposto que ainda consigo ganhar de você.

Bailey semicerrou os olhos.

Dois minutos depois, nossa risada ecoou pelo pátio enquanto cada uma tentava enrolar uma bola encardida e murcha ao redor do poste.

1031 Km

— Ainda acho que você trapaceou — Bailey resmungou.

— Não foi trapaça. Foi estratégia.

— Sim. Bem, quero uma revanche na próxima escola que encontrarmos no meio do nada.

— Fechado! — disse e ri.

Caminhamos pela rua principal deserta. A maioria das lojas estava fechada com tábuas. Era o tipo de cidade onde ninguém mais morava. Ou, se alguém ainda morasse, partiria o mais rápido possível. Peguei meu celular e toquei na tela com esperança. Ainda estava morto. Sem chance de encontrar um carro daquele jeito.

— Talvez devêssemos tentar pegar uma carona de novo.

— Não sou o tipo de garota que acha que é na terceira vez que vai rolar — Bailey disse, descrente, erguendo uma sobrancelha.

— Precisamos estar no Novo México em algumas horas — afirmei, começando a entrar em pânico.

— Sem chance. Já tentamos duas vezes. Não vale o risco. A única coisa que quero que morra nessa viagem é seu...

— Caramba, Bailey! — exclamei.

Bailey tentou fingir inocência.

— O que foi? Fui longe demais?

— Sim! — gritei, estarrecida.

— Cale a boca — ela disse.

— Cale a boca você. Quem está sendo desagradável neste caso é você. Não tem graça nenhuma o que você disse.

— Não. Fique quieta!

Percebi então que Bailey estava olhando além de mim e apontando para algo do outro lado da rua. Na frente da loja, havia um grande cartaz na janela que dizia: "Aluguel de limusine do Mitch para uma noite elegante". Havia uma foto que estampava uma limusine branca, um homem sorridente cujo corte de cabelo fazia esconder a careca, que só podia ser o Mitch, e um número de telefone.

— Acho que são seis da manhã. A loja ainda não está aberta e não temos telefone.

Mas Bailey já estava do outro lado da rua.

— Isso é o que estávamos esperando! Você não consegue sentir?

Bailey praticamente cantou a última frase. Ela estava batendo na porta quando eu a alcancei.

— Bailey, quanto isso vai custar? Uma limusine até o Novo México? Não temos como pagar isso.

— Veronica, se você quiser chegar a tempo ao Novo México, não podemos nos dar ao luxo de não tentar — Bailey disse e continuou a bater na porta.

Encolhi-me de vergonha enquanto o barulho pontuava o silêncio do início da manhã.

— Olhe, o horário está anunciado na porta. Só abre às nove.

Mas Bailey continuou batendo.

— Sinto que Mitch é o tipo de cara que dorme no escritório.

— Bailey...

Ela parou de bater e se virou para mim, serena e com absoluta certeza.

— Veronica, esse é o nosso destino.

Então, para minha surpresa, a porta se abriu.

* * *

Dez minutos depois, estávamos embarcando na parte traseira da limusine mais antiga que já tinha visto. Os assentos de couro eram de cor rosa-arroxeada e havia carpetes roxos manchados no meio do assoalho. Uma antiga TV de tubo estava situada em um canto e duas taças de champanhe empoeiradas estavam sobre um frigobar embutido. O interior tinha cheiro de pastilha de hortelã e decepção. Bailey quase vibrou de emoção.

— Sim! É assim que se faz uma viagem para um aborto! Por que não pensamos nisso antes? — Bailey disse e começou a pressionar os botões no seu apoio de braço.

O teto solar se abriu um pouco e depois parou. Frustrada, Bailey resmungou e tentou novamente. O equipamento emitiu um som plangente mas não se moveu nem um centímetro. Ela se arrastou para a frente e bateu no vidro fumê da divisória. Após um momento, o vidro abaixou. Um velho latino, usando um chapéu de caubói branco, virou-se para nos encarar.

— Sim?

— Ah. Ei. Nós nos conhecemos há um minuto. A propósito, você não é o Mitch, é?

O motorista fez que não com a cabeça.

— Mitch é o meu cunhado.

— Ah, isso é ótimo. Qual é o seu nome?

— Bob.

— Oi, Bob. Prazer em conhecê-lo. Enfim, eu queria saber se você pode nos ajudar. Sabe, o teto solar não está abrindo.

No assento de motorista, Bob se virou mais para trás para dar uma olhada no teto solar. Depois de um momento, ele concordou com um gesto de cabeça.

— Sim. Não abre mais do que isso.

— Sério?

— Sim.

— Porque eu meio que esperava um teto solar. Esta é a minha primeira vez em uma limusine e eu queria ter a experiência completa. Há outra limusine em algum lugar? Com um teto solar?

— Não.

— Sério?

— Sim.

E com isso Bob ergueu o vidro da divisória e ligou o motor. Bailey se jogou de volta para o seu assento.

— Dá pra acreditar nisso?

— Que às seis da manhã em uma cidade com talvez duzentos moradores não haja outra limusine disponível? Sim. Estou com Bob nessa — eu disse.

1097 Km

Atravessando planícies ondulantes vazias, pontilhadas por moinhos de vento brancos que giravam preguiçosamente, nossa limusine se deslocava em alta velocidade pela rodovia. Bailey tinha abandonado rapidamente seu assento e naquele momento estava no meio do carro, enfiando desafiadoramente seus braços pela estreita fenda do teto solar coberto de poeira e mostrando os dedos do meio para o céu.

— UOOOOOOOOOOOOO-HOOOOOOOOOOO! — ela gritou e se virou para mim, com uma expressão facial selvagem e triunfante. — Veronica, venha até aqui.

— Não, não posso fazer isso — respondi, fazendo um gesto negativo com a cabeça.

— Você está brincando comigo? É para isso que as limusines foram feitas — ela disse.

Seu sorriso sumiu um pouco ante minha recusa de me levantar do meu assento.

— Não, não posso fazer isso até tocar uma música de festa! — gritei.

O sorriso de Bailey voltou com força total quando ela se deu conta de que eu a estava provocando. Então, estendi a mão e liguei o rádio. E, como se o próprio Deus estivesse controlando as ondas sonoras, *We Are Young* soou através dos alto-falantes. Logo estávamos de pé, lado a lado, com a cabeça encostada no teto e os braços estendidos no ar, berrando a letra. Bailey sorriu.

— As limusines são o máximo! Vamos andar em uma sempre!

— O.k.! — concordei, incapaz de me desvencilhar do sorriso estúpido.

Ao fim da música, voltamos a nos sentar, ofegantes.

— Você devia ter engravidado antes — Bailey afirmou.

— Você realmente deveria saber a hora de parar — lamentei.

Bailey pegou o controle remoto da TV e a ligou. Um programa de entrevistas matinal apareceu na tela. As apresentadoras bem penteadas conversavam segurando xícaras de café.

— Vamos ver se a loira está bêbada como de costume. Olhe. Ela vai começar a se inclinar para a esquerda — Bailey disse.

Observei minha amiga enquanto seus olhos estavam grudados na TV. Ela tinha viajado mais de 1.100 quilômetros por mim. Ela tinha ligado para a clínica quando eu estava muito assustada. Ela tinha chutado o saco do meu ex-namorado. Ela tinha feito tudo isso por alguém que não falava com ela desde o primeiro ano do colegial. Pela primeira vez nesta viagem, eu quis saber...

— Por quê?

Bailey nem se deu ao trabalho de desviar o olhar da TV.

— Porque sou burra.

— Mas fui horrível com você.

— Sim.

— E ainda assim você veio.

— Ah, você me ofereceu uma grana.

— Você não precisava disso.

— Estava entediada.

— O fim de semana dos seus sonhos envolve Netflix e pacotes e mais pacotes de Doritos. — Mas Bailey simplesmente continuou observando a TV. — Bailey...

— Talvez porque eu não queira me formar sem dar uma última chance a você. Ou talvez fosse só porque...

De repente, Bailey apontou para a TV.

— Você viu isso? Ela acabou de se inclinar!

— Você está salvando a minha vida — sussurrei.

— Lá vai ela de novo! Ah, a garota já tomou seu espumante hoje! — Bailey exultou.

— Bailey.

— Sim. Eu ouvi você. Tanto faz. Estou em uma limusine assistindo ao meu programa matinal favorito. Tudo vai bem — ela disse.

Bailey não olhou para mim, mas, um instante depois, ela fungou ruidosamente e coçou o nariz com discrição. Eu a observei por mais um minuto, mas Bailey manteve os olhos grudados na TV. Ela ainda não estava entendendo. Eu precisava fazer algo por ela, algo para lhe mostrar que eu também estava ali por ela.

— Sabe, assim que terminarmos com meu... procedimento, podemos ir ver seu pai...

— Prefiro arrancar meus olhos com um garfo.

Suspirei. Bailey nunca facilitou as coisas.

— Apenas pense sobre isso...

— Já pensei. E prefiro arrancar meus olhos com um garfo — ela repetiu.

Bailey se virou para mim, finalmente desviando o olhar da TV.

— Olha, você já está fazendo o suficiente para "provar" sua amizade e eliminar esses quatro anos de culpa. Você vai me levar ao maior patrimônio histórico do país: Roswell. Vou conseguir ver alienígenas.

Bailey tinha razão. Claro que tinha. Oferecer-me para levá-la para ver o pai era apenas uma maneira fácil de me absolver de todos os erros que cometi. E Bailey não era fácil. Nunca foi. Foi por isso que corri para os braços de novas amigas assim que entramos no colegial. Amigas de quem todos gostavam. Amigas que faziam o que era esperado. Amigas que não faziam perguntas. Amigas que não pressionavam. Amigas que não pediam nada. Amigas simples. Amigas vazias. Mas Roswell... Eu tinha suposto que, uma vez que perdemos o carro, Bailey havia se dado conta de que seria quase impossível dar aquela fugidinha. Roswell ficava centenas de quilômetros fora do nosso caminho. Nem sabia como chegaríamos ali. Muito menos sabia se sobraria tempo suficiente para pegarmos um ônibus de volta para casa. Se fizéssemos a viagem para Roswell, haveria uma boa chance de meus pais descobrirem o que eu tinha feito. Mas eu havia dito a Bailey que eu a levaria.

— Você tem razão. Levá-la para ver seu pai não compensaria os últimos quatro anos. Roswell também não. Nada compensaria. Mesmo assim, vou tentar. Então, se o que você quer ver são alienígenas, Roswell é o canal.

Bailey piscou como se estivesse surpresa com a minha resposta.

— Há uma excursão que sai da Cidade Velha. Às onze da manhã, a uma da tarde e às três da tarde. Pesquisei isso quando meu pai se mudou para Albuquerque. Custa 35 dólares por pessoa.

— Ótimo.

Bailey bateu palmas.

— Caramba! Vamos ver o Hangar 84! É onde mantiveram os corpos!

— Você sabe que toda essa coisa de alienígenas aconteceu há muito tempo. Não é como se eles continuassem aparecendo lá. Então, não fique decepcionada se não virmos nada.

Impaciente, Bailey olhou em volta.

— Eu sei como os alienígenas funcionam.

Fiz um gesto negativo com a cabeça. *Como os alienígenas funcionam?* Então, outro pensamento terrível me ocorreu.

— E eu não vou invadir nenhuma área do governo.

— Tudo bem — Bailey bufou de raiva.

— Só as atrações turísticas.

— Só as atrações turísticas.

— Fechado? — perguntei, estendendo a mão.

Ela a pegou, sorrindo.

— Fechado.

Apertamos as mãos.

Os olhos de Bailey assumiram um brilho diabólico.

— Há uma coisa nessa limusine que ainda não exploramos — ela disse, abrindo o frigobar com um floreio. Estava vazio, exceto por uma garrafa de água solitária. Bailey semicerrou os olhos. — Isso não vai ficar assim! — ela exclamou e apertou o botão do interfone. — Bob!

* * *

Cinco minutos depois, Bailey estava saindo de uma loja de bebidas com uma garrafa embrulhada em um saco de papel e um enorme sorriso estampado no rosto. Ela embarcou na limusine e me passou o saco. Peguei a garrafa.

— Aguardente de pêssego?

— O que você quer? O dinheiro está acabando — Bailey disse, pegando uma taça de champanhe suja. — Agora, esvazie o copo!

Ela colocou um pouco da bebida doce na taça e me entregou.

Por um momento, olhei para Bailey e abaixei o copo.

— Não posso.

Fazendo ar de espanto, Bailey ergueu uma sobrancelha.

— Espero que não seja uma questão de proteger o que está acontecendo aí dentro, porque...

— Não é — insisti. Ainda assim, parecia errado, como se tomar um gole de bebida alcoólica tornasse real minha decisão.

Examinando-me, Bailey franziu a testa. Sorri rapidamente e devolvi o copo a ela.

— Afinal, não vão deixar uma adolescente bêbada fazer um aborto. Acho que preferem que a garota esteja sóbria.

Indiferente, Bailey deu de ombros.

— Não disseram nada a respeito das acompanhantes — disse e esvaziou o meu copo. Em seguida, silvou: — Desce gostoso!

Então, Bailey tirou uma revista do saco de papel.

— O.k.! Hora do teste! Vamos descobrir que posição sexual combina com nosso signo do Zodíaco!

Dei uma risada. Fizemos perguntas uma para a outra enquanto Bailey continuava tomando goles da garrafa. Logo ela começou a enrolar a língua e bocejar. Então, deitou a cabeça no meu colo.

— Só vou fechar os olhos por um segundo... — ela murmurou.

Não me incomodei em responder. A revista escorregou dos meus dedos e eu também fechei os olhos. O balanço suave da limusine e o ruído do motor criaram uma canção de ninar irresistível e eu adormeci.

1582 Km

Um zumbido insistente junto à minha coxa interrompeu meus sonhos nebulosos. Abri os olhos e olhei para baixo. Era o meu celular. Eu o tinha carregado na vã esperança de que ele revivesse. Acho que a lama da vala de drenagem deve ter evaporado e, por algum milagre de engenharia da Apple, ele voltou a funcionar. De repente, houve uma enxurrada de mensagens, incluindo uma de minha mãe.

 De modo frenético, comecei a digitar uma resposta para ela, assegurando-lhe que estava segura e me divertindo (aliás, tudo verdade). Ela me perguntou quando eu voltaria para casa. Disse que ainda não tinha certeza, que dependeria do andamento dos estudos. Provavelmente, perderia a igreja. Ela me enviou um ok, uma carinha sorridente, uma palmeira e uma bola de boliche. Ela nunca pegou o jeito dos emojis, mas considerei que aquilo era aceitável e que possivelmente ela e o meu pai iriam jogar boliche. Ou estavam indo para o Havaí. Soltei um suspiro de alívio. Toda aquela confiança que havia conquistado ao longo de quatro anos sendo a filha e aluna perfeitas estava vingando. Nem em seus pesadelos mais loucos minha mãe suspeitaria por que eu precisava voltar para casa o mais tarde possível no domingo.

 As outras mensagens eram das garotas. Havia especulações sobre o que Kevin usava para dormir, algumas perguntas sobre cálculo, uma longa discussão sobre que apelido era mais engraçado: "Hannarall Ballard" ou "Hadderall Ballard", depois mais perguntas sobre Kevin. Rapidamente, percorri as mensagens e digitei algumas respostas vagas, agradecida por Bailey estar dormindo. Com sorte, as respostas manteriam minhas amigas satisfeitas por algum tempo.

Dirigi minha atenção para outro problema que vinha me incomodando: a viagem de volta. Consultei os horários dos ônibus da Greyhound. Havia um ônibus de Roswell para casa que partia às oito da noite. Roswell ficava a três horas de Albuquerque. Poderíamos pegar o ônibus de turismo para Roswell depois de minha consulta e pegar o ônibus da Greyhound naquela noite. Estaríamos de volta em casa no fim da tarde de domingo. Reservei duas passagens e senti outra onda de alívio tomar conta de mim. Quase não me atrevi a pensar, mas tudo estava dando certo.

Assim que tirei os olhos do celular, uma placa passou voando na estrada. Cutuquei Bailey. Ela resmungou e se enterrou ainda mais no meu colo. Voltei a cutucá-la.

— Bailey! — sussurrei gritando.
— Que foi? — ela balbuciou.
— Acorde!
— Não. Quero dormir mais.
— Bailey! Chegamos! Nós conseguimos.

Bailey sentou-se com um movimento abrupto e olhou pela janela da limusine. Estávamos passando por prédios baixos e banhados pelo sol. As montanhas avermelhadas se erguiam ao longe. Apontei para uma placa verde.

— Albuquerque, 18 quilômetros — Bailey leu. Ela se virou para mim, com os olhos arregalados de surpresa. — Puta merda, nós conseguimos!
— Eu sei!
— Não acredito!
— Nem eu!

Bailey começou a contar nos dedos.

— Afinal, fomos roubadas, caçadas, perseguidas...
— Saltamos em um precipício...
— Nós nos escondemos em um bueiro...
— Nós nos escondemos atrás de vacas...
— Arremessamos uma doninha...
— Um furão, na verdade...
— Vimos alguns peitos...
— Não acho que isso tenha sido um obstáculo.
— Eu sei. Só quis mencionar isso de novo.

— Tanto faz. Nós conseguimos — disse, praticamente sem fôlego de emoção e sorrindo tanto que meu rosto doía.

Bailey também estava sorrindo. Nós nos abraçamos.

— Puxa, Bailey! — disse, com meu nariz no cabelo dela.

— Sim?

— Você está cheirando muito mal.

— Bem, você também não está com o cheiro de um buquê de rosas.

Pela primeira vez, desde o início de nossa viagem, percebi qual era a nossa aparência para os estranhos. Nossas roupas estavam sujas de lama. Eu tinha uma mancha desbotada de raspadinha na calça. Bailey ainda tinha folhas secas no cabelo. O que restava de sua maquiagem estava borrado em suas bochechas. Havia um furo em minha camiseta que eu não lembrava quando tinha acontecido.

— Precisamos nos limpar — disse, e peguei a garrafa de água do frigobar.

Depois de molhar minhas mãos, comecei a esfregar o rosto. Bailey começou a pentear o cabelo com os dedos e a apanhar as folhas secas. Cinco minutos depois, estávamos ligeiramente mais apresentáveis e com um cheiro um pouco melhor. Bailey me fez virar para assegurar-se de que eu tinha tirado toda a sujeira.

— Então, como estou? — perguntei.

— Como alguém que viajou 1.500 quilômetros em uma noite.

Suspirei, decepcionada.

— Qual é? — Bailey disse, rindo. — Você achou que meia garrafa de água iria restaurá-la como a princesa do baile? Desculpe, garota. Você vai ter que parecer uma menina comum.

Torci o nariz fingindo repulsa, mas por dentro havia uma certa irritação. Odiava parecer menos do que o meu máximo. Em minha mente, tinha imaginado entrar na clínica com o cabelo brilhante e as roupas limpas, de modo que qualquer pessoa que me visse se surpreendesse e se perguntasse por que *aquele* tipo de garota precisaria de um aborto. Mas chegar daquele jeito? Desarrumada, malcheirosa e sem dormir? Parecendo uma garota *comum*? Como as pessoas saberiam que eu era melhor do que aquilo?

Meu celular apitou. Bailey bateu palmas, animada.

— Amiga, seu celular voltou a funcionar! Legal. Vamos pedir uma pizza.

— Nada de pizza. E, sim, sabe, reservei dois assentos no ônibus para casa enquanto você estava dormindo. Assim que sairmos da clínica, às duas e meia, podemos pegar o ônibus de turismo para Roswell e depois voltar para casa dali.

Bailey relaxou no assento.

— Mamão com açúcar.

Meu celular apitou de novo.

— Você não vai ver o que é? — Bailey perguntou.

Dei uma olhada na tela.

Emily: Sério? Isso é tudo que vamos receber?

Jocelyn: Sim, queremos mais detalhes dos pombinhos.

Kaylee: Ou vamos ter que sair da cabana para encontrar você.

Responder a elas tinha sido um erro. Precisava calá-las rapidamente.

Eu: Nossa, se acalmem. Uma garota não pode ter alguma privacidade?

Jocelyn: Não quando seu homem é Kevin. Entregue o ouro.

Emily: Cálculo é um menino chato e carente.

Bailey semicerrou os olhos enquanto meus polegares tocavam a tela.

— Kevin está atacando você com mensagens?

— Eu o bloqueei, lembra?

Eu: Não vou compartilhar. Vergonha.

Kaylee: Mentirosa! Revele a parte boa! O que aconteceu na banheira de hidromassagem?

Bailey se aproximou de mim, tentando ver a tela.

— Quem é, então?

— Ninguém.

Eu: Não é da sua conta. Volte aos estudos. Emily, você está correndo o risco de um B+, a menos que você aprenda isso.

Emily: Não. Não vamos deixar você em paz até conseguirmos uma foto. O que você está fazendo neste momento?

Kaylee: Mostre pra gente!!

Jocelyn: Agora, ou encare a nossa fúria!!

Bailey espreitou por sobre o meu ombro.

— Você está me sacaneando?

— Sacaneando?

— Com suas amigas de verdade?

— O quê? Não! — disse, rindo sem muito entusiasmo. Afastando-me de Bailey, rolei a tela do meu celular.

Eu: Tudo bem. Aí vai.

Carreguei uma foto e enviei.

Jocelyn: NÃO É SUFICIENTE!!!!

Bailey se inclinou e espreitou minha tela. Arrasada, ela levantou os olhos.

— Você mandou uma foto das nossas panquecas.

Enviara para as garotas a foto que tirei das panquecas que pedi no restaurante ao lado da estrada. Eram panquecas grandes e fofas. A colher de manteiga brilhava escorrendo para um lado. A calda de caramelo se acumulava ao longo das bordas do prato em um deleite pegajoso. As panquecas estavam perfeitas. E, até um momento atrás, eram uma lembrança que pertencia apenas a Bailey e a mim.

Nós nos entreolhamos. A boca de Bailey se acomodava em uma linha firme, enquanto minha boca estava ligeiramente entreaberta, como se eu procurasse freneticamente por algo a dizer.

Meu celular começou a tocar. O nome de Emily apareceu na tela. Bailey me olhou, com os braços cruzados.

— Responda.

— Não quero papo.

O celular continuou a tocar.

Desaprovando minha atitude, Bailey ergueu uma sobrancelha.

— Você precisa manter seu disfarce.

— Não, não vou jogar os jogos delas. Disse para elas que estava ocupada — respondi.

Bailey continuou me encarando e o celular continuou tocando. De repente, Bailey arrancou o telefone da minha mão e atendeu.

— Bail... — gritei antes de me conter. Peguei o celular da mão dela e o coloquei junto ao meu ouvido. — Oi, garotas... Nada. Não. Estamos só relaxando um pouco... De jeito nenhum! Não. Apenas um pequeno intervalo para o café da manhã entre sessões de estudo — disse. Odiei cada palavra que deixei escapar de minha boca. Afastei-me da pressão do olhar de Bailey e continuei.

— Kev? Claro que não. Ele está me ajudando na preparação para os exames. O quê? Agora que Hannah Ballard está fora do caminho, não posso deixar que uma de vocês vire a oradora da turma no último segundo.

Enquanto falava, uma pequena fissura partiu meu coração. Por que minha conversa *fake* não podia ser real? Estudar em um quarto de hotel com meu namorado era o tipo de quebra de regra que me fazia sentir confortável. Não aquilo que foram as últimas 16 horas. Enquanto murmurava coisas sem sentido para minhas amigas, Bailey continuou a me observar, com os braços cruzados e uma expressão ilegível. — Não... É só o ar-condicionado. Eu sei, está barulhento. Não é? Parece mesmo que estou em um carro — disse. Ri para disfarçar meu nervosismo e tentei ignorar Bailey. — Como foi a sessão de cinema? Uma orgia. Eu sei! Quem me dera estar aí! — prossegui. Minha voz estava ficando cada vez mais alta. — Bem, sim. Ele é ótimo. Mas vocês são minhas melhoras amigas! Ah, ele correu para o banheiro. Não é? Ele é incrível.

Com o canto do olho, vi Bailey abrir a garrafa de aguardente com raiva, tomar um gole e me fazer um sinal de positivo com o polegar. Um sinal de positivo muito sarcástico. *O quê?*, balbuciei. Mas Bailey, aborrecida, só olhou em volta. Emily estava falando, mas não consegui acompanhar o que ela dizia.

— Ah! Ei, ouvi a porta — falei impulsivamente e prossegui: — Ele está de volta. Preciso desligar. Um beijo!

Desliguei o celular e afundei no assento.

— Uau. Elas quase me pegaram por causa do barulho do carro. Ainda bem que pensei na história do ar-condicionado, não é?

— Com certeza. Não esperaria menos da perfeita Veronica Clarke — Bailey murmurou.

— O.k., desculpe por usar a foto, mas o que eu deveria fazer? Elas não me deixariam em paz.

— Não aja como se fosse uma questão que envolvesse apenas panquecas.

— Ei, foi você que atendeu a ligação. Eu ia deixar cair na caixa postal. Você me forçou a entrar na conversa. Você não tem que ficar brava a respeito de qualquer coisa que eu tenha dito para fugir da ligação.

— Não estou brava.

— Você bebe a aguardente e olha para essa mancha no carpete como se tivessem feito algo contra você.

— Estou com sede. E a mancha é interessante.

— Você me fez falar com elas — disse. Eu estava indignada. Bailey continuou a examinar a bebida e o assoalho. Finalmente...

— Você gostaria de estar lá, não é?

— Sem estar grávida e estudando para os exames finais? Não sei, Bailey, isso parece muito bom agora.

— Como suas amiguinhas? — Bailey cuspiu a palavra.

— Eu estava disfarçando! Você me disse para disfarçar — respondi. Não era justo. Bailey tinha me feito fazer aquilo e agora estava com raiva.

Ela tomou outro gole e, com desdém, deu de ombros.

— Acho que me esqueci de como você era boa nisso.

Com suas palavras, a raiva se apossou de mim de forma cristalina.

— O que isso quer dizer?

— Você sempre disfarça, não é? Toda essa viagem é uma farsa.

— Por que você está sendo tão idiota de repente?

Bailey virou-se para me fuzilar com os olhos.

— Por que você não pode simplesmente contar para elas? Hein? Se vocês são tão amiguinhas? Por que você não pode contar para suas *amiguinhas* a respeito de seu probleminha?

— Elas não entenderiam! — gritei.

Os olhos de Bailey se iluminaram, como se ela tivesse acabado de me apanhar em uma armadilha.

— Mentirosa! Elas entenderiam totalmente. Aposto que suas melhores amigas chorariam e abraçariam você, e depois preparariam uma porcaria de um chá pra você. Não. É que, se você contasse para elas, deixaria de ser a perfeita Veronica Clarke. Você é uma covarde de merda — ela disse, com a amargura escorrendo de cada sílaba de sua fala.

— Não sou — bradei, sentindo um frio na barriga.

— Você foge toda vez que uma merda acontece, porque fica com medo que possa prejudicar sua imagem. Porque você precisa que todos achem que você é perfeita. Tirou B em uma prova? Alegue que estava gripada e peça para refazê-la. O namorado é um tremendo cretino? Finja um festival de amor durante todo o fim de semana, com fotos, para que suas amigas não suspeitem. Os pais da melhor amiga estão se divorciando e ela está um pouco confusa? Troque-a por algumas garotas que são geninhos de araque arrogantes!

— Já disse que estava arrependida...

— Tanto faz. Meu pai sacana disse que estava arrependido. Não mudou nada.

— Olhe, você está bêbada...

— Ah, aí está. Eu sou a louca — Bailey vociferou, agitando os braços no ar e fazendo caretas. — Não dê ouvidos a Bailey. Ela é muuuito perturbada.

— Nunca disse...

— Mas quem é que está fazendo um aborto? Não sou eu, a maluca da Bailey!

Os braços de Bailey pararam de se agitar loucamente e caíram abruptamente em seu colo. Houve um momento de silêncio na limusine. O único som era o dos pneus deslizando pela estrada enquanto assimilávamos o que tínhamos acabado de dizer.

— Você está me julgando? — consegui perguntar.

Bailey cruzou os braços e ergueu um pouco a cabeça.

— E se eu estiver? Não sou digna de julgar a perfeita Veronica? Nós duas sabemos por que você está fazendo isso. Não é porque você não quer criar um bebê. Nem porque você não pode sustentá-lo. É porque você sente vergonha do que as outras pessoas pensariam de você — Bailey disse.

Ondas de calor e frio estavam atravessando meu corpo. Bailey tinha razão? Tratava-se disso? Vergonha? Tentei desviar o olhar para poder juntar meus pensamentos fraturados, mas Bailey o reteve. Ela sorriu tristemente decifrando as emoções em meus olhos.

— Você não é tão perfeita, não é mesmo, Veronica?

A fúria se apossou de mim.

— Você estava esperando por isso havia anos, não é? Uma chance de se sentir superior a mim. Por isso você concordou em me trazer. Assim, poderia tripudiar. Essa história de "última chance de sermos amigas de novo" era tudo papo furado.

Bailey cruzou os braços.

— Continue, tente se sentir melhor achando que sou uma idiota diabólica com motivações secretas. Mas me refiro ao que eu disse ontem à noite. Tudo aquilo. Lembre-se, não preciso de amigas perfeitas. Apenas de uma que estivesse presente.

— Você é irritante.

— Você é uma vagabunda que não devia ter tirado a calcinha.

— Não acredito que você esteja me julgando por isso! Você é uma lésbica!

Assim que disse aquilo, me arrependi. Precisava explicar...

Bailey me deu uma tapa na cara. Forte. Nunca tinha recebido um tapa antes. Levei um minuto para processar a dor, para registrar o ardor. Meus olhos ficaram marejados e uma lágrima rolou pelo meu rosto. Toquei nele com os dedos e encarei Bailey com surpresa. Ela também me encarou, igualmente surpresa, mas então seu olhar endureceu e sua boca se deformou em um sorriso de satisfação presunçosa.

— Eu sabia — ela disse.

— Não foi isso que eu quis dizer...

Não foi. Não me importava que ela fosse lésbica. Não era pecado. Ou o que fosse que minha igreja dissesse. Não acreditava em nada daquilo. Eu só pensei que, como mulher, ela apoiaria minha escolha. As palavras saíram erradas. Mas, ainda que não tivessem saído, o que eu gostaria de dizer era realmente melhor? Eu ainda a estava julgando. Ainda estava fazendo uma suposição.

Tive um novo pensamento, e ele me fez sentir um frio na barriga mais uma vez. Quando eu disse a Bailey que não me importava que ela fosse lésbica, estava pensando em sua sexualidade como algum tipo de defeito? Algo a ser ignorado? Algo que a tornava imperfeita? Isso me fazia sentir melhor por ser hétero e ela não? Por onde eu devia começar meu pedido de desculpas?

— Sinto muito, eu...

Mas Bailey estava socando o vidro da divisória.

— Pare o carro! — gritava, e o vidro tremia em sua moldura. — Pare esse maldito carro!

O motorista encostou a limusine na frente de um pequeno centro comercial. Estávamos em algum lugar em Albuquerque ou talvez em algum subúrbio.

— Bailey, não... — pedi, mas foi um protesto hesitante. Não tentei detê-la, estender a mão e agarrá-la. Era tarde demais para aquilo.

Bailey abriu a porta do carro e saiu. Ela pegou um maço de dinheiro da carteira, tudo o que tinha sobrado, e jogou na minha cara. Enquanto as notas flutuavam em direção ao assoalho da limusine, ela se afastou do carro.

— Faça um aborto incrível, sua maldita assassina de bebês.

1593 Km

Por um momento, fiquei simplesmente sentada, olhando para o dinheiro espalhado ao redor dos meus pés, sem realmente vê-lo.

Eu era uma pessoa horrível. Tinha dito que era amiga de Bailey, mas, mesmo na sétima série, parte do motivo pelo qual gostava de sair com ela era que eu me achava um pouco melhor. Sentia isso estando na companhia dela. E também que meu cabelo era mais sedoso, minhas roupas eram mais bonitas, minhas notas eram mais altas. E que eu não era esquisita como ela. Mesmo com Emily, Kaylee e Jocelyn: a amizade não existia só porque gostava delas; eu era amiga delas porque me sentia a mais inteligente. Tinha o namorado mais bonito. Eu era amiga delas porque sabia que sempre poderia ser um pouco mais bem-sucedida do que elas. Que tipo de pessoa faria isso?

Porém, naquele momento, eu não era a melhor, não era a mais bem-sucedida, não era perfeita. Tinha perdido meu direito a tais títulos porque faria um aborto. E ninguém faz um aborto porque tudo está indo às mil maravilhas. As pessoas perfeitas não precisam fazer abortos. E a pior parte era que Bailey tinha razão. Minhas amigas me abraçariam e me preparariam um chá se soubessem. Elas me apoiariam. Mas eu não suportaria deixar que elas fizessem isso. Porque então não poderia me sentir superior a elas.

O rangido do vidro da divisória abaixando me tirou da espiral de autodepreciação. Bob olhou por sobre seu ombro com a expressão cuidadosamente neutra.

— Ainda vai para o mesmo lugar?

Não consegui responder. Apenas joguei minha cabeça para cima e para baixo e me virei para contemplar a calçada. O sol da manhã era refletido severamente pelos pedaços de vidro existentes no concreto e fazia tudo parecer brilhar. Não havia sinal de Bailey. Eu não fiquei surpresa. Ela sabia como se virar sem a ajuda de ninguém. Eu tinha certeza disso.

1600 Km

A clínica de aborto não era o que eu esperava. O edifício de reboco de um andar com ornamentos recém-pintados não parecia diferente de nenhum dos outros edifícios de revestimento bege ao seu redor. Havia árvores sombreando o estacionamento e uma cerca viva perfeitamente aparada. De algum modo, tinha esperado um prédio sujo e degradado, ou talvez apenas uma construção com letreiro de neon gigante anunciando "Faça seu aborto aqui", com chamas piscantes que remetiam ao inferno, laranja e vermelhas ao seu redor. Se não tivesse checado o endereço duas vezes, poderia ter imaginado que as pessoas dentro do edifício estavam fazendo uma limpeza dental.

    Parecia qualquer outro edifício, até que notei a aglomeração de pessoas na calçada. Pessoas com cartazes. Manifestantes. Por que não tinha me dado conta de que elas estariam ali?

OPTE PELA VIDA
ABORTO É ASSASSINATO
REZE PARA ACABAR COM A MATANÇA
DESMANCHE

Este último estava escrito com letras vermelhas sangrentas, como um pôster de filme de terror. Uma garota, que provavelmente tinha a minha idade ou era um pouco mais nova, ergueu um cartaz enorme onde estava escrito "12 semanas" e tinha um desenho do que pareciam ser partes do corpo mutiladas.

    Não que eu não tivesse visto tudo isso antes. Até tinha ajudado a fazer alguns cartazes semelhantes, embora não tão sangrentos, em meu grupo de jovens. Enquanto lia aqueles do lado de dentro do carro, esperei por uma pontada de culpa. Quando fiz cartazes desse tipo na igreja, imaginei uma mulher lendo-os e, subitamente, descobrindo algo a despedaçar sua alma. Ela daria meia-volta e iria criar seu bebê, vivendo feliz para sempre depois. Mas, em vez disso, não senti nada. Nenhuma culpa. Nenhum momento de despertar. Nenhum arrependimento lacrimoso. Dei uma olhada nos cartazes e meu coração permaneceu inalterado. Eu tinha tomado a minha decisão muito antes de chegarmos. Aqueles cartazes não passavam de palavras.

E então, quase como se fossem uma coisa só, os manifestantes notaram a limusine. Todos os olhos se voltaram para mim, tentando transpor as janelas escurecidas. Eles afluíram para a direita, até a beira da calçada. Seus cânticos se intensificaram, elevando-se a um rugido gutural. As expressões faciais se tornaram raivosas. Um homem com a idade do meu pai sacudiu o punho, quase golpeando a limusine quando Bob reduziu a velocidade para entrar no acesso ao estacionamento. Ele deu uma cusparada que atingiu a janela empoeirada. Os manifestantes nos cercaram, chegando o mais perto que ousaram. Não tinham permissão para nos bloquear fisicamente, mas tentaram fazer isso com seus gritos.

Eles não estavam me ajudando. Aquilo não era uma oração. Era ódio. Mesmo que não fosse possível ser vista através das janelas escurecidas, tapei meus ouvidos e me encolhi toda, sentindo seus berros como tapas.

A limusine parou. Bob tinha estacionado em uma vaga o mais longe possível da calçada, sob a sombra de uma árvore. Ele permaneceu sentado, olhando para a frente, esperando. Lentamente, endireitei-me, sentindo as mãos um pouco trêmulas. Ainda podia ouvir os sons fracos dos protestos na calçada.

Espiei pela janela, procurando a entrada do edifício. Uma grande extensão de asfalto me separava da porta, mas o acesso dos manifestantes à propriedade era proibido. Tudo o que eles podiam fazer era lançar insultos. Eu me preparei e estendi a mão para pegar a maçaneta da porta do carro. Então...

— Ah, não.

Deixei escapar as palavras no momento em que me lembrei de algo terrível. Pelo espelho retrovisor, Bob deu uma olhada nos meus olhos.

— Você está bem? — ele perguntou.

Eu não tinha ninguém como acompanhante. Ninguém para me levar embora depois da operação. Tinha vindo de muito longe, mas, sem Bailey, a clínica me recusaria. Constrangida, fiz um gesto negativo com a cabeça.

— Preciso de alguém para me acompanhar. Precisam saber que tenho uma carona e minha amiga... — disse, ficando vermelha. — Será que o senhor poderia me acompanhar? — prossegui, com minha voz soando patética até para os meus próprios ouvidos.

Encolhi-me esperando pela resposta de Bob. Ele tinha idade suficiente para ser meu avô. Não havia hipótese de ele aprovar o que eu estava fazendo. Ele coçou o queixo, pensando. Senti a palavra não se formando em seus lábios. Desejei não chorar.

— Por favor — sussurrei.

Bob se mexeu um pouco em seu assento e suspirou.

— São 75 dólares por hora — ele finalmente disse.

Contei o dinheiro que me restava. Tinha quase certeza de que havia o suficiente para pagar Bob, o aborto e a passagem do ônibus para casa.

Fiz que sim com a cabeça.

— O.k.

Com isso, Bob abriu sua porta e caminhou até o lado onde eu estava na limusine. Depois de abrir a porta lateral, ele ficou postado ali, esperando que eu saísse, como se estivéssemos no baile da festa de formatura. Meu coração disparou. Entrei na luz do sol matizada do estacionamento. O ar seco absorveu a umidade da minha pele. Estava desesperada por um copo de água. Os manifestantes silenciaram com a minha aparição, esforçando-se para me ver.

Ouvi o clique familiar de uma câmera de celular e me encolhi. Alguém tinha tirado uma foto. Antes que eu pudesse reagir, Bob se colocou do meu outro lado, impedindo que os manifestantes me vissem. Eu me enterneci um pouco, com gratidão. Mas, alheios a isso, logo recomeçaram o protesto com ódio renovado. Eu me contraí perante o ataque, mas Bob segurou meu braço com força e me apressou. Estávamos perto da porta. Consegui ver as letras polidas do nome da clínica sob uma pequena janela de vidro fosco, provavelmente à prova de balas. Estávamos quase lá.

Subitamente, um dos manifestantes se desgarrou do grupo e atravessou o estacionamento com ar lacrimejante, lançando-se à nossa frente e bloqueando a nossa passagem. Contive um grito quando Bob me empurrou para o lado para me proteger. Mas o manifestante continuou a avançar.

— Amor!

Amor? Olhei com mais atenção a figura que se aproximava e senti um surto de raiva ardente.

Kevin.

— Você não pode me impedir — disse.

Peguei o braço de Bob e retomei minha caminhada em direção à entrada. Kevin se colocou na nossa frente de novo. O canto dos manifestantes cessou enquanto eles se esforçavam para ver o drama que se desenrolava diante deles.

— Não estou tentando impedi-la — Kevin disse. — Sei que as palavras não conseguem consertar nada, mas não saia correndo.

— Eu tenho que ir. Adeus, Kevin.

E segui em frente, sem me preocupar em pegar o braço de Bob daquela vez. Ouvi Bob murmurar o que achei que eram palavrões em espanhol contra Kevin, enquanto meu ex-namorado se apressava em me alcançar. Chegamos à sombra do toldo que se estendia sobre a entrada. A queda imediata de temperatura me ajudou a relaxar um pouco quando estendi a mão para pegar a maçaneta da porta.

— Por favor. Eu estava errado — Kevin disse, com a voz embargada.

Fiquei paralisada, com os dedos a centímetros da maçaneta. Ele pareceu muito abalado. Querendo confirmar o arrependimento que ouvi em sua voz, eu me virei. Ele ficou parado, com os ombros caídos e o sol forte e brilhante golpeando-o.

— Pesquisei na internet algumas coisas — Kevin começou a falar, hesitante. — Descobri que muitas coisas que Sapphire me disse podem não ser verdade. Não sei por que eu a ouvi. Toda essa história ficou fora de controle. Eu não estava pensando por mim mesmo. Estava fazendo o que todo mundo dizia que era a coisa certa. O que nossos pais gostariam. O que a nossa igreja gostaria. Eu estava no piloto automático. Mas isso é algo da vida real e precisamos fazer escolhas da vida real, não é?

Pisquei, surpresa demais para responder.

Kevin prosseguiu:

— Apoio o que você quiser fazer. Sei que você pensou muito a respeito. Sinto muito. Eu fui um idiota.

Não sabia o que dizer. Kevin não soava como Kevin. Aquele não era o garoto que me chamava de "amor" e às vezes se esquecia de mastigar com a boca fechada. Aquele era uma outra pessoa. Talvez o Kevin que ele iria ser. A incerteza se apossou de mim. Ainda esperando a minha resposta, Kevin pareceu perceber Bob pela primeira vez.

— Onde está Bailey?

— Não está aqui — respondi. Foi tudo o que consegui dizer, mas pareceu ser suficiente. O entendimento faiscou nos olhos de Kevin. Sua expressão se suavizou.

— Ah, sinto muito. Eu sei que você achou que ela era sua amiga.

Tive que conter minhas lágrimas. Não sabia o que Bailey era naquele momento. Ou o que eu era para ela. Ou se alguma vez tínhamos sido realmente amigas.

— Está tudo bem — consegui dizer, odiando a emoção que turvou minha voz.

— Não, não está — Kevin disse e abriu os braços.

Como não me movi na direção dele, ele se aproximou. Não me afastei e, assumindo aquilo como um consentimento, Kevin me envolveu em seus braços. Meu corpo ficou rígido. Eu não podia ceder ao seu abraço, mas, mesmo assim, o bem-estar tomou conta de mim. Fechei os olhos. Ele tinha o cheiro de sempre e, naquele exato momento, a familiaridade parecia segurança.

— Está tudo bem. Está tudo bem — ele murmurou, acariciando meu cabelo emaranhado.

Ficamos parados ali, ele no sol e eu ainda na sombra.

— Sei que isso foi um pesadelo. E sei que vai demorar muito para eu recuperar sua confiança — Kevin disse. — Mas me dei conta no caminho para cá de que esse tipo de situação pode realmente nos unir.

Eu me afastei um pouco. Ele estava olhando para o horizonte, perdido em pensamentos.

Ele continuou a falar:

— Eu segurando sua mão na sala de espera, preenchendo formulários, tomando uma grande taça de sorvete depois. No final, acho que isso vai nos deixar mais fortes como casal. Sempre vamos ter essa lembrança, sabe? E, como provavelmente vamos ter muita coisa para resolver, andei pensando que não preciso cursar a Estadual do Missouri. Poderia conseguir um emprego em Rhode Island perto do campus da Brown. Poderíamos ir morar juntos!

Horrorizada, dei um pulo para trás. Kevin continuou sorrindo bondosamente, satisfeito com seu plano.

— Credo! Seu DNA está dentro de mim! — disse, sentindo-me doente e suja.

— Aconteceu alguma coisa, amor? — Kevin perguntou, erguendo as sobrancelhas pela surpresa, com o cabelo dourado caindo suavemente sobre seus olhos azuis confusos.

Ele era um monstro.

— Você acha que o meu aborto vai nos aproximar?

Meu grito ressoou pelo estacionamento. Os manifestantes começaram a sussurrar entre si. Não dei a mínima. Apontei na direção do Missouri.

— Vá embora!

Finalmente, o sorriso conciliador de Kevin sumiu. Naquele momento, ele não pareceu confuso. Pareceu, sim, furioso.

— Ah, então agora você também não quer isso? O que você quer, Veronica? Eu pedi desculpas. Pedi você em casamento. Me ofereci para acompanhá-la na clínica. Estava disposto a fazer o que você quisesse. Mas nada disso basta para você, não é?

— Para mim? — disse. De repente, tudo ficou muito claro. — Nada disso tem a ver comigo. Na verdade, tudo isso tem a ver com você, que está triste porque todos estão partindo. Está com medo de me perder quando eu for embora para a faculdade. Está com medo de ficar sozinho. Ou de ficar para trás. Casamento? Aborto? Você não está nem aí, desde que isso signifique que eu o aceite de volta. Porque, se eu fizer isso, se eu ficar com você, isso significa que você não é um ser humano podre que atingiu o auge no ensino médio.

Kevin ficou boquiaberto.

— Vá ou vou ligar para a polícia.

— Mas...

Aproximei-me dele.

— Vou contar tudo para a polícia — prometi, pronunciando cada sílaba.

Não sabia se o que Kevin tinha feito era ilegal, mas ele com certeza também não sabia. E Kevin não estava disposto a descobrir, levantando as mãos em rendição, meu erro de três anos começou a se afastar. Estava tudo acabado. Virei-me para a entrada da clínica, sentindo-me mais vazia do que nunca.

— Puta de merda.

As palavras foram ditas baixinho, mas com a intenção de que eu as ouvisse. Girei, vencendo o espaço entre nós em poucos passos rápidos, com meu braço direito já se erguendo atrás de mim. Kevin nem se dignou a parecer alarmado, apenas um pouco confuso. Dei um último passo e, usando todo o peso do corpo, lancei meu punho cerrado no queixo dele. O soco o atingiu com um baque e fez adormecer os nós dos meus dedos. A cabeça de Kevin pendeu para trás. Foi como nos filmes. Poderia jurar que a pele do rosto onde meu punho tocou até ondulou em câmera lenta. A adrenalina e a alegria tomaram conta de mim ao observá-lo cambalear alguns passos e desabar no chão, nocauteado.

Comecei a avançar na direção dele, pronta para dar um chute firme na parte do corpo que tinha me causado todo aquele problema. Mas Bob agarrou meu braço. Seus olhos se voltaram para o grupo de manifestantes. Alguns dos cartazes tinham sido abaixados, e achei que talvez uma mulher tivesse um brilho de satisfação nos olhos, mas a maioria continuava impassível. Explicar a um policial aquele ataque, tendo contra mim vinte testemunhas hostis, não era do que eu precisava. Então me deixei ser levada para dentro da clínica, largando o monte de gemidos que se tornara o meu ex-namorado sob o sol do Novo México.

* * *

Eu estava ali. Era real. Estava se concretizando. O pensamento ecoou em minha mente. O interior da clínica era limpo e frugal. Algumas cadeiras alinhadas ao longo de uma parede, um balcão de recepção, alguns quadros vagamente reconfortantes e revistas antigas espalhadas sobre mesinhas laterais. Algumas mulheres estavam sentadas esperando em silêncio, folheando edições passadas da *People* ou dando uma olhada indolente em seus celulares.

Eu estava fazendo aquilo. Estava em uma clínica de aborto. Tudo parecia muito claro, mas nebuloso ao mesmo tempo. As pessoas falavam, mas o som era atenuado pelo sangue que circulava trovejando em minhas veias. As palmas das minhas mãos estavam escorregadias de suor. Aquilo era real. Aquilo era real. Aquilo era real. Aproximei-me do balcão de recepção com os pés insensíveis, e Bob seguindo atrás. A mulher de meia-idade tirou os olhos da papelada e olhou para mim.

— Bem-vinda. Você tem uma consulta conosco hoje? — ela perguntou, dirigindo os olhos para Bob, provavelmente curiosa com a união de uma adolescente desmazelada e um velho vestido como caubói, mas a voz dela permaneceu calorosa e seus olhos não exibiram nenhum julgamento. Relaxei um pouco, mas ainda com o coração aos pulos.

— Veronica Clarke — consegui dizer, satisfeita com a ausência de qualquer tremor em minha voz.

A recepcionista consultou seu computador e digitou algumas linhas antes de fazer um gesto afirmativo com a cabeça.

— O.k., você vai precisar preencher alguns formulários e, depois, uma enfermeira vai medir seus sinais vitais. Você já esteve conosco antes?

Fiz que não com a cabeça.

— O.k., se você tiver alguma dúvida, me avise — ela prosseguiu e me entregou uma pilha grossa de papéis presos a uma prancheta e uma caneta esferográfica.

Eu estava sentada em uma cadeira. Texto em tinta preta. Quadros de seleção. Iniciais do nome do meio. Alergias. Minha última refeição. Minha última bebida. Histórico médico. Quantas vezes eu fiquei grávida? Risquei zero e escrevi "uma".

Bob, folheando uma revista, lia a respeito de receitas em panela de pressão.

Devolvi a pilha de papéis. Recebi um pedido gentil de pagamento. Esforcei-me para achar minha carteira e tirei um maço de notas pegajosas e amassadas. Contei o dinheiro com atenção, vendo lampejos de Bailey a cada nota que colocava sobre o balcão de recepção. A loja de penhores. As panquecas. As raspadinhas. As *strippers*. Contei as notas de vinte, de cinco e de dez mais rápido e as empurrei na direção da recepcionista. Naquele momento, ela não foi capaz de ocultar completamente a pontada de compaixão. Sorri para dizer a ela que estava tudo bem. Ela pegou o dinheiro.

Mais espera. As mulheres eram chamadas e desapareciam, convocadas por números e não por seu nome. Parceiros, amigas e mães liam revistas. Em meu celular, encontrei um novo ônibus para me levar de volta para casa. Um que saía de Albuquerque em vez de Roswell. Porque eu não precisava mais ir para Roswell. Havia apenas um, que partia às três e meia. Reservei um assento.

Um número.

O meu número.

Estavam me chamando. Fiquei de pé. Uma enfermeira abriu uma porta. Entrei.

Uma balança. Ela oscilou um pouco quando subi. O metal rangeu quando dedos a deixaram, de maneira delicada, em equilíbrio perfeito. A braçadeira de um medidor de pressão arterial apertou. Instruções foram dadas em voz baixa. Respostas escritas sobre uma prancheta. Uma picada de agulha. Sangue colhido. Um pequeno coletor de plástico e pacotes de lenços umedecidos.

Agachei-me com cuidado sobre um vaso sanitário e me limpei com os lenços frios nas dobras de minha pele. Esvaziei a bexiga no coletor. Coloquei-o sobre o balcão com outros coletores cheios de líquido amarelo.

Esperei.

Uma enfermeira se aproximou. Ela explicou com voz agradável, mas sem emoção, que eu precisaria de um ultrassom. No formulário que me deram, anotei a data da minha última menstruação com um ponto de interrogação. Expliquei que sabia basicamente quando tinha sido. Ela disse que eles precisavam ter certeza. Fui levada a uma sala escura e recebi uma bata de papel. Eu já tinha feito um ultrassom transvaginal antes?

Transvaginal?

"Claro que não", queria gritar, mas, em vez disso, fiz que não com a cabeça. A enfermeira explicou que eu talvez sentisse um pouco de desconforto, mas que não era para me preocupar. Ela me deixou sozinha na sala escura para eu me trocar. Fiquei preocupada.

Estava deitada sobre uma mesa de operação com as pernas esticadas e abertas. Os pés ficaram apoiados em estribos. A técnica de enfermagem me pediu que descesse um pouco. Um pouco mais. Fui apresentada ao equipamento que estaria dentro de mim. E informada de que haveria alguma pressão. Era maior do que eu esperava. Todos os monitores estavam virados contra mim, com avisos sonoros e zumbidos desativados. Fiquei olhando para o teto, contando os azulejos. Um esguicho de gel e o exame começou. O ultrassom não doeu nem mais nem menos do que eu esperava. Estiramento, pressão e invasão. Continuei contando os azulejos. Respirei. Fui informada de que estava indo bem, estava quase no fim, mas continuava. Perdi a conta da minha contagem. Recomecei. Meus olhos ardiam por causa das lágrimas.

Acabou. Recebi lenços para me limpar. Fui informada novamente de que me saíra bem. Deixaram-me sozinha para me vestir.

Saindo para o corredor, pisquei com a claridade das luzes. Uma nova enfermeira me esperava. Fui levada para outra sala. Sentei-me em uma cadeira. Perguntaram-me se precisava de alguma coisa. Fiz que não com a cabeça. Voltei a esperar. As paredes tinham fotos de oceanos e árvores. Coisas bonitas, mas sem graça. Quando a porta finalmente se abriu, eu me assustei. Uma mulher pequena e frágil, com cabelo curto e olhos cansados, entrou e se sentou.

— Tudo bem, Veronica? Sou a dra. Rivera. Há algumas questões que precisamos examinar antes de podermos executar seu procedimento — ela disse. Enquanto falava, a médica vasculhava os papéis em sua mesa, rápida e profissionalmente.

— Tudo bem — disse, com a voz rouca. Pigarreei e tentei novamente. — Tudo bem — repeti, daquela vez com mais confiança. A médica sorriu, mas com pouco calor humano.

— Primeiro, você tomou a decisão sozinha ou foi coagida de algum modo? — ela perguntou, olhando-me nos olhos e procurando algum indício de emoção em minha expressão facial.

— Não, não, tomei a decisão sozinha — respondi, fazendo minha voz soar o mais firme possível.

A dra. Rivera continuou a me observar até que, por fim, voltou para os papéis.

— Como você se sente em relação ao fato de interromper sua gravidez hoje? — ela perguntou.

A primeira palavra que me veio à mente foi *em êxtase*. Estava quase no fim. Então me lembrei das palavras de Bailey na limusine. Eu estava fazendo aquilo só porque sentia vergonha? Porque não queria que as pessoas soubessem que cometi um erro? E, se fosse, era motivo suficiente para consumar aquilo? Respirei fundo e soltei o ar. Se eu fosse fazer aquilo, tinha que saber exatamente como me sentia. Sem mais me esconder do pensamento. Sem mais fugir da palavra, mesmo na minha mente. Aborto. Eu ia fazer um aborto.

Esperei um pouco. Deixei toda a emoção aflorar. Examinei todas as crenças que me ensinaram. Não me esquivei de nada, nem tentei bloquear nada.

Pais.

Igreja.

Inferno.

Amigas.
Vergonha.
Fracasso.
Faculdade.
Julgamento.
Vida.
Honestidade.
Responsabilidade.
Amor.
E obtive minha resposta.

Bailey tinha razão. Eu sentia vergonha. Mas não por minha escolha. Talvez não quisesse que minhas amigas soubessem daquilo, mas eu ia fazer um aborto, de qualquer forma. Em meu âmago, eu sabia – e fiquei sabendo desde que suspeitei da possibilidade – que um bebê não era certo para mim, não naquele momento. Cada célula do meu ser se rebelou contra a ideia. Não restava nenhuma dúvida. Olhei a dra. Rivera nos olhos.

— É a melhor escolha para mim.

No barato da emoção após a minha resposta, meio que desejei um sorriso satisfeito da dra. Rivera, mas sua expressão permaneceu cautelosamente neutra. Ainda assim, o alívio tomou conta do meu corpo. Eu estava fazendo a coisa certa.

A médica prosseguiu a consulta de forma rápida e profissional.

— Então, agora quero falar sobre suas opções. Existe o aborto farmacológico, que usa medicamentos, mas você é de outro estado, não é?

— Sim.

A dra. Rivera sorriu levemente.

— Estou supondo que você teria dificuldades para retornar aqui para outra consulta...

— Sim — respondi com um gesto de cabeça.

— Então vou recomendar a realização de um aborto cirúrgico na clínica.

E, num instante, minha sensação de calma se evaporou. Eu tinha gasto tanta energia só tentando chegar até ali que esqueci o que realmente aconteceria quando alcançasse meu destino. Mas aquela palavra tornou tudo real: cirúrgico.

Lembrei-me de imagens de bisturis reluzentes. Luzes cegantes. Sangue. Sabia que o plano era aquele o tempo todo, mas, ao ouvir aquela palavra saindo da boca da médica, naquele consultório – tão reconfortante e amigável quanto tentavam fazê-lo parecer –, senti uma contração em minhas pernas e um aperto no peito. Nunca tinha feito sequer um *check-up* sozinha antes, e, naquele momento, estaria me submetendo a uma cirurgia.

A dra. Rivera se intrometeu no meu pânico.

— Você tem alguma pergunta?

Sim. Por que eu estava suando? Tinha passado horas pesquisando o procedimento, lendo inúmeros relatos e artigos, até me aprofundando na biblioteca *on-line* da Escola de Medicina de Yale. Deveria estar preparada para aquilo. Mas ali estava o suor. No meu pescoço. Nas minhas costas. Por mais que minha mente estivesse preparada, meu corpo estava nervoso.

— Vai doer? — perguntei antes que conseguisse me conter.

— Vai haver algum desconforto, mas temos medicamentos que ajudarão você a relaxar. Mais tarde, você provavelmente sentirá algo semelhante a fortes cólicas menstruais.

O.k., eu consigo lidar com cólicas, pensei. Mas ainda havia aquele filete de suor no meu pescoço.

— Você vai precisar usar absorvente externo e pode esperar algo como uma menstruação pesada por até três semanas. Se houver um sangramento mais grave, você vai precisar procurar um médico.

Sangramento grave. Eu tinha me esquecido daquilo. E se acontecesse?

A dra. Rivera notou o nervosismo em minha expressão facial. Ela sorriu.

— Calma. Nós vamos lhe dar um impresso com todas essas informações. É normal ficar nervosa neste momento. Não esperamos que você se lembre de tudo.

No entanto, meu nervosismo não parecia normal. Não era igual ao que senti quando fiz o teste para a admissão no curso superior nem quando estava prestes a contar a Kevin que estava grávida (o que parecia ter acontecido havia um milhão de anos). Era como uma corrida em direção a um precipício de altura desconhecida. Como se eu precisasse estender a mão e pegar a mão de alguém.

Sorri de volta para que ela soubesse que estava tudo bem. Era mentira. A médica continuou com sua fala:

— Agora, o procedimento real vai durar apenas alguns minutos, mas, depois, você vai precisar esperar na sala de recuperação por mais ou menos uma hora. A medicação que vamos ministrar fará com que seja perigoso dirigir. Você tem alguém para levá-la para casa?

A resposta era não; eu tinha alguém para me levar da clínica até a estação rodoviária. Mas para casa? Não tinha.

Visualizei a sala de espera, Bob estava sentado em sua cadeira, folheando a revista em busca de conselhos sobre dieta ou de receitas de pratos rápidos. Bailey deveria estar ali, deveria me levar para casa. Mas ela tinha ido embora.

— Sim — menti.

A dra. Rivera continuou falando, mas eu não era capaz de ouvi-la. Eu só conseguia pensar em Bailey. Não nos falamos durante quatro anos, mas de repente ela era a única pessoa que eu queria – ou precisava – que esperasse por mim no final de tudo aquilo. Bailey se fora por minha causa. Eu tinha estragado tudo, eu a tinha julgado, e, naquele momento, eu estava sozinha em uma clínica de aborto.

Mas então a raiva floresceu. Raiva que não tinha me permitido sentir até aquele momento. Bailey também havia me julgado. E foi ela quem foi embora. Depois de tudo o que ela disse para mim sobre amigas se apoiarem mutuamente, ela havia ido embora. Se estivesse ali, se ela tivesse ficado, eu poderia dizer que ela estava enganada, que eu não estava fazendo aquilo por vergonha; poderia dizer a ela que sentia muito, não apenas pelo que eu disse, mas por tudo; por toda vez que ela havia ficado sozinha quando eu deveria ter estado ao lado dela; eu poderia dizer a ela... Eu poderia dizer a ela... A raiva desapareceu, deixando apenas um espaço vazio e entorpecido onde ela estivera. Bailey não estava ali naquele momento. Eu não tinha estado lá por ela antes. Não fazia diferença. Nós não éramos amigas.

— O.k., isso é tudo, se você não tiver mais perguntas.

A voz da dra. Rivera me arrancou dos meus pensamentos. Ela olhou para mim com expectativa.

— Não, não tenho mais perguntas — respondi, mas minha certeza tinha trincado, e eu me sentia à deriva.

— Tudo bem, então vou pedir à enfermeira que a leve para a sala de espera até que a sala de exames esteja pronta — a médica disse e ficou de pé.

Também fiquei de pé e, então, uma ideia começou a fermentar em minha cabeça. Rapidamente, tentei me esquecer dela. Segui a médica do seu consultório até o corredor. Uma enfermeira se apresentou e me levou na direção da sala de espera.

Enquanto percorríamos o corredor, a ideia retornou. Cresceu como chamas ferozes queimando quaisquer outros pensamentos. Passamos pelo outro lado do balcão de recepção, o lado em que médicos e enfermeiras costumavam falar com a recepcionista. A mulher estava preenchendo alguns papéis. Afastei-me da minha enfermeira e fui até a janela. Então, a ideia aflorou com toda a força.

— Com licença, existem outros horários livres hoje? Mais tarde? — perguntei.

A recepcionista tirou os olhos dos papéis.

— Tenho que verificar — ela disse, e se virou para o computador, com uma expressão um pouco confusa enquanto digitava.

— O horário da minha viagem de volta mudou — expliquei. *Esperançosamente.*

— Temos uma vaga disponível às três e meia da tarde. É a última do dia. Nesse caso, seu procedimento terminará por volta das cinco e meia.

E, num instante, o fogo dentro de mim se apagou.

— Ah, não há nenhuma vaga mais cedo? Meu ônibus sai às três e meia e, se eu perdê-lo, não chegarei a tempo em casa — expliquei. *E meus pais vão descobrir o que estou fazendo.* Não disse isso, mas a recepcionista pareceu ouvir mesmo assim. Ela voltou a olhar para o computador e estalou a língua de modo simpático.

— Sinto muito, mas esse é o único horário que nos resta.

Será que valia a pena arriscar tudo? Pela primeira vez na vida, não conseguia pesar os prós e os contras, não conseguia avaliar todas as consequências, não conseguia manter os fatos de modo lógico, racional e frio, ordenando-os harmoniosamente em minha cabeça. Porque, no fim das contas, nem sequer era uma questão de escolha. A perspectiva de voltar para a sala de exames sem que Bailey estivesse me esperando do outro lado era terrível. Tinha achado que só precisaria de uma carona, mas, naquele momento, percebi que precisava de muito mais. Precisava de uma amiga. Não uma a quem eu só deixava ver as melhores partes de mim. Precisava de uma amiga de verdade. E, se eu quisesse uma amiga - se eu quisesse alguém ali por mim -, precisava estar lá também por ela. Tinha que consertar aquilo.

— Vou ficar com esse horário — disse.

Houve uma breve confusão quando expliquei às enfermeiras que eu voltaria mais tarde. Procurei assegurar-lhes que não estava mudando de ideia, mas *ter que salvar uma amizade* provavelmente não era uma desculpa que elas costumavam ouvir. Ignorei a dúvida no olhar delas e voltei para a área de recepção, onde Bob estava esperando. Ele tirou os olhos da sua revista.

— Já?

— Mudança de planos, Bob. Vamos.

1601 Km

Depois de dar uma última olhada no artigo *"Laser, Botox, Ambos? Estique seu rosto, eleve seu astral"*, Bob deixou de lado a revista *Glamour* e me seguiu porta afora. Consegui ver mil perguntas na expressão dele, mas fiquei grata com o fato de ele não fazer nenhuma.

Os manifestantes mal notaram minha caminhada pelo estacionamento. Junto à limusine, em vez de embarcar no assento de trás, abri a porta do passageiro e me sentei ao lado de Bob.

— Vamos voltar para cá às três e meia. Não mudei de ideia. Ainda vou fazer o aborto. Só preciso achar Bailey primeiro — disse e esperei pela reação de Bob.

Ele pareceu pensativo enquanto olhava para os padrões dançantes de luz que as folhas faziam enquanto se moviam no ar quente do Novo México.

Mordi meu lábio. O apoio de Bob naquilo não estava de modo nenhum assegurado, mas era absolutamente necessário. E, como ele raramente dizia mais do que uma palavra de cada vez, ainda não tinha uma ideia real do que ele pensava sobre toda a situação.

— Positivo — ele disse finalmente, e eu dei um sorriso largo.

— Não tenho dinheiro para pagá-lo por mais algumas horas — afirmei.

— Não precisa — Bob disse, fazendo um gesto negativo com a cabeça.

Senti lágrimas escapando dos meus olhos pelo que parecia ser a centésima vez naquela última hora. Mas pelo menos aquelas eram lágrimas de felicidade.

— Obrigada, Bob.

Um grunhido foi tudo o que recebi em troca. Mas naquele momento sabia o suficiente para entender que aquilo significava "De nada" e talvez até "Estou orgulhoso de você".

Bob deu a partida e olhou para mim interrogativamente.

Afivelei meu cinto de segurança.

— Tenho uma ideia.

1604 Km

Bob costurava entre as faixas de rolamento como Vin Diesel em um daqueles filmes de carros velozes aos quais Kevin sempre me fazia assistir. Bailey havia dito que a excursão para Roswell saía da Cidade Velha às onze da manhã, a uma da tarde e às três da tarde. Provavelmente era para onde ela estava indo. Foi por volta das onze que brigamos; então, provavelmente, ela não teve tempo de pegar o primeiro ônibus. E não havia nenhum outro prestes a sair naquele momento; assim, desde que chegássemos à Cidade Velha logo, poderíamos encontrá-la. O problema era que, se ela não estivesse esperando na estação de ônibus, eu não fazia ideia de onde procurá-la. Minha única opção seria vasculhar a cidade em busca da minha amiga de cabelo azul e torcer para encontrá-la, pedir desculpas e convencê-la a voltar para a clínica comigo antes que o tempo expirasse.

Havia mil variáveis que poderiam levar aquele plano a um desastre, mas sentia a adrenalina correr em minhas veias e estava determinada a fazer aquilo acontecer por pura força de vontade. Ensaiei maneiras de me desculpar com Bailey, de unir as peças quebradas de nossa amizade, para fazê-la entender quanto ela significava para mim. Mas, de qualquer forma, três e meia da tarde continuou aparecendo em meus pensamentos. Tinha que encontrar Bailey. Não havia outra alternativa.

Meu celular apitou.

Emily: Entre em contato conosco.

Ignorei a mensagem e desejei pela milionésima vez que o celular de Bailey não estivesse quebrado. Pelo menos poderia enviar uma mensagem a ela.

Naquele momento, até mesmo receber um "Vai se foder" de Bailey como resposta teria me feito sentir melhor. Eu teria um fio de esperança de que poderíamos consertar as coisas. Mas, em vez disso, estava voando às cegas. Ela poderia estar espumando de raiva, chorando sem parar (embora achasse difícil de imaginar), ou, pior, poderia estar em um ônibus para o Missouri, voltando para casa, com o rosto banhado pela luz do sol atravessando a janela, alegremente em paz, tendo se esquecido completamente de mim. De nós.

Bob encostou defronte de uma estação de ônibus de aparência desgastada. Fora construída no estilo tradicional e precisava de uma nova demão de tinta. Uma placa desbotada pelo sol sobre uma bilheteria dizia: "O jeito mais rápido de chegar a Roswell – Um universo de diversões à sua espera!". Não vi nenhum ônibus esperando. Já teria partido? Mas então vi um grupo de pessoas andado por ali com camisas tingidas ou carregando sacolas com os dizeres: "Meu outro carro é um disco voador". Então talvez ainda estivéssemos na hora.

— Você está vendo ela? — Bob perguntou.

Examinei o público novamente e fiz que não com a cabeça. Não havia nenhum sinal de ninguém com o cabelo azul entre os turistas.

— Não — suspirei, tentando conter uma crescente sensação de apreensão. Aquilo tinha que funcionar. — Vou perguntar por aí — disse a Bob, colocando meu celular no bolso. Saí da limusine e me dirigi à bilheteria.

— Bem-vinda. Quantos ingressos para descobrir a verdadeira história dos alienígenas bem aqui na Terra? — uma mulher entediada recitou por trás de uma divisória de acrílico. Ergui meu celular e o encostei na janela.

— A senhora viu essa garota? — perguntei.

A bilheteira semicerrou os olhos, tentando espiar através do plástico espesso que nos separava, para ver a imagem em meu celular. Era uma foto de Bailey no restaurante ao lado da estrada. Ela estava mostrando o dedo do meio com uma mão e segurando uma panqueca com a outra.

— Não — a mulher respondeu depois de um momento, também fazendo um gesto negativo com a cabeça.

Levei um instante para processar sua resposta. De algum modo, tinha previsto o não.

— A senhora tem certeza? O ônibus da uma hora já saiu?

— Não, ainda não saiu. Roy está de ressaca de novo.

— Talvez ela tenha puxado o cabelo para trás... — disse, com certo desespero, recusando-me a aceitar uma resposta tão definitiva.

A bilheteira suspirou, mas mais com piedade do que com frustração.

— Olhe, ela tem menos de quarenta anos, não usa cristais nem chapéu de folha de estanho e parece que toma banho de maneira semirregular. Eu não a vi. Confie em mim. Eu me lembraria — disse.

Percorri o público com os olhos. A mulher tinha razão. Não havia como ela não ter percebido Bailey. Voltei-me para a bilheteira, sentindo-me subitamente muito pequena. Peguei um folheto e anotei o número de meu celular nele.

— Bem, se ela aparecer, talvez a senhora possa ligar para... — disse, mas, antes que conseguisse terminar, duas senhoras aposentadas, usando batas havaianas combinando e grande quantidade de joias, se aproximaram da bilheteria e se colocaram na minha frente.

— Com licença. Se não sairmos logo, quero o reembolso. Não paguei 35 dólares para perder minhas duas horas completas no museu. Há muito material ali para ler e sou uma leitora meticulosa.

A mulher ao seu lado encostou o rosto no acrílico.

— Aposto que o ônibus não vai chegar. Aposto que o governo o bloqueou. Mas você não pode esconder a verdade! — ela reclamou.

Afastei-me da bilheteria, deixando a bilheteira lidar com suas clientes.

Talvez Bailey ainda estivesse a caminho dali. Talvez ela não tivesse conseguido uma carona. Eu deveria esperar? Tinha certeza de que ali era seu destino. Já tinha ensaiado toda a cena na minha cabeça. Pararíamos no meio-fio com uma freada brusca. Veria Bailey segurando sua passagem, esperando em uma longa fila de turistas prestes a embarcar no ônibus. Eu forçaria a passagem através da multidão, gritando o nome dela. Bailey se viraria, surpresa, dando um sorriso, mas logo fecharia a cara. Eu pediria desculpas. E sua cara feia se suavizaria. Os outros turistas se amontoariam ao nosso redor, entrando no ônibus enquanto nos entreolhávamos. O motorista do ônibus se inclinaria para fora da porta e perguntaria se Bailey ainda iria embarcar. Ela faria que não com a cabeça. A porta se fecharia com um assobio e o ônibus se afastaria. Nós o observaríamos desaparecer no trânsito, juntas. Em seguida, Bailey e eu entraríamos na limusine de mãos dadas.

Mas Bailey não estava ali. Então, nada daquilo iria acontecer. Mais uma vez, meu conhecimento a respeito de Bailey se revelou imperfeito. E, naquele momento, eu estava sozinha no meio de uma grande quantidade de estranhos. De estranhos muito peculiares. E um daqueles estranhos, um homem vestido com uma jaqueta do Exército e calça de moletom de lamê prateado, segurando um ursinho de pelúcia sujo na mão, estava se aproximando, olhando-me com desconfiança. Por engano, meus olhos encontraram brevemente os dele. O homem arregalou os olhos e deu um sorriso largo.

— Não vi você antes na excursão! — ele disse, e deu um passo cambaleante em minha direção.

Com um grito, corri de volta para a limusine e fechei a porta com força.

— Acelere, Bob.

Bob deu uma olhada no homem se arrastando em nossa direção e partiu cantando os pneus.

1607 Km

Desabei sobre o assento de couro falso com um suspiro.

— Ela não estava ali. Eu não entendo.

— Clínica? — Bob perguntou.

— Não. Volte para onde nós a deixamos, usando o trajeto mais fácil a partir daqui. Talvez ela ainda esteja a caminho. Se não a encontrarmos, vamos... Apenas dirija pela cidade.

Cético, Bob ergueu uma sobrancelha.

— Eu sei — respondi. — Não é bem um plano, mas é tudo o que tenho — prossegui, ignorando meu relógio mental que estava avançando rapidamente na direção das três e meia da tarde.

1611 Km

Vimos uma garota de jeans rasgado, mas ela tinha o cabelo castanho, comum.

1616 Km

Uma viatura da polícia estava parada junto ao meio-fio, com as luzes piscando. O policial estava aplicando uma multa em um pedestre. Vi um vislumbre de azul. Meu coração palpitou.

Mas era apenas um *hipster* com um gorro de tricô turquesa e um bigode espesso com pontas curvadas.

1622 Km

Assobiei, frustrada, enquanto esperávamos mais um sinal abrir. Havia muito mais trânsito em Albuquerque do que eu esperava encontrar. Dei uma olhada rápida e abrangente nas calçadas, mas havia poucas pessoas e nenhuma delas se parecia remotamente com Bailey.

— Vamos, onde ela está?

A possibilidade de eu não encontrar Bailey estava rapidamente se tornando uma certeza. Percorremos quase todo o trajeto e nem sinal dela. A única opção que restava era andar pela cidade ao acaso, mas encontrar Bailey assim era quase tão provável quanto encontrar evidências de vida alienígena na Terra.

Bob apontou para uma loja de conveniência do outro lado da rua.

Sorri loucamente quando a esperança tomou conta de mim. Claro. Guloseimas.

— Bob! Você é um gênio!

1624 Km

Saí da limusine e corri para a entrada da loja. Avancei até o balcão com o celular na mão; os sinos prateados da porta ainda tilintavam quando ela se fechou atrás de mim.

— Você viu essa garota? — perguntei, ofegante.

Quando o caixa de olhos sonolentos se inclinou para a frente para dar uma olhada na foto, senti um leve cheiro de terra e ervas: maconha. Minha esperança em relação aos poderes de observação dele despencou. Ele piscou quando viu a imagem. Piscou novamente. Mordeu o canto do lábio.

Ele fez que sim com a cabeça.

— Sim? — gritei, mal podendo acreditar.

— Sim — ele confirmou.

— Quando?

Deixei escapar a palavra mais como respiração do que como pergunta.

O caixa pareceu pensativo.

— Talvez meia hora atrás?

Meu coração disparou. Finalmente, alguma coisa. Onde quer que Bailey estivesse, não poderia estar a mais de meia hora de distância.

— Ela disse para onde estava indo?

— Não. Ela só comprou um saco de salgadinho. E pensou em roubar um isqueiro, mas recolocou no lugar — ele disse e sorriu.

— Você viu para que lado ela foi?

— Não — o caixa respondeu.

Perdi a esperança. Querer que um caixa percebesse para onde uma cliente tinha ido era um bocado exagerado, mas ainda assim eu tentei.

— Ela ficou sentada no banco daquele ponto de ônibus por um tempo — ele acrescentou de repente. — Eu ia dizer a ela que o ônibus não para mais nesse ponto. Mas então a panela elétrica de cachorro-quente começou a soltar fumaça de novo e... quando voltei, ela já tinha ido embora.

Corri de volta para a limusine.

— Ela estava aqui! — disse, abri a porta, acomodei-me no meu assento, inclinei-me e abracei Bob.

Ele resmungou.

Recostei-me, ainda sorrindo.

— Então? — ele perguntou.

Passei a mão pelo cabelo.

— Não sei exatamente onde ela está agora. Mas estava sentada naquele banco meia hora atrás — disse, apontei para o banco e ofeguei.

Pela primeira vez, notei o anúncio no encosto. A imagem estava desbotada e certas partes estavam descascando, mas consegui distinguir um homem de camisa polo amarela com o cabelo na altura do ombro, apesar de uma calva bastante pronunciada. Ele tinha um sorriso afetado e um gnomo de jardim debaixo do braço.

— Empório de jardinagem Loco Larry — sussurrei. — É claro, porra.

1625 Km

Paramos na frente da loja de Loco Larry, também conhecido como o pai distante de Bailey, que ela jurou que não queria ver. Eu deveria ter percebido na fala dela que isso significava: "Na realidade, quero muito ver meu pai, ainda mais do que quero ir para Roswell". Porque, quanto menos Bailey queria falar sobre algo, mais aquilo significava para ela.

O prédio ficava em uma esquina e era cercado por ferro forjado, incluindo uma área externa com uma variedade de vasos de terracota. A loja real estava pintada de azul-claro com um mural de cactos dançantes em sua parede frontal. Havia mais ferro forjado sobre as janelas, e as portas da frente, empoeiradas, estavam merecendo um bom rodo. Não tinha certeza a respeito dos moradores de Albuquerque, mas eu não ia querer comprar uma planta ali.

— Pare a limusine perto da esquina. Não quero que ela olhe para fora e nos veja — disse.

Não estava pensando em surpreender Bailey, mas não queria que ela me visse e saísse correndo pela porta dos fundos. Logo que Bob estacionou, desembarquei da limusine e me dirigi cautelosamente para a porta da frente. As janelas eram muito altas para eu espiar lá dentro. Então, a porta da frente era minha única opção. Aproximei-me com cuidado. Estava muito claro do lado de fora para eu conseguir enxergar bem o interior da loja. Caminhei para o lado e apurei o ouvido. Não conseguia escutar Bailey nem seu pai. Só o que eu conseguia ouvir eram os sons fracos de soft rock tocando nos alto-falantes da loja. Talvez Bailey e seu pai estivessem nos fundos tendo uma conversa franca. Mas, mesmo quando o pensamento passou pela minha mente, sabia que não era verdade.

Bailey estava com raiva do pai. E, quando ficava puta com qualquer coisa, nunca se calava. Se ela estivesse conversando com o pai, eu seria capaz de ouvi-la. Provavelmente, todo o quarteirão seria capaz de ouvi-la.

Naquele momento, uma jovem mãe usando calça de ioga e tênis de corrida passou por mim e entrou na loja, puxando seu filhinho. Eu não tomaria conhecimento de mais nada se ficasse esperando do lado de fora. Respirei fundo e a segui.

A loja tinha um cheiro fraco de terra e umidade. Grandes sacos de terra estavam dispostos em pilhas altas. Sinos de vento tilintavam com o ar-condicionado. Algumas plantas tropicais estavam penduradas em uma treliça. A mulher de calça de ioga conversava com um homem no balcão, perguntando sobre sementes orgânicas, enquanto a criança brincava com seu iPhone no chão, junto aos seus pés. Quando o homem se virou para mexer no computador antigo, conectado à caixa registradora, vi seu rosto, ou, mais precisamente, seu cabelo. Era o pai de Bailey, sem dúvida. Sua calva estava ainda maior que a da foto do ponto de ônibus, mas era ele. Seu sorriso para a mulher pareceu tranquilo. Não havia linhas de tensão ao redor de seus olhos. Com certeza, Bailey não tinha aparecido.

Entrei no primeiro corredor antes que o sr. Butler pudesse me ver. Não tinha certeza se ele se lembrava de mim de quatro anos atrás, mas não queria arriscar. Caminhei pisando de leve por um corredor com diversos tipos de pesticida natural, prestando atenção em qualquer sinal de movimento. A loja estava silenciosa, exceto pela conversa no balcão. A inquietação começou a tomar conta de mim. E se Bailey não tivesse vindo para a loja? E se ela tivesse ido para a casa do pai? Ou pego uma carona para Roswell? Mas, antes que minhas dúvidas pudessem florescer plenamente, eu a vi.

Ela estava escondida no meio das peças de decoração para gramados, bem nos fundos da loja, agachada ao lado de um grande ganso de cerâmica, com os olhos pregados no caixa. Parecia que Bailey estava ali fazia algum tempo, observando o pai. Através de uma fenda na prateleira, espiei a caixa registradora. O sr. Butler estava concluindo a venda para a jovem mãe, entregando-lhe alguns pacotes de sementes. Enquanto a mulher procurava o cartão de crédito, o pai de Bailey fazia caretas para o menino, que caiu na gargalhada.

Voltei os olhos para Bailey e quase os desviei de imediato. Seu rosto brilhava com um desejo tão claro que apenas olhá-la já era uma invasão. Esperei que ela se recompusesse, recolocando a máscara espinhosa e sarcástica que normalmente usava – aquela que era tão gloriosa, completa e singularmente Bailey –, mas, em vez disso, senti como se os anos estivessem retrocedendo. Toda a sua postura mudou; seu sorriso de escárnio permanente se converteu em um riso carinhoso e ansioso. Ela podia muito bem ter oito anos de idade. E ela estava indo encarar o pai assim; um pai que, até onde eu sabia, não falava com ela havia anos.

— Bailey — sussurrei, tentando chamar sua atenção.

Mas ela já estava de pé. Por entre as prateleiras, espiei novamente o balcão. A mãe e o filho estavam saindo; a criança segurava um pirulito verde--limão na mão pegajosa. O sr. Butler tinha pego um espanador e o arrastava vagarosamente sobre as prateleiras bagunçadas atrás do balcão.

— Bailey! Não! — disse baixinho.

Meu sussurro foi forte, pois quis que chegasse até o esconderijo dela. Mas, se Bailey me ouviu, não deu nenhum sinal. Ela estava olhando fixamente para o pai e começou a caminhar até a frente da loja.

Não havia como detê-la. Àquela altura, interrompê-la seria inegavelmente pior do que qualquer cena que fosse se desenrolar. Assim eu esperava. Voltei a me apoiar na prateleira, aspirando poeira, fertilizante e um pouco de mofo. Espiei pela fenda bem a tempo de ver Bailey se aproximar do balcão. Ela não disse nada. Ficou parada, esperando, com um pé deslizando para o lado e curvando o tornozelo em um ângulo estranho.

O sr. Butler estava de costas para a filha, cuidando das prateleiras. Porém, percebi o momento em que ele se deu conta de que alguém estava ali. Seus ombros se endireitaram. Ele largou o espanador e se virou, com um sorriso cordial de vendedor estampado no rosto; um sorriso que tremeluziu e desapareceu quando ele viu a garota parada do outro lado do balcão. Um novo sorriso substituiu rapidamente o que fora perdido, cordial e quase tão amigável quanto o primeiro. Mas, no espaço entre os dois sorrisos, vi medo, culpa e um pouco de frustração. E era impossível que Bailey também não tivesse visto.

Bailey o cumprimentou, mas eu estava muito longe para ouvir suas palavras. Vi os lábios do pai formarem o nome da filha em resposta. Mas aquilo foi tudo o que ele disse: "Bailey". E então o silêncio se fez presente entre os dois.

Pouco depois, Bailey começou a falar, com o corpo animado e ansioso. Conforme as palavras escapavam da sua boca, consegui ver o sorriso do sr.

Butler sumir cada vez mais de seu rosto. Logo não havia sequer sombra dele, e tudo o que restava eram os olhos apavorados e ligeiramente imobilizados do pai dela. Mas Bailey não viu, ou não quis ver, porque continuou falando.

    Eu tinha que chegar mais perto. Precisava ouvir o que ela estava revelando com tamanha rapidez e tão desesperada. E eu precisava parar aquilo, antes que ela se despedaçasse ante o olhar vazio do pai.

    Movi-me furtivamente entre as prateleiras, avançando de corredor em corredor e percorrendo lentamente meu caminho até a frente da loja. Felizmente, pai e filha estavam muito focados um no outro para notar o leve ruído dos meus passos. Finalmente, cheguei perto o suficiente para ouvir as divagações maníacas de Bailey.

    — ... e achei que eu talvez pudesse ficar aqui — Bailey disse.

    Naquela sentença, Bailey subiu o volume da voz, parecendo insegura. Finalmente, seu monólogo terminou.

    Seu pai passou a mão pelo que restava do cabelo, fazendo com que alguns fios crespos se projetassem em todas as direções. Ele expeliu o ar com força; parecia que tinha prendido a respiração desde que se virara e vira a filha.

    — Agora não é realmente a melhor hora, Bailey. É... Ah... minha época de mais trabalho — ele disse.

    A mentira nem sequer foi dita com convicção. Simplesmente escapou da boca dele, hesitante e sem força. Esperei que Bailey respondesse com sua maneira mordaz habitual, pois a loja estava evidentemente vazia. Em vez disso, ela soltou um suspiro desapontado.

    — Ah, sim. É claro — Bailey disse.

    É claro, Bailey? Qual é? Diga a ele que há mais gnomos de jardim na loja do que clientes; diga a ele que você pode dar uma mão se houver uma corrida repentina por vasos em forma de cacto. Diga a ele...

    — Que tal um jantar, talvez? Eu poderia até cozinhar.

    Nãããããããããão! Você é melhor que isso, Bailey!

    O rosto do seu pai se contraiu. Seu olhar se aguçou. O medo e a culpa desapareceram. Naquele momento, havia apenas frustração.

    — Não tenho certeza... Você realmente deveria ter ligado — o sr. Butler disse.

    Um lampejo de dor tomou conta da expressão de Bailey, mas logo ela o substituiu por um sorriso ainda mais luminoso e mais delicado.

— Eu sei. Mas foi meio de repente. Você me conhece! — Bailey afirmou e adicionou uma risadinha falsa, como se ambos estivessem compartilhando uma recordação afetuosa. O pai não participou.

— Você sempre foi muito impulsiva.

Naquele momento, a dor na expressão de Bailey permaneceu.

— Eu sei. Sinto muito, pai.

Esperei que o pai reduzisse a resistência, que visse a filha se partindo em um milhão de pedaços e a pegasse antes que ela se desfizesse.

Ele suspirou.

— Você quer algum dinheiro para voltar para casa?

Uma expressão de incompreensão se apossou de Bailey. E provavelmente de mim também. Aquilo foi tudo? 1.600 quilômetros para uma conversa de dois minutos e o dinheiro para a passagem do ônibus?

Esperei. Lá vem ela. A raiva. Os punhos de Bailey se cerrariam. Ela gritaria. Ela rosnaria. Provavelmente arremessaria algo. Diria ao pai exatamente onde ele poderia enfiar um relógio de sol de cerâmica.

— Não. Estou bem. Já estou... indo.

Não, não, Bailey. Não.

Olhei para o sr. Butler. Alívio. A única expressão facial dele era de alívio. Sua filha estava se despedaçando, e ele já estava pensando em semente de abóbora orgânica. E o que restaria, uma vez que Bailey estivesse despedaçada, uma vez que cada pedaço dela estivesse espalhado no chão?

Comecei a me mexer antes de tomar consciência da decisão.

— Você deve estar de sacanagem comigo!

Bailey e o pai se viraram ao som da minha voz. Saiu muito mais alta do que eu pretendia. O sr. Butler pareceu confuso e Bailey... eu não sabia dizer. Possivelmente ela estava furiosa. Ou emocionada.

— Veronica! Mas que diabos! — ela gritou, claramente furiosa.

A expressão do pai de Bailey mudou de confusão para compreensão quando meu nome se conectou ao meu rosto.

— Veronica Clarke? — ele indagou e adotou seu sorriso de vendedor. — Que surpresa!

— Ela dirigiu quase 1.600 quilômetros para vê-lo e você não pode sequer jantar com ela? — disse, ainda gritando.

Não pretendia gritar, mas um tom normal de voz era impossível naquele momento. O sr. Butler afastou-se da caixa registradora e pareceu querer entender um pouco mais o que estava acontecendo.

— Veronica, pare — Bailey pediu.

Mas eu não podia parar. Não quando Bailey estava em pedaços. Continuei andando até o balcão. Dei nele um soco com o punho cerrado. A campainha de mesa, ao lado da caixa registradora, emitiu um leve toque.

— Você acha que um cartão de Chanucá cobre seus deveres de pai do ano?

O pai de Bailey fez um barulhinho que ficou entre um gemido e um engasgo. Bailey agarrou meu braço, tentando me afastar.

— Cale a boca, Veronica. Esqueça, o.k.? — Bailey disse.

A expressão facial dela estava muito estranha. Levei um minuto para identificá-la. Bailey estava envergonhada.

O sr. Butler olhou para mim e sorriu.

— Acho que isso não é da sua conta, mocinha. Por que você não vai dar uma volta enquanto termino com Bailey aqui?

— Não.

Ele piscou, claramente sem esperar que uma garota de dezessete anos o desacatasse completamente, tornando mais óbvio do que nunca que ele não tinha muita experiência com garotas de dezessete anos.

— Não? Para sua informação, esta é minha propriedade e, se necessário, posso chamar a polícia — ele ameaçou, estendendo a mão na direção de um telefone sem fio sujo encostado à caixa registradora.

Em vez de recuar, inclinei-me para a frente, olhando diretamente em seus olhos. Sua mão ficou parada no meio do caminho para o telefone.

— Sou amiga de Bailey. Vou ficar aqui mesmo — disse. Com o canto do olho, vi Bailey vacilar. — Eu não estava do lado dela quando você caiu fora. Mas não vou abandoná-la agora que você está partindo o coração dela de novo.

Os olhos do pai de Bailey brilharam de raiva e depois se acomodaram em uma indiferença determinada. Ele desviou o olhar de mim e de Bailey e ficou olhando sem ver uma mangueira pendurada na parede. Finalmente, o sr. Butler deu de ombros e voltou a passar a mão pelo cabelo ralo, subitamente parecendo encolhido, pequeno e inseguro.

— Veja, quando você ficar mais velha, vai entender essas coisas. Aliás... a mãe de Bailey sabia que eu nunca quis ter filhos.

Bailey inspirou profundamente e o pânico tomou conta da expressão de seu pai quando ele reprisou mentalmente as palavras que tinha acabado de dizer. Na sequência do pânico veio o alívio, com a revelação da verdade.

Eu me virei. Bailey estava chorando. Ela não tinha feito outro som além da primeira inspiração profunda. Mas lágrimas rolavam pelo seu rosto e todo o seu corpo tremia enquanto tentava esconder seus sentimentos.

— Quer dizer... Você é uma garota ótima, Bailey — o sr. Butler continuou, dando a impressão de que ele talvez achasse que devia dar um tapinha de consolo no ombro dela ou algo assim. — Mas algumas pessoas não têm capacidade de ser pai — ele disse olhando-me nos olhos, sem sinal de remorso, apenas com uma profunda indiferença.

Olhei para ele, provavelmente boquiaberta, em choque. Ele pegou o espanador e voltou para as prateleiras enquanto o corpo da filha tremia silenciosamente com a dor que ele lhe infligira.

Tínhamos que cair fora dali.

— Bailey?

Minha voz a trouxe de volta a si mesma. Bailey olhou para mim com um ódio desenfreado.

— Desapareça da minha frente, porra.

Secando os olhos com o dorso da mão, ela saiu, abrindo as portas e deixando uma onda de ar quente do Novo México entrar na loja. Corri atrás dela.

— Bailey! — disse, agarrei seu ombro bruscamente e a virei.

— O que foi? O que você quer agora, Veronica? — ela perguntou, com a voz embargada. Eu ignorei e estendi o braço em suas costas, enfiando minha mão em sua cintura.

— Que diabos... — ela começou a falar, mas eu já estava voltando para a loja, segurando o seu Taser na minha mão.

Abri a porta, entrei e senti o ar gelado do ambiente. O sr. Butler se virou e soltou o espanador, parecia confuso com minha aproximação a toda velocidade. Acho que ele gritou. Um grito furioso usado em golpes de caratê. Percebi o momento exato em que ele notou o Taser em minha mão.

Não hesitei. Com um movimento fluido, levantei o Taser e apertei o gatilho.

Tudo ficou fora de controle.

O estalo da eletricidade.

O zumbido da arma, quente em minha mão.

O corpo dele caindo.

Dois arames finos produzindo um arco no ar, graciosamente; uma promessa quase invisível de dor.

Seus dentes se cerrando, os músculos saltando em seu pescoço.

Os dardos penetrando em sua camisa polo; dois beijinhos afiados.

A contração provocada pelo Taser.

O sr. Butler no chão, com os olhos arregalados.

Então tudo estava acabado. Uma música do B-52s tocava no sistema de som da loja, misturando-se com os gemidos do pai de Bailey.

Fiquei à espera de algum arrependimento por causa da sensação de horror decorrente do crime que tinha acabado de cometer. Mas não veio.

Aproximei-me ainda mais e me inclinei sobre o sr. Butler, enquanto ele se agitava no chão como um peixe patético e careca. Puxei os dardos de seu peito.

— Ter um filho obriga você a ter capacidade de ser pai, bundão.

* * *

Cambaleei do lado de fora por causa das pernas dormentes e do fim da descarga de adrenalina. Todo o meu corpo estava banhado de suor pegajoso e minhas mãos não paravam de tremer. Não tinha certeza se ia vomitar ou começar a rir. Curvei-me e tentei fazer as duas coisas, mas apenas um som estranho de engasgo saiu. Quando finalmente consegui ficar ereta, Bailey estava me encarando com os olhos arregalados e um pouco assustados.

— Puta merda — ela sussurrou.

Desviei o olhar, subitamente envergonhada.

— Desculpe, não sei o que deu em mim...

— Você eletrocutou meu pai.

— Sim.

Fiquei tensa, preparando-me para outro acesso de raiva de Bailey. Se ela já não tinha gostado quando eu a defendi diante do pai, atacá-lo provavelmente não me faria ganhar nenhum ponto. O que eu fiz foi imprudente, absurdo, impulsivo, não solicitado. Com certeza, poderia ser presa e, pior, expulsa da Brown. Ainda assim, não conseguia me arrepender.

— Por mim — Bailey disse tão baixinho que quase não consegui ouvi-la por causa do barulho dos carros passando por nós.

— Sim.

O sorriso de Bailey iluminou todo o seu rosto.

— Foi... impressionante.

Consegui lhe dar um sorriso nervoso em troca.

— Bem, ele mereceu. E era o mínimo que eu poderia fazer.

Ela bufou e eu ri um pouco mais do que deveria.

— É melhor irmos embora. Duvido que ele ligue para a polícia. Ele está muito atrasado no pagamento da pensão alimentícia, mas...

— Sim. É melhor cairmos fora...

Começamos a caminhar em direções opostas. Paramos. Voltamos a dar risadinhas.

— Nosso carro está parado ali — disse, apontando em direção à esquina com um gesto de cabeça.

— Peraí. Bob ainda está com você?

— Só por mais algum tempo. Ele tem uma *Festa de 15 anos* hoje à noite.

– Festa de debutante? Tô fora. E quanto ao pagamento dele?

— Ele está fazendo isso de graça.

— Bob é um cara legal.

— O máximo.

E de repente foi estranho. Estávamos quase na limusine. Eu podia ouvir a música pop mexicana tocando por trás das janelas escurecidas. Tomei fôlego.

— Bailey, sobre o que eu disse...

— Eu também disse algumas coisas. Está tudo bem.

— ... a respeito de você ser lésbica...

— Disse que está tudo bem.

— Não, não está — disse e parei, fincando os pés. Bailey deu alguns passos, suspirou e também parou. Esperei que ela se virasse, mas em vão. — Tudo bem. Então vou dizer isso para suas costas — afirmei.

Tudo o que recebi em resposta foi um grunhido e quase que com certeza um revirar de olhos impaciente. Mas ela não continuou a caminhar. E não me disse para calar a boca. Então, continuei.

— Olha, eu sei que isso não é algo que pode ser resolvido com um "sinto muito". Eu estava muito brava. O que me fez agir sem pensar. E eu disse algumas coisas que não quis dizer... Bem, eu disse, mas não do jeito que soou. Mas essa não é a questão. A questão é que fui estúpida e cega... E agora vou tentar não ser. Eu magoei você. De novo. E nada pode reparar isso. Mas eu... Eu vou melhorar, o.k.? Você ainda pode estar brava comigo. Deveria estar. Para sempre. Eu...

— Pare de falar, Veronica.

Fechei a boca num estalo.

Bailey se virou, com um sorriso tímido.

— Obrigada por dizer o que você disse. Não achei que precisasse ouvir, mas... ouvi. E você deveria ouvir isto: também não quis dizer o que disse. A respeito de você merecer ou de ser uma vagabunda, ou... a outra coisa que disse. Estava com raiva e tentando pensar em qualquer maneira de magoá-la. Mesmo que não fosse verdade. Foi cruel. E horrível. E... Eu sinto muito.

Por um instante, ficamos em silêncio.

— Então, tudo bem entre nós?

— Hum, você *eletrocutou* meu pai. Estamos na boa. Estamos mais do que na boa — Bailey disse, fungando.

Ela estava sorrindo entre as lágrimas. Imediatamente, lágrimas marejaram meus olhos, em resposta às dela.

— Mais do que na boa?

Bailey concordou. Ela secou o nariz com o dorso da mão e coçou a nuca. Dirigiu o olhar para todos os lugares, menos para o meu rosto. Ela parecia estranha, zangada e vulnerável ao mesmo tempo.

E tive de perguntar, apenas para confirmar, para garantir que a onda selvagem de emoção circulando em minhas veias não se perdesse:

— Mais do que na boa? Como... amigas?

— Mais do que amigas.

— Como melhores...?

— Talvez nem tanto ainda — Bailey me corrigiu rapidamente.

Com um nó na garganta quase me impedindo de falar, entendi.

— Mais do que amigas é bom.

Trocamos sorrisos lacrimejantes e secamos nossos olhos, de repente envergonhadas por estarmos em uma esquina expondo nossa alma.

Bailey respirou fundo e disse:

— Ótimo. Ainda bem que está resolvido. Agora, você pode me devolver o Taser da minha mãe?

1627 Km

Bailey e eu entramos na limusine.

— Bob! Encontrei Bailey.

Bob grunhiu.

Bailey sorriu.

— Bom ver você, Bob.

Bob ligou o motor da limusine e pôs o carro em movimento. Bailey se acomodou em seu assento. Ela deu uma olhada em mim, observando minha aparência.

— Você se moveu com muita agilidade na loja para alguém na sua situação...

— Não entendi — disse, ficando vermelha.

— O que houve? Você mudou de ideia? — Bailey perguntou, agitada.

— Não, mudei o procedimento para as três e meia... Tinha que encontrar você primeiro. Queria você lá.

Bailey desviou o olhar de mim, escondendo o rosto.

— Você é louca.

— Bob não é um bom substituto.

— Não sei. Acho Bob incrível.

No assento do motorista, Bob ergueu a mão, em um gesto de aprovação. Bailey se inclinou para a frente e tocou na mão dele.

— E... Kevin apareceu — continuei.

Bailey se virou com uma expressão entre o horror e o espanto.

— Não! Por favor, me diga que você o atropelou com a limusine!

— Quase. Eu dei um soco nele.

— Agora estou realmente chateada por ter ido embora. Quanto eu pagaria para ver Kevin esparramado no asfalto!

Mas, um momento depois, o sorriso satisfeito de Bailey sumiu. Ela se virou para olhar pela janela, calada e retraída.

— Gostaria que você também não tivesse ido embora — disse. — Poderíamos ter evitado seu pai.

Bailey suspirou e se virou para me encarar.

— Não. Foi bom termos ido. Precisava me lembrar de quão idiota ele é.

— Ele poderia pelo menos ter jantado com você.

— Por que eu deveria querer? — Bailey disse, subitamente zangada. — Aliás, sério, ele esquentaria qualquer porcaria no micro-ondas para o nosso jantar e sentaríamos na frente da TV para ver *Doctor Who*. E sabe de uma coisa? Posso contar para você? Eu odeio *Doctor Who*!

— Sério? Achei...

— Continuo assistindo na esperança de descobrir algum segredo oculto que explique o meu pai. Algo que mostre como posso me consertar para fazê-lo gostar de mim. Mas sabe de uma coisa? Não há nenhum segredo! É apenas um sujeito que usa um casaco idiota com uma nave espacial azul idiota em forma de cabine telefônica!

Bailey piscou com força, recusando-se a chorar. Tentei pensar em algo para dizer, mas não consegui. Então, fiquei sentada ali, calada.

Bailey continuou a falar.

— E meu pai não está nem aí. E nunca vai estar, não importa o que eu faça. Quando eu tinha seis anos, ele ficou chateado porque minha mãe não o deixou ir a um festival. Então, o que eu fiz? Passei uma semana construindo um homem gigante de papelão. Arrastei todas as luminárias de nossa casa para o quintal e as cobri com lenços de pescoço e outras coisas para fazer um show de luzes. E recebi um "Obrigado, Bailey" ou um sinal de positivo com o polegar? Nada! É verdade que houve algum dano causado pelo fogo na casa, e ele acabou com algumas queimaduras de segundo grau, mas como eu poderia saber que aquele tanto de fluido de isqueiro seria um problema? Eu tinha seis anos! E o importante era que a filha dele estava tentando fazer tudo o que podia para deixá-lo feliz. E ele nunca percebeu. Estou farta disso. Estou farta de ser a menina de seis anos estúpida, triste e assustada, caramba!

Bailey se encolheu toda. E, como ainda não tinha conseguido pensar em nada para dizer, passei meu braço em torno dela. Pareceu ser o suficiente. Senti os ombros de Bailey relaxarem.

Fungando, Bailey enxugou os olhos.

— Sei que neste momento estou dizendo que nunca mais vou voltar a vê-lo, e que odeio tudo a respeito dele, mas, daqui a alguns meses, provavelmente decidirei de repente que sou ótima em jardinagem ou judaísmo, e você vai precisar me lembrar de que meu pai é um babaca. Prometa-me. Não posso continuar passando por isso.

— Só se você me prometer que nunca me deixará namorar outro imbecil.

— Não posso prometer isso.

— Por quê?

— Todos os homens são imbecis — Bailey disse, inclinou-se para a frente e gritou: — Menos você, Bob!

Do assento do motorista da limusine, Bob deu de ombros.

1630 Km

O relógio do meu celular marcava três e quinze da tarde. Olhei pela janela. Estávamos cercados por carros e o sol inclemente da tarde brilhava nos para-brisas. Nenhum carro estava se movendo. À nossa frente, a via expressa se estendia ao longe; um trânsito aparentemente interminável.

— Bob? — Bailey perguntou, com a voz tensa. — Qual é a situação?

— Só mais uma saída — ele resmungou. — Desculpe.

Observei minha amiga enquanto ela esticava o pescoço para ver o caminho à frente, com a testa franzida. Ela estava preocupada comigo. Tive uma boa sensação e sorri.

— Sabe, ainda tenho um bom pressentimento sobre isso.

Bailey suspirou.

— Dar um choque no meu pai a transformou por magia em uma otimista? Não. Mas ter Bailey ao meu lado, sim.

1636 Km

Com uma freada brusca, Bob encostou ao lado de outro carro no estacionamento. Antes mesmo de o carro parar totalmente, eu já estava com a minha mão na maçaneta da porta. Mas, ao ver a clínica na minha frente novamente, hesitei.

— Você não precisa vir comigo — disse para Bailey.

Senti a reação dela, em vez de vê-la. Não estava pronta para olhar para ela.

— Por que não?

Forcei-me a encará-la.

— Entendo que você talvez não queira. Sei que disse que queria você comigo, mas você não precisa vir. Não é tão importante.

— Ah, é totalmente importante.

— É importante para *mim*. Mas não quero que você faça algo que você... que você não se sinta à vontade de fazer — disse.

Mesmo que Bailey tivesse pedido desculpas, eu ainda estava preocupada com a possibilidade de haver no fundo alguma verdade no que ela havia dito. Mas não sabia como perguntar. Estava dando voltas ao redor da questão, mal confiando na força da nossa amizade recém-reforçada para resistir à franqueza. Mas Bailey não tinha tais escrúpulos.

— Você está preocupada se eu ainda acho que você está errada por fazer um aborto — ela afirmou.

Fiz que sim.

— Você pode achar. Tudo bem. Mas não acho que estou. E vou fazê-lo. E... Espero que continuemos amigas depois — disse, encarando-a, com a cabeça erguida em desafio.

Bailey sorriu.

— Não acho que você esteja errada. Você está fazendo a escolha certa para você. Isso é o que importa. Enfim, ninguém deve ser forçado a ser pai ou mãe se não quiser — ela disse, com o sorriso titubeante.

Bailey parecia diferente. Seu cabelo ainda estava uma bagunça; suas roupas continuavam amarrotadas. Provavelmente, ninguém mais teria notado a mudança. Mas eu notei. E me perguntei se ela conseguia ver a mesma coisa em mim.

Quase incapaz de falar, finalmente consegui perguntar.

— Então, você vai vir?

Bailey passou o braço em torno de mim.

— Não perderia isso por nada.

Apoiei minha cabeça sobre o seu ombro e sorri, com os lábios trêmulos.

— Não... — Bailey disse.

— Não o quê?

— Não comece a chorar de novo. Porque também vou começar a chorar e já chega para mim. Esse passeio de limusine tem sido intenso.

Dei uma risada.

Pelo retrovisor, vi Bob enxugar o olho. Debrucei-me sobre a divisória e passei meus braços em torno do seu pescoço.

— Obrigada — murmurei.

— De nada.

Um momento depois, Bailey e eu saímos da limusine, de mãos dadas.

Os manifestantes mal tiveram tempo de perceber nossa presença antes de entrarmos em segurança no interior da clínica. Ouvi um grito de "Você devia se envergonhar" antes de a porta se fechar atrás de nós.

Corri até a recepcionista, ofegante.

— Oi, estou de volta.

A recepcionista me deu um sorrisinho.

— Que bom que você conseguiu.

* * *

Foi tão diferente... A clínica, as médicas e as enfermeiras eram exatamente iguais, mas as cores pareciam mais vivas, as pessoas mais cordiais, as sombras mais suaves. Eu não sentia um frio na barriga e não estava arfando. E eu sabia o motivo. Bailey estava sentada ao meu lado, tão perto que nossos ombros quase se tocavam, e esperava comigo o meu número ser chamado. Nós não nos falamos. Não era preciso.

— Paciente 66? — uma enfermeira chamou.

Fiquei de pé.

— Sou eu.

Bailey sorriu.

— É nóis, campeã!

Revirei os olhos.

— O que foi? Não está certo? — Bailey disse, provocando

— Pare. Pare com isso — consegui dizer.

Então, de repente, Bailey estava ali, junto ao meu corpo, com os braços me enlaçando em um abraço longo e apertado. Eu correspondi, amassando sua camiseta sob os meus dedos, enterrando meu rosto em seu cabelo. E então, como não poderíamos ficar assim para sempre, nós nos soltamos.

Caminhei até a enfermeira. Ela abriu a porta.

— Me acompanhe.

Obedeci.

1638 Km

O sol estava quase se pondo quando saímos da clínica. A calçada estava vazia. Os manifestantes tinham ido embora com a proximidade da noite.

— Então, como você está se sentindo? — Bailey perguntou.

Olhei para os prédios tingidos de dourado e rosa, para a rua vazia, para as árvores com as folhas paradas sem a brisa quente do dia. Levantei os olhos e vi o céu. Um azul-claro suave. Sorri.

— Sinto-me eu mesma.

— Quis dizer outra coisa: você está sentindo dor ou está conseguindo andar direito?

— Ah, sim — respondi, um pouco constrangida. — Eu consigo andar.

— Ótimo. Porque estou morrendo de fome e estou vendo um lugar de comida tex-mex um pouco mais à frente. Nachos?

— Nachos.

O restaurante era um labirinto de diferentes recintos decorados com bandeiras mexicanas e pinhatas desbotadas. Estava cheio de famílias jantando no sábado à noite; era colorido, barulhento e parecia não ter fim. Nós nos sentamos frente a frente, com uma montanha de nachos entre nós, deixando escapar queijo dourado e carne gordurosa. Comendo sem parar, mal paramos para falar, exceto para murmurar um "Muito bom" ou "Quero me casar com esses nachos". Bailey tomou um gole enorme de refrigerante e arrotou com satisfação.

— Então, a que horas sai o ônibus?

— Perdemos o ônibus. Só há outro amanhã de manhã — disse, e vi a ficha cair na expressão de Bailey.

— Quando você mudou o horário na clínica para ir me procurar, sabia que não seria mais capaz de voltar para casa a tempo.

— Encontrar você pareceu mais importante — disse, dando de ombros.

— Mas seus pais vão saber — Bailey afirmou

Voltei a dar de ombros, surpresa com a aparência irritada de Bailey.

— E o pessoal da escola vai descobrir — ela prosseguiu.

— Sim. Eu sei — respondi, sem conseguir esconder o fato de que eu não estava impressionada.

— Isso foi uma estupidez.

— Não, não foi. E não estou dizendo que espero agradecimento ou algo assim, mas você não precisa ficar tão irritada com isso.

— Não estou irritada! — Bailey disse asperamente.

— Então por que você está quase gritando comigo?

Bailey suspirou, frustrada.

— Desculpe. É que... Não tinha me dado conta de tudo até agora. É muita coisa. Quer dizer, fizemos tudo isso para que as pessoas não ficassem sabendo — ela disse e tirou sua carteira. — Tenho sete dólares. Quanto você tem?

— 280 — respondi. Eu não precisava olhar. Já tinha contado.

— Você acha que alguém vai nos vender um carro por 280 dólares?

— Não um carro que nos leve muito longe da cidade.

Bailey passou os dedos pelo cabelo.

— Acho que você não se deu conta de como vai ser ruim. Confie em mim. Sei como é sentir toda a escola contra você — ela disse, pegando outro nacho e enfiando-o na boca. Então, ela murmurou algo que pareceu com "eu não valho a pena".

Surpresa, pisquei.

— Claro que vale.

Bailey bufou.

— Diga isso outra vez quando metade do time de futebol americano estiver chamando você de vagabunda no corredor. Ou sussurrando que você é algum tipo de adoradora do diabo porque não usa rosa. Diga isso quando os professores fingirem não ver as pessoas dando cotoveladas em você enquanto se dirigem para a sala de aula porque você é aquela garota estranha — ela desabafou, com a amargura escorrendo de cada sílaba. Vendo minha expressão facial, Bailey ergueu uma sobrancelha. — O quê? Você acha que eu gostava de comer sozinha no almoço? E fiz isso nos últimos quatro anos como se fosse algum tipo de escolha?

— Você sempre fez parecer que era.

Aborrecida, Bailey olhou em volta.

— Ninguém faz essa escolha.

— Bem, agora você tem alguém para se sentar com você — disse.

Eu sorri, tentando fazer uma expressão de leveza, mas ela pareceu insípida, na melhor das hipóteses.

Bailey apenas bufou de raiva.

— Você vale a pena — repeti, com força e determinação.

Então, Bailey abriu um sorriso.

— Sabe, será divertido me sentar ao lado de outra esquisita.

— Você vai me ensinar a latir para as pessoas?

— Ah, sim. E vou emprestar meus coturnos velhos para você. Você tem que ter estilo.

— Talvez eu deva pintar meu cabelo de verde — disse, dando uma risada.

— Com certeza. E também tem que colocar um piercing no nariz ou algo assim.

Enquanto dávamos algumas risadinhas, Bailey olhou para cima, com os olhos brilhando.

— Sei que é meio horrível, mas não vou mentir, estou um pouco excitada. É como eu sempre imaginei que seria o colegial. Apenas nós contra o mundo.

Recuperei a seriedade, trocando as risadinhas pela culpa.

— Sinto muito. Nós deveríamos ter tido isso durante alguns anos — disse, e dei um sorrisinho. — Pelo menos, você vai ter isso durante algumas semanas.

Naquele momento, o sorriso de Bailey também desapareceu.

— Olha, você sempre vai ter um lugar na minha mesa, mas vai ser chato que você tenha que se sentar nela.

Concordei com um gesto de cabeça. Não podia fazer de conta que não. Eu era uma daquelas pessoas irritantes que iriam se lembrar dos tempos de escola com carinho. Mas aquilo tinha acabado. Meus pais, minhas amigas, todos eles iriam saber. A brilhante e perfeita Veronica Clarke seria destruída. Os anos de equipe de debate, notas excelentes, conselho estudantil não significariam nada. Todos só se lembrariam de mim a partir de agora como a garota que fez um aborto.

Provavelmente, Kevin estava no meio do caminho para o Missouri, enviando mensagens de texto a todos os seus amigos. Eu tinha dado um soco nele, recusado seu pedido de casamento e abortado o bebê que ele tentou me forçar a ter. Ele não tinha nenhum motivo para ficar calado. Era possível que toda a escola já estivesse sabendo. Meu celular tinha ficado em silêncio de maneira preocupante toda a tarde. Eu tinha tentado me convencer de que era um sinal positivo, de que as garotas estavam ocupadas com os estudos, mas ainda tinha ficado com a pulga atrás da orelha. E se elas estivessem chocadas demais para falar comigo? Mas eu sabia... Sabia que tinha feito a escolha certa. Ainda podia sentir uma chama queimando dentro de mim. Só não tinha calculado completamente os custos.

Tomei um grande gole de refrigerante. Como se pudesse afogar meu pânico em um aluvião de carbonatação xaroposa. Teria que suportar. A escola estava quase acabando. Era o último verão com meus pais. Poderia enfrentá-lo. Tinha chegado até ali. Eu me sentaria com Bailey na hora do almoço e teríamos uma à outra. Abaixei os olhos e vi minhas mãos tremendo um pouco. Consciente, Bailey ergueu uma sobrancelha e voltou para os nachos.

* * *

O prato estava vazio. Contei cuidadosamente o dinheiro para pagar a conta enquanto tentava respirar em meio a uma onda de cólicas. Elas tinham se manifestado lentamente durante a refeição e atingiram uma intensidade preocupante. O Advil que tomei ainda não estava fazendo efeito. Bailey tinha ido ao banheiro e eu queria muito que ela voltasse para podermos ir embora e eu encontrar algum lugar privado para urrar minha dor.

Uma garçonete parou, reparando minha cara feia. Sorri vivamente com os dentes cerrados. Não há nada para ver aqui. Com certeza não uma adolescente sentindo os efeitos colaterais de um aborto. Ela seguiu em frente. Finalmente, localizei Bailey. Ela vinha correndo de volta para a mesa com aquele seu olhar maluco e perigoso, que eu sabia que significava problemas. De repente, o fato de o meu útero estar se enrolando como uma trança era a menor das minhas preocupações.

— Bailey, o que você fez? — perguntei.
— Qual é o problema com você? Está parecendo um alce ferido.
— Cólicas. O que você fez?

Preocupada, Bailey franziu a testa.
— Está doendo muito? Você precisa de um médico?

Fiz que não com a cabeça.
— Disseram que seriam "intensas". Bailey, conte-me, o que você fez?

Ela colocou um molho de chaves sobre o tampo da mesa de azulejos com um sorriso triunfante. Fechei os olhos. Não pela dor, que até estava diminuindo, mas pela audácia de Bailey.

— Não, essa não é uma solução viável. Devolva as chaves. Já cometemos crimes suficientes para uma viagem.

— Olhe com mais atenção — Bailey pediu.

Obedeci. E foi aí que vi as chaves penduradas no chaveiro onde se lia "Eu ♥ Veronica".

— Essas chaves são...?

O sorriso de Bailey se alargou ainda mais.
— Sim.
— Ele está aqui?

A frase saiu mais como um gritinho, enquanto eu percorria o recinto com os olhos, procurando pelo corpo magro e alto de Kevin. Mas o restaurante era enorme e cheio de clientes. Não consegui vê-lo em lugar nenhum. O que, com sorte, significava que ele também não podia nos ver.

— Onde você o encontrou?

— Ele está lá atrás. Ouvi algumas garçonetes reclamando de que um cara estava lá o dia inteiro comendo batatas fritas e bebendo Sprite. Ele tinha ido ao banheiro e elas estavam falando a respeito de dar a mesa dele. E minha ficha caiu. Assim, fui até lá e, quem diria, o panaca tinha deixado as chaves na mesa — Bailey disse, com seu sorriso ficando maníaco. — Elas estavam quase me implorando para pegá-las.

— Bailey, não podemos roubar o carro dele — disse, pegando as chaves e logo recolocando-as sobre a mesa.

— Não é roubo. Nós vamos devolver. No Missouri.

— Bailey, podemos voltar para casa de ônibus amanhã numa boa e vou falar com meus pais.

— Ele deixou as chaves na mesa. Isso é claramente um sinal de Deus!

— Ah, agora você virou religiosa?

— Só estou tentando falar a sua língua. Qual é? Vamos.

Mas eu permaneci no meu lugar.

Bailey agarrou minhas mãos, inesperadamente séria.

— Você não percebe? Se pegarmos o carro de Kevin, você voltará a tempo. Seus pais, suas amigas, nenhum deles vai descobrir nada — ela implorou para mim. — Ainda podemos fazer isso.

Bailey tinha razão. A esperança tomou conta de mim. Uma onda de humilhação estava se elevando sobre mim, prestes a se arrebentar, e, de repente, eu tinha uma saída. E tudo o que eu precisava fazer era "pegar emprestado" o carro do meu ex-namorado psicótico. Bailey sentiu minha hesitação.

— Veronica, o cara quase arruinou sua vida. Vai arruinar se não fizermos isso.

— Talvez não funcione. Kevin ainda pode falar.

— Tenha dó, você acha que ele quer ser conhecido como "Kevin, o furador de camisinhas"? E, mesmo que ele fale, você não vai ficar pior do que está agora. Além disso, você está se esquecendo de uma coisa importante.

— O quê?

— Ele merece.

Fiquei surpresa com o ódio gélido na voz de Bailey.

— Você sabe disso. Um chute no saco e um único soco não são suficientes — ela continuou.

Enquanto Bailey falava, senti uma raiva se apossar de mim. Ela tinha razão. Não havia sido o suficiente. Afastando-me um pouco dela, peguei as chaves e as deixei cair na mão de Bailey.

— Você tem razão. Não foi o suficiente. Mas talvez um chute no saco, um soco *e* um roubo de carro sejam.

— É um começo! — Bailey disse.

Levantei a palma da mão, interrompendo-a.

— Mas deixamos algum dinheiro para ele. Assim, ele pode comprar uma passagem de ônibus.

Bailey deu um sorriso largo.

— Fechado.

Ela ficou de pé e estendeu a mão para apertar a minha.

— Vamos cometer outro crime.

* * *

Saímos rapidamente do restaurante, pulando os degraus da entrada e corremos para o estacionamento. Bailey tinha dado dinheiro suficiente para uma passagem de ônibus a uma garçonete e lhe disse onde Kevin estava sentado.

Percorri com os olhos o estacionamento, procurando o carro de Kevin.

— Ali! — apontei, localizando-o no canto dos fundos. Corremos em direção à minivan, sentindo a adrenalina circular por nosso corpo. Fiquei com um sorriso estúpido no rosto. Era errado estar me divertindo tanto. Mas eu estava. Ouvi a porta do restaurante se abrir atrás de nós, com a música dos *mariachi* soando na noite. Arriscando um olhar por sobre o ombro, vi Kevin desenhado como uma silhueta na porta.

— Ele nos encontrou — gritei, com o pânico e a alegria simultaneamente matizando minha voz.

Ainda a alguns metros de distância do carro, Bailey destravou as portas pressionando um botão na chave. Ouvi pés correndo atrás de nós, aproximando-se, com a respiração vindo em grunhidos de raiva. Kevin era titular do time de futebol da escola, lembrei-me tardiamente. Ele era rápido.

— Ele está nos alcançando! — gritei para Bailey.

— Então corra mais rápido! — ela respondeu, rindo.

Alcançando o carro, nós nos jogamos para dentro. Bailey enfiou a chave na ignição. O interior tinha cheiro de *fast-food*, meias sujas e raspadinha. Para mim, tinha cheiro de vitória. Bailey girou a chave e ligou o motor.

— Vai, vai, vai, vai, vai, vai! — gritei.

Bailey deu marcha à ré. Estiquei o pescoço para trás bem a tempo de ver Kevin se colocar no nosso caminho.

— Não o mate! — berrei.

— Ele está bem! — Bailey gritou.

Ela engatou a primeira no exato momento em que Kevin deu uma pancada forte contra a minha janela, com um maço de dinheiro em sua mão.

— Você não pode fazer isso! — ele disse através do vidro.

— Você não pode nos deter — respondi, triunfante.

— Olhe para mim! — ele pediu e agarrou o espelho lateral, seus pés escorregavam no asfalto enquanto Bailey movimentava o carro lentamente para a frente.

— Bailey! — gritei, rindo um pouco histericamente. — Ele está segurando o carro.

— Não por muito tempo — Bailey resmungou e começou a pisar no acelerador.

Kevin foi forçado a trotar e depois a correr, enquanto Bailey conduzia o carro para fora do estacionamento. Abaixei meu vidro.

— Olhe para mim, Kevin.

Kevin apenas balançou a cabeça e se segurou com mais força no espelho lateral, com todo o seu esforço mental e físico investido em acompanhar o carro. Então, eu me debrucei um pouco para fora da janela, para ter certeza de que Kevin ouviria cada palavra que estava prestes a dizer a ele.

— Encare isso. Você me deve muito. Foram anos de submissão. Mas estou me sentindo generosa. Vamos ficar quites depois que você nos emprestar esse carro. E, só para ser superlegal, quando eu enviar mensagens de texto para minhas amigas e falar que terminamos, vou dizer que foi uma decisão consensual, que não queríamos ficar amarrados por causa da faculdade, blá-blá-blá. Não vou dizer que você é um perseguidor mentiroso e manipulador, com um pênis que tem cheiro de queijo cheddar. Então, não precisa me agradecer por isso. Agora, se você concordar com os meus termos, sugiro que solte o carro.

Percebi as rápidas mudanças na expressão de Kevin: raiva, constrangimento, derrota, resignação. Com um grunhido, ele largou o espelho e cambaleou até conseguir parar. Virei-me para Bailey:

— Acelere!

Bailey pisou fundo no acelerador. A minivan saltou para a frente. Quando entramos na rua principal, vi Kevin diminuir de tamanho pelo espelho retrovisor até virar um ponto.

— Uau! — Bailey disse. — Uau, uau, uau, uau, uau, uau. Melhor não ser sua inimiga. Lembre-me disso.

Sorri.

— Bem, não temos tempo para enrolação. Temos 1.600 quilômetros pela frente, tipo, 14 horas de estrada. Acho que podemos evitar de parar em uma boate de *striptease* desta vez, não é?

Bailey fingiu pensar.

— Bem... Acho que sim. Se você me responder uma coisa.

— O quê?

— O pênis do Kevin realmente tem cheiro de queijo cheddar?

— Credo! Não — gritei e, depois, pensei por um segundo. — Bem, talvez um pouco...

— Ecaaaaaaaaaaaaaaaaaaaaaa!

1773 Km

— Ecaaaaaaaaaaaaaaaaaaaaa!
— Bailey! Pare!
— Não, não consigo.

2304 Km

— Ecaaaaaaaaa... Ah, olhe, estamos perto do Sereias!
— Bailey, por que você está mudando de faixa?
— Por nada.
— Bailey.
— Só uma música!
— Bailey, conto para você todas as transas que tive com Kevin *em detalhes*!

2306 Km

— Sabe, caso você queira dar uma parada para esticar as pernas, esse parece um bom lugar — eu disse.
— Não.
— Ah, qual é? Você pode cumprimentar suas amigas.
— Elas não são minhas amigas. Elas quase me mataram.
— Mu. Sentimos sua falta, Bailey. Muuuuuuuu.
— Pare com isso.
— Muuuuuuuu.

2417 Km

— Estamos com o tanque cheio.

— Ótimo. Aqui vamos nós.

— Peraí. O que é isso?

— Uma raspadinha. Meio framboesa azul, meio cereja, com um pouco de Coca-Cola em cima.

— Eu amo você.

2444 Km

— O.k., eu mandei uma mensagem para elas.

Bailey e eu nos debruçamos sobre a tela do celular, com o rosto banhado pela luminosidade azulada, e esperamos por uma resposta. A mensagem dizia: **Kevin e eu terminamos.** Bailey parou o carro no acostamento. Um caminhão ocasional passou, mas afora isso estava tudo calmo.

— Elas não estão respondendo — Bailey disse.

— Espere um pouco.

Meu celular começou a apitar loucamente, quase escapando da minha mão por causa da vibração, enquanto a tela lampejava com um texto após o outro.

Emily: O QUÊ????

Jocelyn: Isso é uma piada, não é?

Kaylee: Não tem graça, Ronnie.

Emily: Sério, o que está acontecendo?

Jocelyn: Você quer que a gente ligue para você?

Kaylee: Ainda não acredito.

Emily: O que aconteceu?

Meus dedos pairaram sobre o teclado. Olhei para Bailey.

— Sinto-me estranha mentindo.

Bailey pegou o celular da minha mão.

— Não. Estimo o sentimento, mas agora não é o melhor momento de mostrar a nova e aprimorada Veronica. Não quando estamos prestes a ter sucesso em relação a toda essa história.

Bailey tinha razão. Eu tinha chegado tão longe. Qual era o sentido de arruinar aquilo naquele momento? Bailey estava digitando algo no celular. Ela me mostrou a tela.

— Tivemos uma briga a respeito da faculdade. Ele está chateado porque estou indo para tão longe — li.

— É verdade — Bailey observou.

— Só estão faltando alguns detalhes — disse.

Bailey concordou.

— Você tem razão.

Ela digitou outra coisa e me mostrou a tela.

— O pau dele tem cheiro de queijo cheddar — li. — Bailey!

— Você disse que queria dizer a verdade!

— Elimine isso.

— É um detalhe importante!

— Bailey....

— Tudo bem — Bailey bufou, decepcionada.

Ela passou o celular para mim. Reli o texto e o enviei. Não demorou muito e as mensagens começaram a chegar aos borbotões novamente.

Jocelyn: Mas ele sempre soube que você ia para a Brown.

Kaylee: Por que não esperar até o fim do verão?

Emily: Entendo. Por que deixar se arrastar se vai acabar?

Kaylee: Talvez. Mas... Os braços dele... são simplesmente...

Jocelyn: Ela vai sobreviver. Provavelmente existem caras com braços muito melhores na Brown.

Kaylee: Se ele estiver livre, você se importa se eu o levar para dar uma volta neste verão?

Emily: KAYLEE! Contenha esses hormônios e mostre um pouco de sensibilidade.

Jocelyn: Sim. Ela precisa chorar. Pergunte a ela na segunda-feira. Brincadeira. ☺

Emily: ☺

Meu celular continuou a vibrar com a sequência de mensagens. Com certeza, não era necessária minha participação para discutir o fim do meu relacionamento. Deixei o aparelho cair no meu colo.

— Parece que elas estão aceitando muito bem — Bailey disse.

— Sim — respondi, um pouco desalentada.

A reação delas foi a que eu deveria ter esperado. Piadas, mas nenhuma preocupação real. Ainda que a culpa disso fosse tanto minha quanto delas. Ser a perfeita Veronica significava nunca precisar de ajuda.

— Pelo menos elas não estão desconfiadas.

Bufei.

— Por que estariam? Isso é exatamente o tipo de coisa que eu faria.

Meu celular parou de vibrar. Eu o consultei. No fim de uma longa lista de mensagens que detalhava os encantos de Kevin e o plano delas de encontrar um salva-vidas sexy para mim naquele verão, havia uma oferta hesitante de deixarem a casa do lago mais cedo e me pegarem. Rapidamente respondi que não. Virei-me para Bailey.

— Vamos indo.

— Espere um pouco. Me empresta seu celular.

— Não, já disse. Nada de piadas sobre queijo cheddar.

— Nem sempre é sobre você, Veronica. Caramba. Só preciso fazer uma ligação — Bailey bufou.

Entreguei o celular a ela, um pouco confusa. Ela digitou um número e esperou. Finalmente...

— Oi, mãe — Bailey disse.

Houve uma rajada de palavras raivosas e ríspidas do outro lado da linha. Bailey se encolheu de vergonha.

— Sim, desculpe por ter gritado com você antes que saísse para cumprir seu turno — Bailey disse.

A mãe voltou a gritar, e Bailey esperou que ela terminasse de vociferar.

— Sabe, eu fui ver o papai.

Houve um instante de silêncio.

— Sim. Em Albuquerque.

Bailey afastou o celular do ouvido quando se seguiu outra torrente de palavras raivosas.

— Relaxa, tudo bem! Foi uma perda de tempo. Estou quase em casa. Explico depois. Sim! Estou com uma amiga. Sim! Eu tenho amigas! Sim, claro, eu peguei o Taser! Meu Deus, mãe! Enfim, só queria que você soubesse... Eu estou bem — Bailey disse.

Ela ouviu a mãe continuar a discursar com um sorrisinho no rosto.

— Sim, você tem razão. Estamos melhor sem ele. Também amo você.
Prestes a desligar, Bailey desistiu.
— Espere! O quê? O carro de Trav?
Bailey olhou para mim. Eu olhei para ela, em pânico. Falamos *merda* ao mesmo tempo. Bailey voltou para o celular e bancou a inocente.
— Uau. Estranho. Não, estava na garagem quando eu saí, mas, sabe, agora, pensando melhor, acho que as chaves estavam no carro.
Depois de algumas palavras de sua mãe, Bailey teve que admitir.
— Tudo bem! Eu roubei o carro! Mas depois outros caras roubaram de mim e destruíram o El Camino. Está em algum lugar em Oklahoma, o.k.?
Olhei para Bailey. Ela percebeu minha reação e acrescentou rapidamente:
— Além disso, minha amiga não teve nada a ver com isso!
Enquanto Bailey ouvia a mãe, houve um longo momento de silêncio.
— Não é? Totalmente! O imbecil não devia ter traído você. Você nunca pensou em jogar no meu time?
Bailey riu junto com a mãe.
— Certo. Até breve!
Bailey desligou o celular.
— Pelo menos, tenho uma boa mãe.
— Eu... Você... Sua mãe... — balbuciei e parei, tentando reunir meus pensamentos. — Nunca poderia ser tão honesta com os meus pais.
— Sim, bem, ela não sabe tudo — Bailey disse, engatando a primeira e pegando a estrada de novo. — Ela não sabe que escondo maconha nas minhas bonecas Hello Kitty, e que tentei enganar todos os namorados dela para ver se eram pedófilos. Apenas um até agora. Também não sabe que dei um beijo de língua no meu primo Cooper...
— Você beijou um garoto?
— Sim, mas não importa. Ainda não terminei. Ela não sabe que joguei meu boneco do Bob Esponja na privada e puxei a descarga. Claro que entupiu, mas Bob queria voltar para sua casa em forma de abacaxi no fundo do mar. Também não sabe que alimentei meu hamster – chamado Snickers – com Snickers durante um mês. Ele morreu. Ou quando...

3007 Km

A paisagem inexpressiva passava pela minha janela, sem fim e escura. Conseguia ver uma forma vaga do meu reflexo no vidro. Eu não parecia feliz, mas também não parecia mais assustada. Parecia em paz. Podia ser por causa do segundo Advil que tomara uns 15 quilômetros antes, mas achei que não. Quando eu voltasse para a escola na segunda-feira, tudo seria diferente. Haveria sussurros e olhares, mas seriam do tipo que eu poderia controlar. A honestidade era importante, mas o fato de ninguém saber o que passei tornaria as coisas muito mais fáceis. Eu poderia me concentrar nos exames finais. Aproveitar a graduação. Não decepcionar os meus pais.

A cada metro de asfalto vencido eu me sentia melhor. A Veronica que terminou com o namorado por causa da faculdade era a Veronica que eu deveria ser. Não a Veronica do Novo México. Não a Veronica do aborto. E, naquele momento, cada quilômetro mais perto de casa fazia com que eu me sentisse mais à vontade. A exaustão desapareceu sob uma onda de alívio. E eu devia tudo aquilo a Bailey. Virei-me para ela e sorri.

Bailey tomou o gole final de energético, jogou a lata na traseira do carro e arrotou. Olhei em volta e depois tornei a olhar para ela. Bailey estava com os olhos vidrados e seu cabelo estava de pé, apontando em todas as direções. Ela tinha tido poucas horas de sono.

— Desculpe não termos ido para Roswell — disse.

A desculpa saiu mais leve do que eu pretendia, estando já pesada com todas as outras desculpas que devia a ela.

Desdenhosa, Bailey deu de ombros.

— Sem problemas. Não sei se você percebeu, mas eu meio que fiz essa viagem para ver o meu pai.

— Não me diga! — disse, bufando.

Bailey sorriu ante minha surpresa fingida.

— Eu sei. Surpresa total.

Voltei a olhar pela janela. O deserto fora substituído por planícies ondulantes vazias, que, naquele momento, deram lugar a colinas exuberantes e cobertas de árvores. Acima de nós, as estrelas brilhavam, dançando em um céu infinito. O único sinal de humanidade era um *outdoor* ocasional que passava, prometendo comida, descontração ou Deus. Um chamou minha atenção.

— Pare no acostamento.

Bailey olhou para mim, surpresa.

— Peraí. Sério?

Sorri.

— Sério.

3009 Km

Ficamos em frente à cerca de arame ao lado da placa que informava: "Fechado à noite". Além dela, o elefante e a vaca avantajados pairavam majestosamente em seu mar de relva. Os únicos sons eram os zumbidos dos insetos noturnos e o barulho distante e ocasional de um carro se deslocando na rodovia. E o do meu coração batendo de ansiedade.

Segurei o metal frio com as duas mãos e comecei a escalar, com a cerca chacoalhando-se suavemente.

— Você vem? — perguntei por sobre o meu ombro.

Bailey permaneceu imóvel.

— E os cachorros? — ela perguntou timidamente.

— Nós vamos ser ninjas — respondi, sorrindo.

Um momento depois, estávamos do outro lado da cerca. Com um grito abafado de alegria, Bailey correu para o elefante. Ela alcançou a tromba e começou sua escalada por ali. Estiquei o pescoço bem para trás para examinar a vaca. Como eu iria escalá-la? Não importava. Porque eu iria.

Despreocupada, enlacei o joelho da vaca com os braços, envolvi a perna dela com minhas coxas e me impulsionei para cima. Escorreguei um pouco, mas agarrei com mais força e me lancei de novo. Avancei lentamente. Outro impulso, outro avanço. Meus ombros ardiam. Minhas coxas tremiam. Mas segui em frente.

E consegui. Principalmente porque, na metade da escalada, percebi que existiam degraus metálicos claramente destinados para subir na estátua. Eu estava sobre o dorso da terceira maior vaca do Estado, com o mundo estendido aos meus pés, meu cabelo despenteado pela brisa úmida noturna, meu rosto banhado pela luz das estrelas. Virei-me para olhar para Bailey. A dois metros de distância, sobre o dorso do elefante cor-de-rosa, que ficava a quatro metros do chão, ela começou a girar, com o rosto voltado para o céu.

— As melhores férias da vida!

Sentindo meu olhar, Bailey parou de girar. Ela olhou nos meus olhos. Com um sorriso, estendeu os braços.

Fiz o mesmo.

Estávamos de pé sobre as nossas estátuas, com os braços feito asas, vencendo o espaço entre nós. As pontas de nossos dedos não conseguiam se tocar, mas estavam perto o suficiente. Eu era capaz de senti-las.

Pouco depois, deitamos no dorso de nossos respectivos animais, com os braços apoiando a cabeça. As estrelas salpicavam o céu, brancas e infinitas. Sem nenhuma cidade próxima para esconder seu brilho, elas pareciam estar ao alcance das mãos, com todo o universo estendido sobre nós, pronto para mergulharmos nele.

— Sei que não é Roswell, mas... — disse.

— Psiu.

Ficamos deitadas daquele jeito, em silêncio e imóveis, com o chão bem abaixo.

Finalmente, Bailey se virou para mim, com o rosto iluminado pelas estrelas.

— Você conseguiu. Você vai voltar sem que ninguém saiba o que aconteceu — ela disse.

— Eu sei.

Esperei por um acesso de vertigem, mas ele não veio. Em vez disso, senti uma espécie de dor fantasma.

— Realmente não posso acreditar. Parece loucura que, em algumas horas, vamos chegar à minha casa e isso nunca aconteceu.

Bailey continuou a examinar as estrelas, erguendo um braço para traçar uma constelação.

— Olhe, ali está Gêmeos.

— Quer dizer, acho que Kevin pode contar.

— Ele não vai contar. Ele é um covarde — Bailey disse, bufando.

Ela tinha razão. Kevin talvez ameaçasse, mas ele nunca diria nada. Ele tinha quase tanto a perder quanto eu. Meu segredo estava a salvo. Eu podia sentir aquilo.

— Bailey...

— Sabe, já que tudo está voltando ao normal, quero que você saiba que não estou à espera de convites para sair ou algo assim. Você não precisa me cumprimentar nos corredores nem nada disso.

Foi um soco no estômago. Todo o ar escapou dos meus pulmões.

— Ah, sem essa, eu não vou ignorar você — gaguejei.

Bailey desviou o olhar das estrelas e olhou para mim.

— Então, eu e as garotas vamos almoçar juntas? Falar a respeito de como todas nós tiramos nota máxima em nossos exames finais de física?

— Bem, na verdade, não estudei muito durante todo o fim de semana. Então, provavelmente, não vou tirar...

Eu parei de falar. Bailey ficou olhando para mim, esperando que eu continuasse. Ela tinha razão. Quando fiquei imaginando minha vida recém-recuperada, por que não pensei em Bailey? Ou, se pensei, por que ela estava ali em algum lugar nas extremidades, obscura? Por que não tinha imaginado nós duas caminhando juntas pelos corredores? Almoçando juntas?

Sentei-me, cruzando os braços, encolhendo-me contra o ar frio da noite e a ótima questão levantada por Bailey.

— Sim. Não sei. Por que não?

Mas Bailey continuou segura e implacável.

— E você não acha que se tornar a minha melhor amiga de repente pode parecer um pouco estranho? Não pode suscitar algumas perguntas?

— Podemos dizer que nós, não sei, nos reconciliamos ou...

— Você é a oradora da turma...

— Possível oradora...

— E eu lato para as pessoas.

Por um momento, odiei Bailey. Odiei por causa do que ela estava me dando. Porque ela sabia quanto eu queria minha vida de volta. Uma vida feliz e brilhante na qual ela não tinha lugar. E eu sabia o que aquilo custaria para ela. E ela faria aquilo de qualquer maneira. Por mim.

— Mas...

O fraco protesto foi tudo o que consegui reunir.

Bailey se sentou e olhou para mim.

— Não vou ficar brava se você não me cumprimentar — ela disse aquilo simplesmente. Sinceramente.

— O.k.

Ela respondeu de volta.

— O.k.

Olhei para os meus tênis, para o chão, para qualquer lugar, menos para ela.

— Mas... Ainda somos amigas? — perguntei, com as palavras escapando antes que pudesse detê-las. Depois de tudo o que ela tinha feito, do que viria a fazer, eu não merecia perguntar. Fiquei vermelha. — Desculpe, eu... Se você não quiser, e...

Bailey bufou.

— Claro que ainda somos amigas. Sempre seremos amigas, sua boba.

Sorri.

De repente, Bailey se jogou para a frente, apontando um dedo para o céu.

— Espere. O que é isso?

Segui seu dedo até a parte do céu que ela estava indicando.

— Bailey... — disse, com a voz trêmula por causa do choque. — Bailey, isso é um...

Bailey começou a fazer que não com a cabeça.

— Não, não é.

— É sim! É sim! — insisti.

— Não. De jeito nenhum. Não é possível.

Ao longe, movendo-se por entre as estrelas, havia um brilho cintilante. Alguma coisa com uma forma estranha demais para ser um avião ou um helicóptero. Movia-se lentamente pelo céu, deixando atrás um rastro de luz esverdeada. Por um momento, pairou sobre nós. Depois, pareceu girar uma vez, duas vezes e desapareceu.

Virei-me para olhar para Bailey. Seus olhos ainda estavam grudados no lugar do céu de onde... o que quer que fosse... tinha desaparecido. Sua boca formava um silencioso "O" de espanto.

— Uau.

— Sim — concordei.

Ela se virou para mim e sorriu.

— Talvez estivesse levando Kevin de volta para seu planeta natal.

Nós duas caímos na gargalhada, rindo tanto que quase desabamos de nossos animais.

— Vamos nessa. Vamos para casa.

3238 Km

Acordei com a sensação de baba escorrendo pelo meu queixo. Semicerrando os olhos contra a claridade intensa, tentei recuperar meu senso de orientação. Em algum momento no início da manhã, após nossa última parada – gasolina para o carro, algum Advil extra acompanhado de raspadinha para mim e energéticos para Bailey –, devo ter adormecido, embalada até a inconsciência pelo ruído do motor e pelo movimento tranquilo da estrada. Porém, naquele momento, a minivan estava parada junto ao meio-fio e com o motor desligado. As casas que ladeavam a rua eram bastante familiares. Eu estava em casa.

— Oi, deixei você dormir um pouco. Não queria que chegasse em casa muito cedo — Bailey disse.

Ela me mostrou uma revista.

— Você sabia que Kevin tem várias revistas de musculação cheias de dobras nos cantos das páginas no assento de trás? Ele gosta mesmo de suplementos.

A voz de Bailey estava rouca de exaustão. Ela tinha olheiras e estava coberta de migalhas.

— Nós conseguimos.

Foi tudo o que consegui dizer. Tentei sorrir, mas senti lágrimas nos meus olhos.

— Sim. Conseguimos — Bailey disse, com o sorriso hesitante.

Ela fungou e coçou a nuca. Não olhou para mim. De repente, a situação ficou desconfortável. Eu devia sair naquele instante do carro? Despedir-me e entrar na minha casa? Deveríamos nos abraçar? Dizer "obrigada" seria muito pouco. E, uma vez que eu saísse da minivan, estaria acabado. Eu não queria que acabasse.

— Ah, sua casa fica logo ali, virando a esquina — Bailey disse, abruptamente. — Não queria que seus pais...

— Vissem o carro. Obrigada. Boa ideia.

— Sim. Seria uma pena estragar tudo agora.

Outro silêncio. Bailey pegou uma migalha de salgadinho na perna.

— Provavelmente, vamos dormir por um mês, não é? — disse, encolhendo-me. Soei tão insípida, tão superficial.

— Estou tão pilhada que posso sentir até os pelos do meu braço crescendo — disse.

Nós duas rimos da piada infame dela. Pareceu forçada.

— Ah, ei, consegui isso enquanto você estava dormindo. Também comprei um para você — ela afirmou, entregando-me um pedaço retangular de papel.

Era um cartão-postal: o elefante cor-de-rosa e a vaca preta e branca postados nobremente em um campo de relva ondulante.

— Saudações do Missouri — li.

— Sim. Parece um pouco insosso. Poderiam ter colocado um trocadilho.

— Saudações do Muu-souri — sugeri.

Bailey deu uma risada que desapareceu rapidamente.

Guardei o postal na minha mochila, piscando rapidamente.

— Obrigada. É basicamente a maneira perfeita de lembrarmos do...

Parei antes de dizer *nosso*. Parecia muito derradeiro.

— De lembrarmos do fim de semana — concluí.

— Sim. Legal. Tanto faz — ela respondeu, subitamente interessada em tirar os restos de chiclete esmagado da ignição.

— Então, acho que já vou.

— Sim. O.k.

— O.k.

Então, peguei minha mochila, saí do carro e fechei a porta. A batida ressoou em meu corpo. Devia simplesmente ir embora naquele momento? Não consegui me mexer. Talvez Bailey fosse embora primeiro. Então, eu poderia ir. Mas Bailey ficou sentada no carro, com a mão na chave. Ela não deu a partida. Esperei que ela se fosse. Ela não foi.

Tinha que ter um fim. Eu não poderia ficar ali para sempre. Não mudaria nada. Eu me virei e comecei a andar pela calçada. Esperava ouvir Bailey ligar o motor. Ela não ligou. Cheguei à esquina. Era a minha rua. Continuei andando. Não me virei. Dobrei a esquina, ainda esperando ouvir o arranque do motor.

Ouvi pássaros. E a TV de alguém.

Continuei andando. Consegui ver minha casa naquele momento. Parecia igual a de dois dias atrás: os mesmos brinquedos desbotados no quintal, a grama seca e irregular, a bandeira americana. Eu entraria por aquela porta e aquilo acabaria.

Mas já tinha acabado. Bailey não viraria a esquina a toda velocidade, não abriria a porta do carro nem gritaria para eu entrar. Não iríamos partir no pôr do sol para outra aventura maluca. Aquilo estragaria tudo. Eu não queria estragar tudo. Não queria. Era hora de eu entrar, cumprimentar meus pais e começar a viver a vida pela qual eu tinha percorrido mais de 3.200 quilômetros.

Abri o portão.

Subi os degraus da frente.

Não ouvi o som de uma minivan passando pela rua.

Porque não passaria.

Porque tinha acabado.

Abri a porta e entrei.

* * *

Minha mãe estava preparando seu molho especial de espaguete. Aquele que ficava fervendo em fogo baixo durante todo o dia. Senti o cheiro de alho e orégano assim que entrei pela porta. Era o meu molho favorito. Fechei a porta atrás de mim.

— Ronnie? É você?

— Sim. Estou de volta.

Tentei parecer casual, um pouco cansada. Normal. Falhei totalmente. Não havia como ela não ouvir a mentira em minha voz. Apenas a partir daquelas poucas palavras, ela saberia que eu estava escondendo alguma coisa. Ela era mãe, afinal. Mães descobrem esse tipo de coisa.

— Desfaça suas malas. E isso não significa jogar todas as suas roupas no chão e deixá-las para eu pegar. Quero as roupas sujas na lavanderia, todos os seus artigos de higiene pessoal no banheiro e tudo o que estiver limpo na sua cômoda. Entendeu?

— Ah, sim, entendi — respondi.

Subi a escada correndo para o meu quarto, agradecida, mas confusa.

— Ronnie!

Ah, não.

— O que foi?

— Tome um banho. Você e suas amigas sempre voltam com cheiro da lama do lago.

No banheiro, arranquei minhas roupas manchadas e as amontoei em uma pilha no chão. Em seguida, tirei uma roupa de baixo enorme de malha e um absorvente gigante que me deram na clínica. Eu os enrolei e comecei a embrulhá-los em camadas e mais camadas de papel higiênico. Teria de enterrar a trouxa bem fundo na lata de lixo.

Ouvi uma batida na porta e ela começou a se abrir. A trouxa deslizou das minhas mãos, roçando a ponta dos dedos. Por um momento, pairou no ar. Então, minhas mãos se apertaram em torno dela e eu a coloquei rapidamente atrás das minhas costas.

— O que foi? — perguntei, com a voz firme.

— Me dê suas roupas — minha mãe pediu. — Quero lavá-las separadamente.

Mantendo minha mão escondida, passei as roupas para ela pela fresta da porta. Minha mãe torceu o nariz com o fedor.

— Credo. O que vocês fizeram na cabana? — ela perguntou afastando-se.

Assim que ela se foi, enfiei a trouxa no fundo sob camadas de lixo e adicionei mais papel higiênico em cima, só ficando satisfeita depois que o embrulho ficou completamente invisível.

Dez minutos depois eu ainda estava tomando banho. Tinha usado meio frasco de sabonete tentando limpar o acúmulo de sujeira do fim de semana da minha pele. Lavei o cabelo com xampu e condicionador duas vezes. Eu estava esfolada, rosada e nova. Estava com cheiro de pepino e melão. Era um cheiro familiar, e o senti junto com o vapor.

Depois de me secar, vesti roupas limpas e engomadas que pareceram duras em minha pele e tinham cheiro de sabão em pó. Eram a minha camiseta e meu short favoritos. O traje parecia um uniforme. Sequei o cabelo com o secador até que se formassem ondulações brilhantes ao redor do rosto. Adicionei alguns cachos suaves com o babyliss. Em seguida, veio a maquiagem. Usei um pouco mais do que o normal, delineando os olhos e preenchendo as sobrancelhas. Depois, passei *blush* rosa nas bochechas e batom cereja nos lábios. Olhei-me no espelho.

Eu parecia exatamente a mesma.

Veronica Clarke. Estudante nota dez. Provável oradora da turma.

Não me reconheci.

Escondi-me no quarto, desfazendo a bagagem e organizando o que restava das minhas anotações, mas no final das contas não havia mais nada a fazer. Meus pais estavam me esperando. Tinha que descer.

Meu pai estava sentado na cozinha em sua cadeira de sempre; tomava uma cerveja enquanto esperava minha mãe pôr o jantar na mesa.

— Ronnie, tudo pronto para tirar nota máxima nos exames?

— Sim — respondi.

Não disse mais nada. Minha língua estava pesada demais. Eu me sentei na sua frente. Tinha preparado todo tipo de anedotas divertidas: uma queda inesperada no lago, muitos doces, um resumo de todos os filmes que vimos. Esperei.

— Ótimo — ele disse, e pegou o livro de crimes verdadeiros que estava lendo. — Temos orgulho de você, querida.

E foi isso. O jantar não foi diferente de nenhum outro jantar que já tivemos. Meu irmão recordou todas as jogadas que tinha feito no beisebol naquele fim de semana. Minha mãe colocou mais comida em nossos pratos. Meu pai fez barulhos nos momentos apropriados para fazer parecer que ele estava participando da conversa. Eles nem se preocuparam em perguntar mais alguma coisa sobre o meu fim de semana. Não estavam interessados. Eu era bem conhecida. A boa filha. A aluna batalhadora. Eu devia estar agradecida, mas estava com raiva. Eles não me viram. Se tivessem visto, saberiam que algo tinha acontecido. Em vez disso, só viram as peças com as quais eu era feita. Uma pergunta já respondida.

— Kevin e eu terminamos! — deixei escapar quando minha mãe estava se preparando para limpar a louça. As linhas em seu rosto se rearranjaram instantaneamente em algo que exprimia "compaixão" e "preocupação".

— Ah, querida. Sinto muito. Você está bem?

— Sim. Tudo bem — respondi, dando de ombros, e já me arrependendo de ter dito algo a eles.

— Já era hora — meu pai afirmou.

— Dave! — minha mãe repreendeu.

— O quê? Nunca gostei do cara — meu pai disse e olhou para a geladeira. — Temos sorvete de sobremesa hoje à noite?

— Dave, nossa filha acabou de terminar com o namorado de três anos. Você pode demonstrar um pouco de compaixão?

— Tudo bem — meu pai disse, suspirando. Ele se virou para mim. — Sinto muito que você tenha terminado com um rapaz para quem você obviamente era boa demais. Tenho certeza de que vai encontrar outro que também não será bom o suficiente logo que você chegar à faculdade.

Eu não era idiota. "Não será bom o suficiente" só contava se eu não estivesse grávida. Se eu estivesse, Kevin teria sido imediatamente o marido perfeito. Afinal, ninguém gostava de Pete e ele ainda assim fazia parte da família.

— Não quis dizer isso, Dave — minha mãe afirmou. Ela se virou para mim. — O que aconteceu? — ela perguntou, ainda usando sua voz melosa, do tipo "Eu me preocupo com seus problemas".

Ele fez alguns furos nas camisinhas que usava. Engravidei e fiz um aborto. Podia falar aquilo? De repente, eu quis. Como os meus pais encaixariam aquela peça na imagem que faziam a meu respeito? Ou a imagem seria completamente destruída? Tudo o que eu tinha que fazer era falar. Abri minha boca.

— Nada. Não conseguimos entrar num acordo a respeito da faculdade. Vamos continuar amigos — murmurei.

— Bem, me desculpe. Me avise se você quiser conversar — minha mãe disse, obviamente já pensando na louça suja na pia e no *reality show* de dança na TV ao qual ela assistiria mais tarde.

Meu pai grunhiu e foi para a sala de estar. Meu irmão subiu para jogar videogame. Minha mãe começou a lavar os pratos. E eu fiquei sentada à mesa de jantar sozinha.

Eu me senti culpada. Mas por quê? Não entendi de onde vinha o sentimento. Não era porque eu tinha mentido aos meus pais. Podia afirmar isso com certeza. Estava familiarizada com tal culpa. Era uma pontada pequena, nada mais. Não, a culpa era por algum outro motivo que não conseguia identificar. Deixei de lado aquele sentimento, concentrando-me em me sentir feliz.

Eles não suspeitaram nem um pouco de que algo estava diferente. Não poderia ter sido melhor. Tudo estava perfeito. Era exatamente o que eu queria.

O sentimento de culpa voltou. O peso dele me pressionou contra a cadeira.

— Ronnie? — minha mãe perguntou.

— Sim?

— Se você vai só ficar sentada aí, preciso de ajuda com a louça.

Murmurei algo a respeito da necessidade de estudar mais e corri para o meu quarto.

Deitei na cama imaginando que a mancha de umidade no teto era a Via Láctea e sentindo o peso da culpa me pressionar contra o colchão.

* * *

— Ei! A garota solteira acaba de chegar! — Emily disse, e correu em minha direção, seguida por Kaylee e Jocelyn.

Enfiei meus livros escolares surrados no armário e o tranquei. Na noite anterior, eu havia dormido muito pouco, bastante preocupada com o que enfrentaria no dia seguinte. Esconder dos meus pais o que tinha acontecido era uma coisa; eles só enxergavam o que queriam enxergar. E, naquele momento, após uma noite mal dormida, estava grata por aquilo. Mas minhas amigas me conheciam. Seria muito mais difícil guardar segredo delas.

— Ei.

As garotas me cercaram e fui envolvida por uma enxurrada de vozes.

— Ah, meu Deus. Pobrezinha! Queremos mais detalhes. Aquelas mensagens não foram suficientes.

— Kevin chorou?

— Você chorou?

— Vocês transaram depois que terminaram?

— O que você vai fazer agora?

— Ah, terminar o colegial, acho — disse.

As garotas olharam para mim sem expressão.

— Mas... Todo mundo sabe que vocês terminaram — Kaylee disse. — É o assunto do momento na escola.

Foi minha vez de parecer sem expressão.

— O que estão dizendo? — perguntei, mantendo minha voz rigorosamente neutra.

— Exatamente o que você nos disse: que fazer faculdades diferentes seria um problema e então vocês terminaram agora em vez de deixar o assunto se arrastar durante todo o verão. E ouvi dizer que Kevin chegou atrasado hoje e parecia muito triste.

Provavelmente parecia mais com alguém muito cansado, pensei. Mas pelo menos ele estava mantendo a versão que combinamos sobre o fim da história. Gostaria de saber se Bailey tinha conseguido devolver o carro dele.

— *Todo mundo* está falando sobre isso — Jocelyn repetiu, no caso de eu não ter compreendido da primeira vez.

Dei de ombros.

— O.k. Bem, obrigada por vocês me avisarem. Não devemos ir para a sala de aula? — perguntei.

As garotas pareceram desapontadas e confusas. De repente, o problema tinha ficado óbvio. Eu não estava agindo como eu mesma. Até a semana anterior, terminar com o meu namorado teria sido devastador para mim. Podia perceber o começo da suspeita na expressão de Emily. Havia uma razão para que ela tivesse uma média apenas meio ponto menor que a minha no ranking. Rapidamente fingi um sorriso trêmulo.

— Desculpe, meninas. Estou apenas meio passada com isso. Acabou sendo muita coisa para processar, sabe? Eu preciso das minhas garotas.

A performance me rendeu uma rodada de "ohhhhs" e abraços. Fui para a sala de aula cercada de amor e apoio, com minhas amigas lealmente ao meu lado. Eu me forcei a não me virar quando, com o canto do olho, vislumbrei um cabelo azul.

Anunciaram as honrarias da formatura após o discurso matinal do diretor. Eu tinha sido escolhida a oradora da turma. Esperei sentir alguma coisa quando recebi os cumprimentos e as congratulações dos meus colegas de classe. Mas a única sensação foi uma satisfação amarga.

Vi Kevin pela primeira vez ao sair da aula de cálculo. Ele estava com um grupo de rapazes do time de futebol, gesticulando muito e rindo. Ao vê-lo ali, lembrei-me de quanto eu apreciava sua popularidade. Seu *status*. A atenção que eu recebia por sua causa. Além disso, eu gostava do fato de alguém ter tudo aquilo e ainda precisar tanto de mim. Pensei que era amor. Naquele momento, sabia que não era.

Ele acenou para mim com um movimento rápido de cabeça e murmurou:

— Parabéns.

Consegui agradecer. Aparentemente aquela interação fora suficiente para alimentar fofocas pelos dois períodos seguintes de aula, pelo menos de acordo com Kaylee.

Depois da aula de física avançada, precisei de um tempo. Fiquei sentada em uma cabine do banheiro, encarando os ladrilhos do chão e calculando exatamente quantos minutos me restavam até o dia terminar. Não era justo. Eu tinha conseguido. Eu tinha me safado de tudo. Tinha voltado a ser a boa e velha Veronica Clarke. Boa aluna, razoavelmente popular e, naquele momento, até a porra da oradora da turma. Então, por que todas as congratulações pela minha conquista ou os sorrisos solidários pelo fim do meu namoro me fizeram querer gritar? Por que eu ainda me sentia culpada? Foi então que reparei na pichação da parede do banheiro. Eu estava sentada na mesma cabine. Naquela cabine. Aquela onde tudo tinha começado.

A porta do banheiro se abrira. Levantei-me, ouvindo, com o coração de repente batendo forte. O familiar barulho ruidoso dos coturnos soou sobre o linóleo.

Bailey.

Lancei-me para fora da cabine, fazendo a porta bater na parede ao abri-la. Assustada, a garota junto à pia deu um pulo.

Não era Bailey.

Reconheci vagamente a garota. Ela fazia aula de arte comigo. Mal a ouvi parabenizar-me quando saí correndo do banheiro.

Hora do almoço. Atravessei a multidão de estudantes, procurando as garotas em nossa mesa habitual. Preparei-me para 30 minutos de compaixão e preocupação inútil com os exames finais. Claro que não iríamos falhar. Por que sempre tinha me preocupado? De repente, pareceu absurda toda a energia que desperdiçamos com aquilo. Mesmo se acontecesse o impensável e tirássemos um B, ou até mesmo — o horror — um B-, passaríamos o ano, nossas faculdades nos aceitariam e a vida continuaria. Mas eu teria que continuar falando a respeito daquilo e me preocupando sem parar, porque aquilo era o que Veronica Clarke fazia.

Contornando alguns alunos e alunas do primeiro ano que me olhavam com uma expressão parecida com admiração, vi minhas amigas sentadas à nossa mesa. Conversando com... Kevin. Minhas melhores amigas de quatro anos. Emily estava com a mão delicadamente apoiada no braço dele e o olhava com uma mistura de compaixão e atração.

Devo ter feito um barulho porque todas elas se viraram ao mesmo tempo. Emily ficou vermelha e afastou a mão do braço dele. Kaylee parecia culpada e Jocelyn estava tentando conter uma risada nervosa.

— Ronnie, não é o que você está pensando! — Emily gaguejou.

— Ele estava tão chateado — Jocelyn disse.

— Ele queria saber como você estava — Kaylee acrescentou.

— Eu só queria um pouco de ketchup — Kevin murmurou.

Todos me observaram, esperando minha explosão. Uma explosão que nunca viria. Porque tudo era muito pequeno. E banal. E tanto fazia. Estavam realmente esperando que eu ficasse furiosa porque uma delas paquerava meu ex-namorado? Um namorado a quem todas elas tinham cobiçado de brincadeira durante todo o tempo em que namoramos? Provavelmente. Porque, se Veronica Clarke deparasse com a traição de suas melhores amigas, ela as confrontaria. Ela se magoaria. Haveria lágrimas. Conversas longas e sinceras. Um possível perdão.

Com certeza, eu não era Veronica Clarke.

Talvez nunca tivesse sido.

A culpa que eu estava sentindo subitamente desapareceu.

Tirei os olhos do trio de ex-melhores amigas e ex-namorado e contemplei um canto esquecido do refeitório. Só consegui perceber uma forma desajeitada que se esparramava junto a uma mesa, um choque de cabelo desalinhado azul e preto que apontava para todas as direções. Sorri.

Pegando minha bandeja, esgueirei-me do quarteto, sentindo seus olhos me seguirem enquanto eu me afastava. Fui capaz de sentir o momento em que o grupo relaxou, achando que eu tivesse optado por uma retirada magoada, mas digna. Parei, desfrutando a sensação de pânico do quarteto irromper outra vez. Virei-me e dei um passo na direção do grupo. Kevin – que obviamente me conhecia melhor do que as garotas – entendeu aquilo como um sinal para dar o fora. Sem sequer se despedir de Emily, ele se mandou do refeitório. Ela ficou olhando para ele, tentando esconder sua mágoa. Esperei até que Emily voltasse sua atenção para mim.

Queria rir. Tinha trabalhado tanto para salvar uma garota que não existia mais. Tive tanto medo de perder algo que realmente não queria. Ainda não sabia quem eu era, mas não importava. O refeitório praticamente brilhou diante de minha lucidez recém-descoberta, com todos os detalhes nítidos e verdadeiros. As cores estavam mais intensas. Os sons do almoço – talheres baratos batendo nos pratos, as risadas e os gritos dos alunos – soavam claros e límpidos. E eu sabia que as palavras que eu tinha tanto medo de ouvir, ditas em voz alta, seriam facilmente absorvidas naquele momento. Olhei minhas amigas nos olhos. Meu estômago não estava embrulhado. Meu coração não estava aos pulos. Minhas mãos não estavam trêmulas. Eu falei.

— Olha, pouco me importa o que vocês fazem com Kevin.

Emily abriu a boca para protestar, mas ergui minha mão para interrompê-la. Ela se aquietou.

— Sério. Não me importo. Nós terminamos. Acabou. Mas gostaria que vocês soubessem que ele fez furos nas camisinhas para me engravidar e, assim, eu não iria embora para a Brown. Passei os últimos três dias em viagem para Albuquerque com Bailey Butler para fazer um aborto, porque é o lugar mais próximo para fazer isso por aqui. Então, serviço de utilidade pública: caso vocês deixem que ele enfie o pau dele em vocês, recomendo pílulas anticoncepcionais.

A reação estupefata delas foi extremamente gratificante. Eu me virei e me afastei, sem me preocupar em olhar para trás enquanto elas começavam a sussurrar entre si. Rumei para o canto dos fundos, em direção à mesa para a qual fui atraída assim que entrei no refeitório.

Bailey estava tirando uma soneca. Ao seu lado, uma lata vazia de energético caída, com algumas gotas pegajosas empoçadas sobre a mesa. Ela roncava baixinho, com a bochecha pressionada contra a superfície fria e lisa da mesa. A corrente de ar do duto do ar-condicionado soprava seu cabelo levemente, fazendo-o tremular como na estrada. Ainda em movimento. Ainda livre.

Minha amiga.

Quando Bailey acordasse, eu estaria ali. Ela faria uma piada sarcástica. Impaciente, olharia em volta, mas não seria capaz de parar de rir. E eu também não.

Coloquei minha bandeja sobre a mesa e me sentei ao lado dela. Deitei a cabeça sobre os braços e fechei os olhos.

A brisa fez meu cabelo tremular levemente.

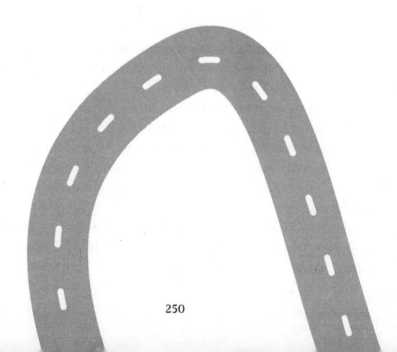

Agradecimentos

Quando você conta para as pessoas que vai escrever um livro engraçado sobre aborto, na maioria das vezes, o que recebe é um olhar vazio e alguns passos para trás cautelosos. Assim, é muito importante agradecermos a todos aqueles que não só não fizeram isso como também nos encorajaram.

Brianne Johnson, nossa maravilhosa agente, somos gratos por ser a primeira a achar que uma história cômica envolvendo amizade e aborto, com muitas maldições, não só era digna de virar um livro, mas era uma história importante a ser contada. Alyson Day, nossa editora, agradecemos por sua orientação, seu conhecimento e seu apoio. Você manteve nossas garotas no caminho certo e as fez brilhar. À equipe da HarperCollins: Erin Fitzsimmons, Alexandra Rakaczki, Jessica White, Manny Blasco, Megan Ilnitzki, Jacquelynn Burke, Ebony LaDelle e todas as outras pessoas, nossa gratidão por conceder o talento, o esforço e o tempo de vocês. A Laura Breiling, por sua arte de capa linda e irreverente. A Ava Mortier, por sua valiosa contribuição. Ao restante de nossa equipe na Writers House, Cecilia de la Campa e Alessandra Birch, agradecemos por tornar a viagem de Veronica e Bailey não só americana, mas mundial. A Alexandra Levick, nosso reconhecimento por todo o seu trabalho árduo e por ser nossa amiga no Twitter. E à NARAL Pro-Choice America e Planned Parenthood, por fazerem o trabalho duro de lutar pelo direito de as mulheres terem o controle sobre seu corpo.

E agora, porque somos dois, alguns agradecimentos pessoais.

Jenni: Warren, muito obrigada por sua opinião exagerada a respeito de minhas habilidades como escritora e por ser um marido e parceiro que assumiu com alegria as responsabilidades de criação de nosso filho para que eu pudesse voltar ao trabalho. Eu amo você e não poderia ter feito isso sem sua ajuda. Aos meus amigos, vocês foram minha inspiração, obrigada por estarem lá. E, finalmente, à minha mãe, que, quando eu tinha dezesseis anos, se sentou no estacionamento de nossa igreja depois da missa e explicou que o padre estava errado: de fato, leis de consentimento e notificação parental para aborto são perigosas. Ela esperava que eu me sentisse segura conversando com ela e com meu pai se precisasse (pai, eu também amo você); no entanto, nem todos os filhos tinham o privilégio de estar na mesma posição.

Ted: É bem possível que eu tenha escrito todos esses anos na esperança de poder finalmente dizer isto para minha incrível mulher: todo o seu sofrimento valeu a pena. As inúmeras histórias pretensiosas, malfadadas e meia-boca que você teve que ler ao longo dos anos foram para isso. Não poderia ter feito isso sem você, sem sua crítica brutal, ou sem seu amor incondicional. Além disso, ver você dar à luz nossos dois filhos maravilhosos deixou muito claro que ninguém deve ser forçado a ter um bebê.

Eu quero agradecer aos meus fantásticos pais. Minha mãe era professora de leitura e não conseguia fazer seu filho ler. No entanto, ela plantou as sementes da arte de escrever mesmo quando parecia que eu não estava prestando atenção. E não posso me esquecer da negligência benigna "autoproclamada" do meu pai. Ele me deu o espaço para descobrir quem eu era (exatamente como sempre planejou).

O incentivo dos meus amigos Aaron, James, Tristan, Teresa e de minha prima Kerrie manteve-me iludido o suficiente para perseverar. E muito obrigado a Chris Mills por ser o primeiro a acreditar que minha produção literária poderia valer dinheiro de verdade.

Finalmente, um agradecimento especial à Universidade Loyola Marymount, sem a qual eu nunca teria tido a chance de conhecer Jenni, a quem agora vou agradecer no mesmo "Agradecimentos" que ela também está escrevendo. E, como estou escrevendo esse "Agradecimentos" depois que ela terminou o dela, ela não pode voltar agora e me agradecer. Por isso, ganhei.

Mas também...

Jenni é fantástica. Se você se deparar alguma vez com alguém que tenha o mesmo senso de humor que você, mas uma ética profissional mais forte e um senso de moda superior, e que seja um escritor bem melhor, induza-o a escrever um livro com você. Eu fiz isso e olhe só para mim!

Jenni: Droga, Ted, sempre me constrangendo. De qualquer forma, obrigada, ainda que a maior parte disso seja besteira, exceto pela parte sobre senso de moda superior.

Finalmente, um pedido de desculpas de nós dois aos clientes do Panera Bread. Lamentamos por fazer tantas piadas a respeito de fetos enquanto vocês estavam comendo suas saladas.

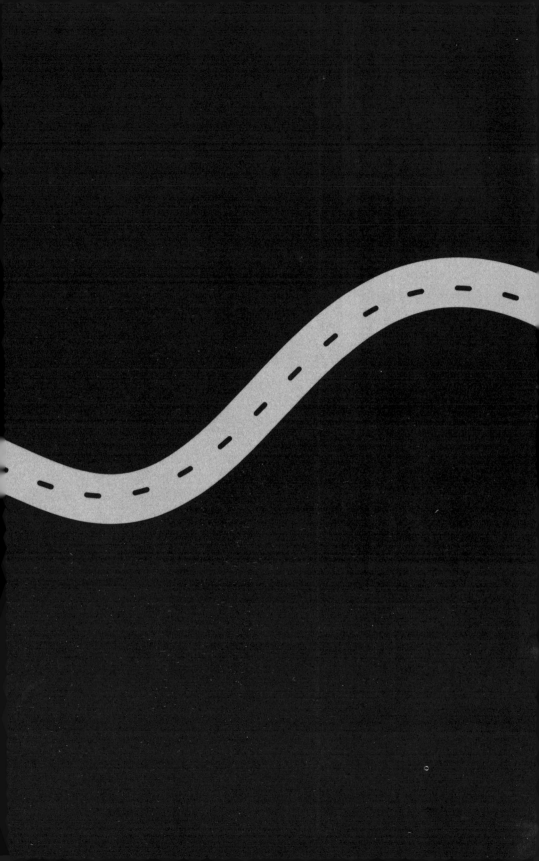

ASSINE NOSSA NEWSLETTER E RECEBA INFORMAÇÕES DE TODOS OS LANÇAMENTOS

www.faroeditorial.com.br

CAMPANHA

Há um grande número de portadores do vírus HIV e de hepatite que não se trata. Gratuito e sigiloso, fazer o teste de HIV e hepatite é mais rápido do que ler um livro.
FAÇA O TESTE. NÃO FIQUE NA DÚVIDA!

ESTA OBRA FOI IMPRESSA
EM FEVEREIRO DE 2020